Kevin Wignall
Tod in Schweden

amazon crossing

Das Buch

Dan Hendricks steht unter Druck. Der zum Söldner gewordene Ex-CIA-Agent spürt im Auftrag fremder Mächte gefährliche Männer auf der Flucht auf. Es ist eine tödliche Welt, und Dan weiß, dass sein Glück fast aufgebraucht ist. Der nächste Auftrag könnte sein letzter sein – aber mit Sicherheit ist es sein wichtigster.

Die Zielperson ist diesmal nicht schwer zu finden. Es handelt sich um Jacques Fillon, der bei einem Busunglück in Nordschweden sein eigenes Leben geopfert hat, um eine Mitreisende zu retten. Doch der Mann ist ein Mysterium, und sein Tod enthüllt sein größtes Geheimnis: Eine Person namens Jacques Fillon hat nie existiert.

Dan erhält den Auftrag, Fillons wahre Identität zu lüften – doch kann ihm das gelingen, bevor ihn die eigene Vergangenheit einholt?

Der Autor

Kevin Wignall ist ein britischer Autor, der 1967 in Brüssel geboren wurde. Er verbrachte viele Jahre in einer Soldatenfamilie in verschiedenen Ländern Europas und studierte Politik und internationale Beziehungen an der Lancaster University. Seit der Veröffentlichung seines ersten Romans »People Die« im Jahr 2001 ist er hauptberuflicher Schriftsteller.

In deutscher Sprache erschienenen sind bisher »Zurück bleibt der Tod« und der für den Edgar Award und den Barry Award nominierte Titel »Die letzte Wahrheit«. Sein Roman »Hunter's Prayer«, ursprünglich 2004 unter dem Titel »For the Dogs« (»Das Flüstern des Todes«) veröffentlicht, wurde unter der Regie von Jonathan Mostow mit Sam Worthington und Odeya Rush in den Hauptrollen verfilmt.

KEVIN
WIGNALL

TOD IN SCHWEDEN

THRILLER

Aus dem Englischen von
Peter Friedrich

amazon crossing

Die Originalausgabe erschien 2016 unter dem Titel
»A Death in Sweden« bei Thomas & Mercer, Seattle.

Deutsche Erstveröffentlichung bei
AmazonCrossing, Amazon Media E.U. S.à r.l.
5 Rue Plaetis, L-2338, Luxembourg
Oktober 2016

Umschlaggestaltung: bürosüd° München, www.buerosued.de
Umschlagmotiv: © javarman /Shutterstock; © Lyudmila Adamova /
Shutterstock; © Jne Valokuvaus /Shutterstock
Lektorat: Kanut Kirches
Printed in Germany
By Amazon Distribution GmbH
Amazonstraße 1
04347 Leipzig, Germany

ISBN: 978-1-503-94181-6

www.amazon.de/amazoncrossing

auf und sah Pia lebhaft mit den beiden Jungen schwatzen. Ein Kaleidoskop aus Schatten und Sonnenlicht flackerte am Straßenrand und zwischen den Bäumen vorüber. Sie schloss die Welt aus und hätte beinahe einschlafen können.

Dann riss sie die Augen ein zweites Mal auf, weil sie auf seltsame Art spürte, dass irgendetwas nicht stimmte. Es war fast so, als würden sie seitlich fahren und nicht vorwärts. Der Bus bremste, doch auch diese Bewegung wirkte irgendwie verkehrt. Ganz plötzlich tauchte der ältere Mann neben ihr auf, und sie zuckte zusammen. Sie dachte, dass er zum vorderen Teil des Busses unterwegs war.

Sie blickte in die Richtung, um zu sehen, was los war. Aber der ältere Herr blieb schlagartig stehen und drehte sich zu ihr um. Erst jetzt begriff sie, dass er etwas von ihr wollte. Bevor sie reagieren konnte, hatte er sie gepackt und mit erschreckender Leichtigkeit aus dem Sitz gezogen. Sie schrie auf. Es klang gedämpft, als würde der Ausruf von der Musik aus dem Kopfhörer in ihrem eigenen Schädel eingeschlossen.

Sie erhaschte einen kurzen Blick auf Pia und die zwei Jungen. Sie schienen verstummt zu sein, doch seltsamerweise interessierte sich keiner von ihnen dafür, warum sie geschrien hatte. Einer der Jungen drückte das Gesicht gegen das Fenster. Siri blieb keine Zeit nachzudenken, was er da wohl sah, denn der Mann zerrte sie mit Furcht einflößender Kraft durch den Mittelgang nach hinten.

Sie kippte rücklings um und ging ohne merklichen Aufprall in Zeitlupe zu Boden, als würde sie durch ein Kraftfeld fallen, das die Schwerkraft vorübergehend ausschaltete. Und dann stürzte der Mann auf sie. Er wirkte entschlossen und furchterregend und sagte etwas zu ihr, doch sie konnte es nicht verstehen, hörte nur ihre eigene Musik.

Sie fühlte einen Ruck, und plötzlich drängte er sich enger an sie. Sie sah, wie seine Hände die Gestelle der Sitze auf beiden

Seiten packten, um sie festzuhalten. Sein Gewicht erdrückte sie, erstickte sie. Erneut schrie sie auf und blickte ihn flehend an, aber er nahm sie gar nicht wahr, verlor sich ganz in der gewaltigen Anstrengung, sie zu Boden zu pressen.

Abermals gab es einen heftigen Schlag, der ihr durch Mark und Bein fuhr, und auf einmal war der Mann verschwunden. Seine Last löste sich so unvermittelt von ihr, dass es sich einen Moment lang so anfühlte, als würde sie fliegen. Doch sie lag immer noch fast an derselben Stelle, an der er sie niedergeworfen hatte. Sie spürte einen kalten Luftzug, und als sie sich umdrehte, sah sie, dass der Notausgang an der Rückseite des Busses aufgesprungen war. Ohne nachzudenken, rappelte sie sich hoch, auf die Knie und dann auf die Füße, und sprang hinaus auf die Straße. Sie kam vielleicht ein Dutzend Schritte weit, bevor ihre eigene Geschwindigkeit sie einholte und zu Boden stolpern ließ.

Sie verlor einen der Ohrhörer, und schlagartig drang die Welt auf sie ein, das panische Kreischen von bremsenden Reifen auf dem Asphalt, das Tröten einer Hupe. Sie riss auch den zweiten Hörer heraus und wälzte sich herum. Erst jetzt begriff sie, was gerade passiert war, und doch kapierte sie nicht, *wie* es geschehen war.

Sie saß mitten auf der Straße und starrte das Wrack des Busses an, in dem sie gefahren war, und das des schweren Holztransporters, mit dem er zusammengestoßen war. Baumstämme lagen überall verstreut, und die beiden Fahrzeuge waren so ineinander verkeilt, dass fast nicht zu erkennen war, wo das eine anfing und das andere aufhörte.

Sie merkte, wie jemand auf sie zugerannt kam. Es war der Fahrer des Wagens, dessen heftiges Bremsen sie gehört hatte. Sie sah ihn nicht an, erkannte aber aus dem Augenwinkel, dass er ein kariertes Hemd trug, Arbeitskleidung.

»Mein Gott, alles in Ordnung mit dir?«

Seine Stimme war voll Unglauben und Entsetzen. Sie nickte. »Da drin sind noch andere Leute.«

Er hatte sein Handy herausgezogen und hielt es ans Ohr, sagte jedoch zu ihr: »Ich glaube kaum. Bleib hier.«

Er stand auf und ging zögernd auf die Überreste der beiden Fahrzeuge zu, während er ins Telefon sprach. Sie verstand die Worte nicht, vermutete aber, dass er die Polizei rief. Nicht der Anblick des zerknautschten und verbeulten Metalls überzeugte sie schließlich davon, dass der Mann recht hatte. Es war die verstörende Stille. Niemand sonst konnte den Unfall überlebt haben.

Sie hätte tot sein müssen. Ein seltsamer Schwindel ergriff sie, als ihr klar wurde, dass sie unverletzt auf dem Asphalt saß. Ein Mann, den sie täglich gesehen, mit dem sie jedoch nie ein Wort gewechselt hatte, hatte ihr das Leben gerettet.

Kapitel 1

Ramón Martínez lebte schon seit fast zwei Jahren unter falschem Namen in diesem noblen Vorort von Madrid. Vermutlich hatte er den Punkt erreicht, an dem er glaubte, man würde ihn nie finden. Vielleicht hatte er sich sogar eingeredet, dass nicht einmal mehr jemand nach ihm suchte.

Aber das war ein Irrtum, und nach achtzehn Monaten vergeblicher Versuche hatten diese Leute schließlich Dan Hendricks angeheuert. Ramón Martínez wusste es noch nicht, doch seine Zeit war so gut wie abgelaufen.

Dan observierte ihn seit zwei Tagen von dem Gebäude auf der anderen Straßenseite aus. Dort hatte er einen Logenplatz, von dem aus er den Tagesablauf der Familie Martínez verfolgen konnte. Der Mann wohnte hier mit seiner Frau, seinem kleinen Sohn, einer neugeborenen Tochter und einer Nanny. Täglich kam ein Dienstmädchen.

Dan war zuversichtlich, dass sich auch heute Morgen alle an die übliche Routine halten würden. Daher trat er zum selben Zeitpunkt aus der Tür, als Martínez gegenüber das Haus verließ, um den Jungen zum nahe gelegenen Kindergarten zu bringen. Sie schlenderten gemütlich durch die Herbstsonne und Dan folgte in einigem Abstand.

Der Kleine war etwa fünf Jahre alt. Er trug einen Rucksack, und seine Stimme drang klar durch die stille Morgenluft, während er lebhaft auf seinen Vater einredete. Gelegentlich gab Martínez gut gelaunt Antwort, und manchmal schaute er zerknirscht, wenn sein Sohn ihn dafür tadelte, an der falschen Stelle gelacht zu haben.

Sie bogen rechts in eine ruhige Straße ein, und Dan ließ sich ein Stück zurückfallen. Doch er hätte sich keine Gedanken machen müssen. Martínez war taub für die Welt, als wäre das einzig Wichtige das, was sein Sohn ihm gerade zu sagen hatte.

Einen kurzen, wehmütigen Augenblick lang dachte Dan an seinen eigenen Sohn, verbannte diese Erinnerung jedoch schnell wieder. Er durfte sich nicht aus dem Konzept bringen lassen, indem er Parallelen oder sogar Ähnlichkeiten zwischen Martínez und sich zu entdecken begann. Die gab es nicht. Im Grunde ließ sich sein Leben überhaupt nicht mit dem von Ramón Martínez vergleichen.

Der Mann schien sein Glück gefunden zu haben, und Dan konnte sich eines gewissen Schuldgefühls darüber nicht erwehren, was er ihm und seiner Familie antun würde. In diesem Bewusstsein machte er kehrt, ging zurück zu seinem Beobachtungsposten und wartete, bis Martínez zwanzig Minuten später allein zurückkam.

Zunächst gab es nichts weiter zu tun. Dan überlegte, ins Hotel zurückzugehen, legte sich jedoch stattdessen auf den Klappliegestuhl neben dem Fenster und ließ die Gedanken schweifen. Er sog die Stille des Viertels in sich auf, die gedämpften Verkehrsgeräusche der Großstadt in der Ferne.

Als das Telefon klingelte, sah er auf die Uhr und stellte überrascht fest, dass vierzig Minuten vergangen waren, während er praktisch an nichts gedacht hatte. Der Anruf kam von Hugo Beck. Vermutlich würde er Interesse heucheln, fragen, wie die Dinge liefen, in Wirklichkeit jedoch ein neues Jobangebot unterbreiten wollen. Das kam Dan nicht ungelegen, es war ihm lieber, immer etwas zu tun zu haben.

Er nahm das Gespräch an, und Hugo fragte: »Wie läuft's? Irgendwelche Probleme?«

»Überhaupt keine. Charlie und Benoit kommen heute Nachmittag mit dem Flugzeug an. Wir schnappen uns die Zielperson morgen früh.«

»Gut, gut. Die hätten sich schon vor einem Jahr an dich wenden sollen. Aber du weißt ja …«

Er verstummte, und Dan fragte: »Du hast einen neuen Job für mich?«

»Nein, das ist nicht der Grund meines Anrufs. Ich denke eher, du solltest eine Weile keine Aufträge mehr annehmen.« Das klang so ungewöhnlich, dass Dans Neugier geweckt war, doch bevor er Gelegenheit hatte zu fragen, fuhr Hugo fort: »Was haben folgende Namen gemeinsam – Mike Naismith, Paul Gardener, Rich Woodward, Karl Wittman?«

Dan hatte mit all diesen Männern zusammengearbeitet. Einige von ihnen betrachtete er sogar als Freunde, darunter Mike Naismith, der vor ein paar Wochen bei einem Unfall mit Fahrerflucht in Baltimore ums Leben gekommen war. Darüber hinaus konnte er keine offensichtliche Verbindung erkennen. Ein ungutes Gefühl beschlich ihn. Hugo spielte gerne Ratespielchen, doch sein Tonfall deutete darauf hin, dass die Sache ernster war.

»Keine Ahnung, Hugo. Warum sagst du es mir nicht einfach?«

»Sie sind allesamt tot.«

»Was? Unsinn.« Dan stieß ein ungläubiges Lachen aus. Natürlich waren Todesfälle in ihrer Branche an der Tagesordnung, allerdings immer seltener seit dem Irak und Afghanistan, und schon gar nicht in dieser Größenordnung. Außerdem hatte er erst vor ein paar Wochen mit Karl gesprochen. »Hugo, ich weiß, Mike ist tot, aber die anderen …«

»Ich sage dir, sie sind alle tot. Von Mike Naismith weißt du bereits. Paul Gardener wurde letzte Woche umgebracht – er überraschte in seinem Haus in Durban einen Einbrecher und kam bei dem folgenden Handgemenge ums Leben. Das mit Rich Woodward ist ebenfalls vergangene Woche passiert – er wollte in Athen einen potenziellen Kunden treffen und wurde bei einem Raubüberfall auf offener Straße getötet. Soweit könnte man noch von einem unglücklichen Zufall sprechen, nicht wahr?«

Mit einem flauen Gefühl im Magen fragte Dan: »Und Karl?«

»Gute Frage. Unglückliche Zufälle zu arrangieren, kostet Zeit, und wer immer hier aktiv ist, scheint es eilig zu haben. Karl wurde vorgestern tot auf einer Baustelle in München aufgefunden. Eine richtige Hinrichtung. Kopfschuss, die Hände auf den Rücken gefesselt. Nach offizieller Darstellung ein Konflikt zwischen Mitgliedern des organisierten Verbrechens, nur ...«

Dan antwortete nicht sofort. Er hatte nach Mikes Tod mit Karl telefoniert. Karl war ziemlich erschüttert gewesen, und die Vorstellung, dass er jetzt selbst tot sein sollte, erschien ihm unwirklich.

Offensichtlich argwöhnte Hugo, dass eine Verbindung zwischen den Todesfällen bestand, und das klang plausibel. Als Dan endlich wieder sprach, fragte er deshalb nur: »Was denkst du, wer dahintersteckt?«

»Ich weiß es nicht. Im schlimmsten Fall? Die CIA. Eine Säuberungsaktion.«

»Es ist mehr als zwei Jahre her, dass irgendeiner von uns für sie gearbeitet hat.«

Bis dahin hatte es reichlich Aufträge von der Sorte gegeben, mit der die Agency sich nicht selbst die Hände schmutzig machen wollte. Aber dann war etwas davon an die Öffentlichkeit durchgesickert, und die Quelle versiegte. Dan hätte jedoch nie erwartet, dass die Sache für sie noch einmal Konsequenzen haben würde.

Hugo sagte: »Was sind schon zwei Jahre für die CIA? Und wir wissen ja gar nicht sicher, dass die Agency dahintersteckt. Ich sehe zu, was ich herausfinden kann, und gebe dir Bescheid.«

»Okay. Ich rufe dich an, sobald wir hier fertig sind.« Er dachte nach und fügte hinzu: »Wer sonst könnte dahinterstecken, wenn nicht Langley?«

»Falls es eine Verbindung zwischen diesen vier Todesfällen gibt? Im Grunde niemand.«

»Gut. Wir sprechen morgen weiter.«

»Einverstanden. Und viel Erfolg mit Martínez.«

Dan beendete das Gespräch und überlegte. Er hatte immer riskant gelebt, aber zum ersten Mal stand er einer so konkreten persönlichen Bedrohung gegenüber. Sofern die CIA tatsächlich Leute auslöschte, die einmal für sie gearbeitet hatten, stand er vor einem echten Problem. Es würde kaum reichen, für ein paar Monate in Thailand unterzutauchen.

Instinktiv drängte es ihn, zum Angriff überzugehen, egal, wer der Gegner war. Immerhin verfügte er über ein paar Pluspunkte – die anderen Männer hatten sich zur Ruhe gesetzt und waren häuslich geworden, was sie zu leichteren Zielen machte. Ihn selbst aufzuspüren, war schwerer. Und auf die Idee, hier in Madrid nach ihm zu suchen, kam im Moment wohl niemand.

Er ließ den Blick durch den kahlen Raum schweifen. Ein kurzer Augenblick der Zuversicht zerbröselte angesichts der nackten Realität des Lebens, das er führte. Sein einziger echter Trumpf bestand darin, dass er nicht viel zu verlieren hatte. Und er war nicht sicher, ob dieser Vorteil den Preis wert war, den er dafür bezahlt hatte.

Dan richtete sich auf und blickte durch das Fernglas. Martínez unterhielt sich im Wohnzimmer mit der Nanny. Sie war jung und hübsch, und Dan befürchtete fast, Martínez würde ihn enttäuschen und demonstrieren, dass er doch nicht der perfekte Familienmensch war, der er zu sein schien. Aber die Körpersprache zwischen den beiden blieb absolut platonisch. Dan lächelte. Schließlich nickte Martínez als Antwort auf irgendeine Frage, und sie verließen den Raum durch unterschiedliche Türen.

Dan setzte sich wieder. Hugos Anruf hatte sein Leben schlagartig auf den Kopf gestellt. Die Ironie der Situation entging ihm nicht.

Ramón Martínez' Zeit war beinahe abgelaufen, und Dan spürte immer noch einen Anflug von Bedauern darüber, dass er dabei war, sein Familienidyll zu zerstören. Nur sah inzwischen seine eigene Zukunft ähnlich düster aus. Der einzige bedeutende Unterschied zwischen ihnen bestand darin, dass er in einem menschenleeren Apartment auf der einen und Martínez in einer Wohnung voller Leben auf der anderen Seite der Straße saß.

Kapitel 2

Gleich nach dem Lunch kehrte Dan ins Hotel zurück, um auf Charlie und Benoit zu warten, hielt es jedoch im Zimmer nicht aus. Hugos Neuigkeiten ließen ihm keine Ruhe, machten ihn nervös, stellten ihn vor unlösbare Fragen. Warum waren sie hinter ihm her? Würden sie einen Mann auf ihn ansetzen, den er kannte, dem er vertraute?

Er ging hinunter in die Lobby und suchte sich eine Stelle, von der aus er das Kommen und Gehen im Auge hatte. Er konnte sich nicht vorstellen, dass jemand von seiner Anwesenheit hier wusste, aber es schadete nicht, wachsam zu bleiben.

Kurz nach drei Uhr fuhr ein Taxi vor, und Charlie stieg aus. Er war allein. Wie er so mit seiner Reisetasche hereinkam, sah er aus, als hätte man ihn im Vergleich zu den Menschen um ihn herum in überdimensionalem Maßstab gebaut. Er war zu groß, um unauffällig zu sein, doch behielten die Leute gerade deswegen oft nur seine Statur im Gedächtnis.

Charlie ließ, ohne innezuhalten, den Blick durch die Lobby schweifen. Als er Dan erkannte, lächelte er und ging auf ihn zu.

Sie schüttelten sich die Hand und setzten sich. Dan fragte: »Wo ist Benoit?«

»Ist nicht aufgetaucht. Und um deiner Frage zuvorzukommen: Ja, ich habe versucht, ihn anzurufen. Er nimmt nicht ab.«

Dan wehrte sich gegen den Gedanken, dass Benoit in denselben Schwierigkeiten stecken könnte wie er. Das würde die Gefahr noch realer machen. Doch er hatte ein ungutes Gefühl bei der Sache.

»Hast du mit Isabelle gesprochen?«

Charlie wirkte unbesorgt, als er antwortete: »Ja. Ihr zufolge musste er vorgestern verreisen, wollte aber nicht sagen, wohin. Er hätte mich wenigstens informieren sollen, wenn er einen anderen Job hat. Ist das ein Problem?«

Dan schüttelte den Kopf. »Nein, wie sich herausgestellt hat, brauchen wir ihn gar nicht, nur …«

Als würde er auf einer unbewussten Ebene die Verbindung herstellen, fiel ihm Charlie ins Wort und fragte, ohne sich viel dabei zu denken: »Wusstest du eigentlich, dass Paul Gardener tot ist? Jemand ist in sein Haus eingebrochen.«

»Ja, ich weiß.« Etwas in Dans Stimme ließ Charlie aufmerksam werden, und er warf ihm einen Seitenblick zu. »Hugo hat mich heute früh angerufen«, fuhr Dan fort. »Rich Woodward ist ebenfalls tot. Ermordet bei einem Straßenraub in Athen. Und auch Karl …«

»Karl Wittmann! Ich habe doch erst kürzlich mit ihm …« Charlie verstummte und versuchte sich zu erinnern, wann sie das letzte Mal miteinander gesprochen hatten.

»Er ist tot. Sie sind alle tot. Das Üble ist: Hugo glaubt, dass ein Zusammenhang besteht. Und er befürchtet, dass das nur der Anfang war. Karl wurde regelrecht hingerichtet und auf einer Baustelle abgelegt.«

»Scheiße.« Charlie legte die Hände vor den Mund, sodass es gedämpft klang, als er wiederholte: »Scheiße, Scheiße, Scheiße.« Er ließ die Arme wieder sinken und fragte: »Weiß Hugo, wer dahintersteckt?«

»Er will ein paar Nachforschungen anstellen. Ich rufe ihn morgen an. Aber er hat eine bestimmte Theorie, und wenn die Morde so gut organisiert sind, wie es den Anschein hat, bin ich geneigt, ihm zuzustimmen.«

»Diese Dreckskerle.«

Dan hatte nicht laut aussprechen müssen, an wen er dabei dachte. Er wusste, was Charlie als Nächstes tun würde, und wartete geduldig ab, während er sein Handy hervorzog und abermals versuchte, Benoit zu erreichen. Wenige Augenblicke später steckte er den Apparat kopfschüttelnd weg. »Mailbox.«

»Und er hat vor seinem Verschwinden nicht mit dir gesprochen? Keine Andeutung, dass er sich Sorgen machte?« Charlie schüttelte nur den Kopf. »Also gut.«

Charlie und Benoit hatten sich immer besonders nahegestanden, selbst seit Benoit vor etwa einem Jahr eine Familie gegründet hatte. Jetzt fragte er: »Was soll nur aus Isabelle und dem Baby werden?«

Dan lächelte aufmunternd. »Wir sollten ihn noch nicht abschreiben. Er könnte genauso gut mit seinen alten Kumpeln aus der Legion irgendwo auf Sauftour sein.« Charlie nickte wenig überzeugt. Dan fuhr fort: »Hör zu, morgen wissen wir mehr. Zuerst müssen wir uns darauf konzentrieren, den Auftrag zum Abschluss zu bringen.«

Charlie nickte abermals und riss sich mit sichtlicher Mühe zusammen. Er sagte: »Befürchtest du Probleme?«

»Nein – der schwierigste Teil war, ihn zu finden. Warum checkst du nicht erst einmal ein, und dann machen wir einen Spaziergang?«

Charlie lächelte ohne großen Enthusiasmus und erhob sich. »Gib mir zehn Minuten.«

Es dauerte ein wenig länger, was Dan mehr Zeit ließ, über Benoits Fernbleiben nachzugrübeln. Er wollte nicht gleich mit dem Schlimmsten rechnen. Benoit war ein anständiger Kerl und hatte es endlich geschafft, das zu erreichen, was so vielen von ihnen versagt blieb: sich im Privatleben etwas aufzubauen. Doch Dan hatte das unerfreuliche Gefühl, dass sie ihn nicht wiedersehen würden.

Im besten Fall hatte Benoit einen Tipp bekommen oder die Zeichen besser gelesen als die anderen und war abgetaucht, um Isabelle und sein Kind dadurch zu schützen. Wahrscheinlicher allerdings war, dass sie ihn geschnappt hatten und es nur eine Frage der Zeit war, bis seine Leiche auftauchte.

Charlie hatte offensichtlich ebenfalls darüber nachgedacht, denn als sie das Hotel verließen, meinte er: »Ich glaube nicht, dass es Benoit erwischt hat. Er ist zu gut, um sich einfach so umlegen zu lassen. Viel zu clever.«

Dan sparte es sich, das auf der Hand Liegende auszusprechen. Karl Wittman war einer der Besten gewesen, mit dem er je zusammengearbeitet hatte – hart, trickreich, furchterregend effizient. Wenn es ihn erwischt hatte, war keiner von ihnen sicher. Nach Dans Ansicht spielte es ohnehin keine Rolle, wie gut man war. Niemand konnte ständig auf der Hut zu sein. Sofern der Angriff erfolgte, während man gerade über die Straße ging und mit den Gedanken woanders war, hatte man keine Chance.

Er wollte nicht, dass Charlie weiter darüber nachgrübelte. »Falls es nur darum geht, wer der Klügere ist, steckst du tief im Schlamassel.«

Charlie lachte und versetzte ihm einen spielerischen Schlag gegen den Oberarm. Er war kräftig genug, dass Dan ihn spürte und leicht aus dem Tritt geriet.

In dem leeren Apartment sah Charlie durchs Teleskop und sagte: »Das ist ja eine tolle Aussicht. Ein Glücksfall, dass du die Wohnung gefunden hast.«

»Mit Glück hatte es weniger zu tun. Ich musste ein paar Beziehungen spielen lassen.«

»Kann ich mir vorstellen«, meinte Charlie, ohne den Blick abzuwenden. Vorübergehend schien er Benoits Verschwinden vergessen zu haben. Er lächelte. »Wow. Seine Frau ist ja eine Schönheit.«

»Dunkle Haare?«

»Genau.«

»Das ist die Nanny. Seine Frau ist blond.«

»Na schön, dann ist eben die Nanny sehr attraktiv. Noch besser.«

Dan sah auf die Uhr und warf einen Blick auf die Straße. Tatsächlich, Martínez und der Junge bogen gerade um die Ecke.

»Das ist er. Er hat seinen Sohn vom Kindergarten abgeholt.«

Charlie riss sich widerwillig vom Fernrohr und der Aussicht auf die Nanny los und sah nach unten, wo Martínez heiter die Straße entlangschlenderte. Er plauderte mit dem Kleinen, der ihm mit vielen Gesten irgendetwas zu erzählen schien.

Es war ein unschuldiger Anblick, wie man ihn überall auf der Welt antreffen konnte, aber Charlie betrachtete ihn, als wäre er etwas Außergewöhnliches. Endlich sagte er: »Erstaunlich.« Er wandte sich zu Dan. »Gar keine Leibwächter?«

»Ich habe keine entdeckt. In gewisser Weise ist das nur folgerichtig – Bodyguards würden Misstrauen erregen und Fragen aufwerfen. Sein eigentliches Sicherheitsnetz war, dass niemand von seiner Anwesenheit hier wusste.«

»Bis du gekommen bist.«

»Ja. Kein Mensch kann spurlos verschwinden.«

Charlie nickte und fragte: »Wie willst du ihn schnappen?«

»Wir machen es morgen früh.« Er deutete nach unten. »Er biegt da vorne rechts ab in eine lange, sehr ruhige Straße. Dort können wir parken und ihn abpassen.«

»Auf dem Rückweg?«

»Nein, auf dem Hinweg. Ich glaube nicht, dass er bewaffnet ist, aber wie dem auch sei, er wird fügsamer sein, wenn der Junge bei ihm ist.«

Er richtete den Blick wieder auf die Straße. Martínez und der Kleine waren inzwischen im Haus verschwunden. Dan griff nach einem Feldstecher, und sie warteten, bis die beiden in der Wohnung auftauchten und sich ihren verschiedenen häuslichen Aktivitäten widmeten.

Wie zu sich selbst sagte Charlie am Fernrohr: »Er hat sich hübsch eingerichtet da drüben.« Die Bemerkung implizierte, dass dieses schöne Leben sich leider dem Ende zuneigte. Sie selbst würden dafür sorgen.

»So etwas könnte mir auch gefallen. Dir nicht? Du weißt schon. Hast du dir nie gewünscht, dich irgendwo niederzulassen und Kinder zu haben?«

Noch im selben Augenblick begriff er, was er da gesagt hatte, zuckte zusammen und drehte sich erschrocken zu Dan um.

Der senkte den Feldstecher und lächelte: »Lass nur.«

»Dan, tut mir leid. Ich wollte nicht …«

»Ich weiß, was du sagen wolltest. Keine Sorge, das ist lange her.«

Charlie schüttelte den Kopf und ärgerte sich über seine unbedachte Bemerkung. Dan sprach nur sehr selten über den Schmerz, den er vor sieben Jahren erlitten hatte, diese nie verheilte Wunde. Meistens tat er so, als wäre gar nichts gewesen, deshalb war es ironischerweise kaum überraschend, dass Charlie nicht daran gedacht hatte.

»Es tut mir trotzdem leid. Schon klar, dass du nicht gerne darüber sprichst, nur … ich weiß nicht.«

»Wie üblich.« Dan lachte leise, um Charlie zu zeigen, dass es ihm nichts ausgemacht hatte, bevor er hinzufügte: »Und jetzt sollten wir uns darauf konzentrieren, diesen Typen nach

Venezuela zurückzuverfrachten. Danach können wir uns immer noch um unsere eigene Zukunft kümmern.«

Charlie nickte. Sie wandten sich wieder dem Martínez-Haushalt zu, der langsam in den herannahenden Abend hineinglitt. Ramón Martínez hatte nicht die geringste Ahnung, dass dies seine letzte Nacht in Freiheit war. Ab morgen würde alles anders sein.

Vielleicht dachte Charlie in ähnlichen Bahnen, denn er sagte: »Meinst du wirklich, wir stecken in Schwierigkeiten?«

Dan schmunzelte. Die Frage hatte Charlie ihm im Lauf der Zeit schon oft gestellt und sich stets von Dans Standardantwort besänftigen lassen: »Nichts, womit wir nicht zurechtkämen.« Dan war nicht immer so sicher gewesen, wie sein Tonfall signalisierte, hatte am Ende jedoch stets recht behalten.

»Nichts, womit wir nicht zurechtkämen«, sagte er auch jetzt. Ohne hinzusehen, wusste er, dass Charlie ebenfalls lächelte.

Kapitel 3

Es war wieder ein schöner Morgen. Der Tag versprach, heiß zu werden. Dans und Charlies Wagen parkte ein Stück weit in der Seitenstraße gleich um die Ecke. Charlie saß am Steuer, und Dan hatte einen Stadtplan auf dem Armaturenbrett ausgebreitet. Sie standen in der falschen Richtung, hatten aber die Spiegel so eingestellt, dass sie die Straße hinter sich gut im Blick behielten.

Dan entdeckte Martínez und seinen Jungen zuerst. Sie machten einen entspannten Eindruck, als gäbe es nichts auf der Welt, was diesen sonnigen Herbstmorgen in diesem idyllischen Viertel stören konnte.

»Ich sehe sie auch«, sagte Charlie, der die minimale Veränderung in Dans Körpersprache bemerkt hatte. Er musterte die beiden im Rückspiegel. »Ich bin froh, dass es nur eine Entführung ist.«

Dan nickte zustimmend, obwohl das ohnehin typisch für ihre Arbeit war – sie entführten Menschen, damit andere sie in aller Ruhe umbringen konnten.

Er schob die Waffe unter den Stadtplan und wartete. Martínez hatte sich so an das friedliche Leben hier gewöhnt, dass ihm der Wagen gar nicht auffiel. Er wirkte selbst dann noch unbesorgt, als Dan die Tür aufstieß und ausstieg.

Martínez erblickte den Stadtplan und wollte schon auf Spanisch seine Hilfe anbieten, als etwas in Dans Miene ihn verstummen ließ.

Mit einem Blick auf den Jungen sagte Dan: »Machen wir uns die Sache nicht schwerer, als es unbedingt sein muss, Mr Martínez. Steigen Sie einfach ins Auto.«

Martínez nickte und versuchte, ruhig zu bleiben. Er schien verstanden zu haben, dass im Fall von »Schwierigkeiten« sein Sohn in die Sache hineingezogen werden würde, und war offenbar bemüht, es nicht dazu kommen zu lassen. Er wandte sich zu dem Jungen und redete beruhigend auf ihn ein. Dan schnappte genug davon auf, um zu verstehen, dass Martínez erklärte, er müsse mit den Männern mitfahren, und der Kleine solle nach Hause gehen.

Martínez stieg hinten ein, doch der Junge rührte sich nicht und starrte ihn verwirrt an. »Papa?«, sagte er.

Bei diesem Wort lief es Dan kalt über den Rücken, und Erinnerungen sprudelten an die Oberfläche. Martínez rief seinem Sohn ein paar aufmunternde Worte zu. Dan setzte sich neben ihn und schlug die Tür zu. Charlie ließ den Motor an, fuhr allerdings nicht los, sondern musterte Dan im Rückspiegel.

Dan drehte den Kopf zum Seitenfenster. Der Junge stand immer noch wie angewurzelt da, eher verdutzt als verängstigt, aber er wirkte völlig verloren.

»Charlie, der Kleine wohnt doch gleich um die Ecke – er geht heim, sobald wir losfahren.«

Charlie sagte über die Schulter: »Du kannst ihn nicht einfach da stehen lassen.« Dan warf ihm einen schiefen Blick zu, der Antwort genug war. Charlie blieb hartnäckig. »Dan, er ist ein Kind. Weiß Gott, was ihm alles zustoßen könnte.«

Dan fragte sich, wie tief er gesunken sein musste, wenn Charlie Hamsun jetzt sein Gewissen spielte. Kopfschüttelnd gab er nach. »Okay, pass auf Martínez auf. Ich bin sofort wieder da.« Er wandte sich zu Martínez und drohte: »Sollten Sie Schwierigkeiten machen, während ich weg bin, töte ich Sie und Ihre Familie.«

Er reichte Charlie die Pistole, schwang die Tür auf und stieg aus. Der Junge trat ängstlich einen Schritt zurück, doch abermals beruhigte ihn die gelassene Stimme seines Vaters, die ihm befahl, dem Mann zu folgen.

Dan ging los. Der Junge schloss sich an und ergriff seine Hand. Die Berührung der warmen kleinen Finger traf Dan wie ein Schlag. Vielleicht lag es an dem Gespräch mit Charlie tags zuvor oder auch daran, dass der Junge »Papa« gesagt hatte. Es hatte ihn unbewusst beschäftigt, seit er dem Kleinen und seinem Vater am vergangenen Morgen gefolgt war.

Er war mit seinen fünf, sechs Jahren jünger, als Dans Sohn inzwischen gewesen wäre. Die Erinnerung schmerzte immer noch wie eine offene Wunde. Er verdrängte diese Gedanken, erstickte sie, schob sie weg und konzentrierte sich ganz auf den Job, das Hier und Jetzt.

Der Junge ließ seine Hand los, als sie den Hauseingang erreichten, vermutlich, weil er sich hier auf vertrautem Boden fühlte. Er drückte im Aufzug selbst auf den Knopf und klopfte an die Wohnungstür, als sie oben ankamen.

Dan betätigte zusätzlich die Klingel, die für den Kleinen außer Reichweite lag. Er wollte sich abwenden, doch die Tür ging sofort auf, und die Nanny starrte sie überrascht an. Sie wechselte verwirrt ein paar Worte mit dem Jungen und sah Dan fragend an. Soweit er verstanden hatte, wollte sie wissen, was los war.

Ihre Blicke trafen sich. Entweder sie kannte die wahre Identität ihres Arbeitgebers oder Dan hatte etwas an sich, das ihr Angst einjagte. Jedenfalls sprach sie kein weiteres Wort mehr, sondern ließ nur ihre großen dunklen Augen starr auf ihn geheftet, während sie den Jungen in die Wohnung schob, zurücktrat und Dan die Tür vor der Nase zuknallte.

Er nahm die Treppe nach unten und lief zurück zum Auto. Als er einstieg, gab Charlie ihm seine Waffe wieder. Dan fühlte Martínez' Blick erwartungsvoll auf sich gerichtet.

Er drehte sich zu ihm um und sagte: »Alles in Ordnung. Ich habe ihn bei der Nanny abgeliefert.«

»Danke. Er ist noch so klein.« Martínez sah traurig und resigniert drein, als sie losfuhren, und es verstrichen ein paar Minuten, bevor er fragte: »Sind Sie von der CIA? Oder arbeiten Sie für die CIA?«

Dan sah ihn an und antwortete: »Nein, Mr Martínez, Sie fahren nach Hause.«

»Ich verstehe. Die Regierung oder …«

»Die Regierung.«

Martínez wirkte überrascht, fast erleichtert. Von den drei möglichen Szenarien für das, was ihm widerfahren war, fürchtete er anscheinend am meisten die CIA, danach kamen private Feinde, und die venezolanische Regierung war am harmlosesten. Dan wusste nicht, warum, und es war ihm ziemlich egal – er wurde nur dafür bezahlt, den Mann zu entführen und abzuliefern.

Der kleine Privatflugplatz lag ein ganzes Stück außerhalb. Martínez schien damit zufrieden zu sein, schweigend dazusitzen und aus dem Fenster auf eine Stadt zu blicken, die er wahrscheinlich nie wiedersehen würde. Dan erinnerte sich daran, wie vertraut er mit seinem Sohn umgegangen war, und vermutete, dass er auch an all die Jahre mit seiner Familie dachte, die er verlieren würde. Pech gehabt.

Als sie ankamen, ließ Dan Charlie beim Auto warten und führte Martínez in das kleine Büro. Die drei venezolanischen Geheimdienstbeamten tranken gerade Kaffee, erhoben sich aber bei ihrem Eintreten. Sie schienen Martínez ein gewisses Maß an Respekt entgegenzubringen. Dan nahm an, dass der Mann recht gehabt hatte, wenn er dies als die angenehmere Variante betrachtete, egal, was noch passierte.

Martínez streckte Dan die Hand entgegen und sagte: »Danke, Mr …?«

Dan schüttelte ihm die Hand, meinte jedoch: »Dan. Der Nachname ist nicht wichtig.«

»Ich möchte Ihnen dafür danken, dass Sie meinen Sohn sicher nach Hause begleitet haben und es ihm nicht … unnötig schwer gemacht haben.« Ein fragender Ausdruck trat auf sein Gesicht. »Wie haben Sie mich eigentlich gefunden?«

»Jeder Mensch hinterlässt Spuren. In Ihrem Fall waren sie sehr schwach, aber immerhin vorhanden. Ich bin ihnen gefolgt.«

Martínez nickte zustimmend und sagte: »Dann stellt sich mir die Frage, ob Ihr Name vielleicht Hendricks lautet?«

»Wie gesagt, das spielt keine Rolle. Ich bin nur ein Rädchen im Getriebe. Ich wünsche Ihnen eine gute Reise.«

Als er das Büro verließ, sah er Charlie neben dem Auto stehen und telefonieren. Er schlenderte auf ihn zu und genoss entspannt die Wärme der Sonne auf der Haut, jetzt, da der Job erledigt war. Charlies Miene verdüsterte sich, und er lehnte sich an den Wagen, als bräuchte er eine Stütze. Es konnte nur um Benoit gehen, und Dan sah, dass es schlechte Nachrichten waren.

Charlie legte auf, als Dan ihn erreichte. Er war aschfahl im Gesicht und sagte kopfschüttelnd: »Sie haben Benoit mit einer Kugel im Kopf am Flughafen im Kofferraum seines Autos gefunden.«

Dan spürte einen seltsamen Widerstreit zwischen dem, was er meinte, empfinden zu müssen, und dem, was er tatsächlich fühlte. Benoit war ein guter Freund gewesen, vielleicht ein ebenso guter wie Karl und gewiss ein besserer als Mike Naismith. Aber er hatte ihn im letzten Jahr nicht oft gesehen und fand nicht zu einer entsprechenden emotionalen Reaktion.

Charlie sah aus, als hätte ihn die Nachricht umgehauen. Er ließ die mächtigen Schultern hängen und jede Farbe war aus seinem Gesicht gewichen. Er und Benoit hatten sich nähergestanden und viel Zeit privat miteinander verbracht, auch nachdem Benoit eine Familie gegründet hatte.

»War das Isabelle?«

Es dauerte einen Moment, bis die Frage zu Charlie durchdrang. »Ihre Mutter. Isabelle steht unter Beruhigungsmitteln.« Charlie betrachtete das Telefon, als könnte es ihm helfen oder einen Rat geben, bevor er hinzufügte: »Das hätte nicht passieren dürfen.«

Dan sagte: »Schalte dein Handy aus.« Charlie gehorchte automatisch. Er wirkte geistesabwesend in seiner Niedergeschlagenheit. »Ich weiß, wie sehr dich das mitnimmt, Charlie. Aber wenn wir nicht schnell aktiv werden, sind wir genauso tot wie er.«

Charlie nickte und kam langsam wieder zu sich. »Okay, was sollen wir tun?«

Dan sah erfreut, dass Charlie sich zusammenriss und seine Gedanken ordnete. Sie konnten sich keine Nachlässigkeit mehr leisten, mussten wachsam bleiben und auf den Anschlag gefasst sein, der unvermeidlich kommen würde.

»Du fährst. Wir brechen direkt zum Flughafen auf, und ich rufe Hugo von unterwegs an. Hoffen wir, dass er Erfolg hatte.«

Hinter ihnen liefen die Turbinen des Privatjets an und sie sahen in die Richtung, wo er neben dem Gebäude auf dem Vorfeld stand. Dan dachte an Martínez. Der Mann musste tief deprimiert sein, seiner Familie entrissen und in eine ungewisse Zukunft hineingeschleudert zu werden. Aber wie Charlie gesagt hatte, eine Weile lang hatte er es ziemlich gut gehabt.

Sobald sie unterwegs waren, wählte Dan Hugos Nummer, und als er sich meldete, sagte er: »Ich hoffe sehr, dass du etwas herausbekommen hast, denn wie ich gerade erfahren habe, hat man Benoit Claudel eine Kugel in den Kopf gejagt.«

»Das habe ich auch gehört, und es überrascht mich nicht. Die Dinge entwickeln sich rasant.« Es gab eine Pause, bevor Hugo fortfuhr: »Der schlimmste denkbare Fall ist eingetreten. Sie eliminieren Leute, die für sie schwarze Operationen durchgeführt haben, und es ist ihnen bitter ernst damit. Ich schätze, das ist dir klar.«

»Okay«, antwortete Dan. Er stellte ein paar schnelle Überlegungen an, wie lange sie unter solchen Bedingungen überleben konnten, was dazu nötig und welches der beste Ort zum Untertauchen war.

Hugo unterbrach seinen Gedankengang. »Da ist noch etwas. Ich habe einen Anruf von Patrick White bekommen. Er will dich treffen.«

Dan spürte einen Adrenalinstoß. Da schien sich eine Chance zu bieten, aber er sah auch die Gefahren. Patrick White war der Mann, der ihnen den größten Teil der Aufträge verschafft hatte, für die Dans Kollegen jetzt einen so hohen Preis hatten zahlen müssen. Vielleicht handelte es sich bei dem Meeting also um eine Falle, einen Trick, um Dan auf die Todesliste zu setzen. Doch eigentlich war das nicht Patricks Stil. Es bestand eher die Aussicht, dass sich hier ein Ausweg bot.

»Hat er eine Nummer hinterlassen?«

»Ja, allerdings.«

»Okay, schick sie mir und ich werde sehen, was er will.«

»Mache ich.« Nach einer winzigen Pause ergänzte Hugo: »Ist Charlie bei dir?«

»Sicher.«

»Bin ich auf Lautsprecher?«

»Nein.«

Diesmal verstrichen ein paar Sekunden, und Dan fragte sich bereits, ob er die Verbindung verloren hatte, als Hugo wieder sprach. »Ich höre da Gerüchte. Sie haben vor zwei Tagen deine Wohnung in Paris gecheckt, allerdings ohne eine Ahnung zu haben, wo du dich gerade aufhältst. Deshalb haben sie gleich Benoit erledigt, wo sie schon einmal in der Stadt waren. Charlies Haus wird als Nächstes dran sein, vielleicht sogar heute Nacht.«

Das klang logisch. Charlies Anwesen lag ungefähr auf halber Strecke zwischen Annecy und Bonneville, war also nach Paris ein naheliegendes Ziel.

»Wie sicher bist du dir?«

»Ziemlich. Und hör zu, Dan. Ich weiß, dass du Charlie magst, aber du musst dich jetzt um dich selbst kümmern. Lass Charlie den Blitzableiter spielen und nutze den Vorsprung, um schleunigst aus Europa zu verschwinden.«

Dan grinste mit einer Spur von Bewunderung für Hugos Skrupellosigkeit. Er verdiente mit Dan eine Menge Geld, und das war es, worum er sich wirklich Sorgen machte.

»Verstanden, Hugo, und vielen Dank. Ich werde ein paar Tage offline sein, leite mir nur noch diese Telefonnummer weiter und alles andere, was du herausfinden kannst.«

Er beendete das Telefonat und schaltete das Handy aus. Eine Weile fuhren sie schweigend dahin.

Schließlich durchbrach Charlie die Stille und fragte: »Langley?«

»Ja.«

»Hugo hat dir vorgeschlagen, mich zu opfern?«

»Ja.«

Dan lachte. Charlie stimmte ein und meinte: »So ein Mistkerl! Eines Tages bringe ich ihm Manieren bei.«

Dan nickte und unternahm nicht einmal den Versuch, Hugo in Schutz zu nehmen. »Er glaubt, das Team, das Benoit ermordet hat, ist zu deinem Haus unterwegs, wahrscheinlich schon heute Nacht.«

Charlie sah ihn von der Seite an. »Aber ich bin gar nicht da.«

»Nein. Noch nicht. Lass uns hinfahren und herausfinden, was die Kerle im Schilde führen.« Bei der Aussicht auf Revanche lächelte Charlie, und Dan signalisierte ihm, auf den Verkehr zu achten, bevor er hinzufügte: »Und Patrick White will sich mit mir treffen.«

Charlie riskierte einen weiteren Seitenblick und fragte: »Eine Falle?«

»Durchaus möglich. Ich schätze, ich werde es wissen, wenn ich mit ihm gesprochen habe. Erst einmal sollten wir sehen, was wir heute Nacht herausfinden können.«

»Ja!« Charlie hieb triumphierend auf die Hupe und bekam prompt Antwort von einem zufällig entgegenkommenden Wagen. »Scheiße, ja.«

Er lachte, und Dan stimmte mit ein, auch wenn es kaum mehr war als gespielter Optimismus. Es gab eine Grenze dafür, wie viel sie auf eigene Faust ermitteln konnten. Dan fragte sich unwillkürlich, ob sie nicht beide besser mit Martínez in dieses Flugzeug nach Venezuela gestiegen wären.

Kapitel 4

Charlies Haus war die große und moderne Version eines alpinen Chalets und stand auf einer extra angelegten Lichtung im Wald. Es war als einsamer Zufluchtsort gestaltet, verfügte aber über alle Sicherheitsvorkehrungen und freie Schussbahn, falls die Welt einmal unerwartet an die Tür klopfen sollte.

Als sie ankamen, dämmerte es bereits, und sie verbrachten die erste Stunde damit, das Anwesen gründlich zu durchkämmen. Charlie schaltete die Alarmsysteme ein und holte ein paar Waffen aus dem Panikraum, darunter ein Scharfschützengewehr. Es wirkte irgendwie übertrieben und erinnerte sie nur an die Freunde, die sie verloren hatten. Sowohl Benoit als auch Karl waren talentierte Heckenschützen gewesen. Zu Dans oder Charlies Stärken hatte das nie gezählt.

Anschließend kochte Charlie Abendessen, während Dan einen schnellen Rundgang um das Gelände machte. Er hatte kein hundertprozentiges Vertrauen in die technischen Anlagen. Aus dem Hauswirtschaftsraum gelangte er auf die breite umlaufende Veranda. Dort blieb er stehen und atmete tief die dunkle, frische Bergluft ein, die nach der Wärme von Madrid ein richtiger Schock war. Augenblicklich war er wieder munter und bekam einen klaren Kopf.

Langsam umrundete er das Haus, lauschte und versuchte, die Dunkelheit des Waldes zu durchdringen. Vorne musterte er die Treppe, die zur Wiese darunter führte. Sicher, ein Angreifer musste hier erst die freie Grasfläche überqueren, doch es war eine äußerst einladende Stelle für eine Attacke.

Er drehte sich um, lehnte sich ans Geländer und sah durch die raumhohen Fenster in die Wohnung. Charlie betätigte sich in der Küche, die sich hinter dem offenen Wohnzimmer anschloss. Dan selbst hätte diesen Ort wohl kaum als Festung gewählt, trotz der ganzen Technik.

Sie ließen sich Zeit beim Abendessen, und es war bereits spät, als sie fertig waren. Sie blieben am Tisch sitzen, und Charlie öffnete die zweite Flasche Wein. Inzwischen glaubten sie beide, dass Hugo sich geirrt hatte und heute Nacht kein Überfall stattfinden würde.

Dan hatte die drohende Gefahr schon fast vergessen, als er sich zurücklehnte und sagte: »Ein hübsches Plätzchen hast du hier.«

»Nicht schlecht, was?« Charlie sah sich um, als würde er es selbst zum ersten Mal sehen, bevor er hinzufügte: »Als ich das Haus gekauft habe, hoffte ich natürlich irgendwie, ich würde jemanden finden, mit dem ich es teilen kann.«

Dan meinte: »Charlie, ich fühle mich ja geschmeichelt, nur …«

Charlie lachte. »Nein, im Ernst. Wenn ich an Benoit denke, bin ich ganz froh, dass ich niemanden kennengelernt habe, aber sobald wir das hinter uns haben, möchte ich einiges verändern. Mich niederlassen, vielleicht sogar heiraten.«

In den Jahren des Lebens am Abgrund, oft unbekümmert und sorglos in den Dingen, auf die es eigentlich ankam, hatte Dan immer gewusst, dass Charlie eine solche Seite besaß, den Wunsch nach einfacher Häuslichkeit. Möglicherweise hegten sie den alle, doch Charlie schien wie geschaffen dafür, inmitten einer großen und lärmenden Familie an diesem Tisch zu sitzen. Eines Tages würde es womöglich so weit sein, aber nicht heute oder morgen oder übermorgen.

»Wir hatten eine schöne Zeit, Charlie. Wir haben uns als Singles gut amüsiert. Du hast dieses Haus. Ich habe meines in Italien und die Wohnung in Paris.«

»Und trotzdem leben wir nicht wirklich, nicht so, wie es sein sollte.« Er nippte an seinem Wein und sagte: »Erinnerst du dich an Darija?«

Dan nickte. Im vergangenen Sommer hatten sie zwischen zwei Aufträgen ein paar Monate an der dalmatischen Küste Urlaub gemacht. Charlie hatte ein Techtelmechtel mit einer Kroatin angefangen, einer dunkelhaarigen Schönheit, sie allerdings seitdem nie wieder erwähnt.

»Ich habe in letzter Zeit oft an sie gedacht. Wir haben sehr gut zusammengepasst, weißt du?«

»Warum hast du dann den Kontakt abreißen lassen?«

Charlie zuckte mit den Schultern.

»Ich weiß auch nicht. Aber sobald das hier vorbei ist, will ich versuchen, sie wiederzufinden.« Er schwieg eine Sekunde und fragte: »Was ist mit dir?«

In den Kulissen von Dans Leben gab es kein Äquivalent für Darija, keine Frau, die er vermisste. Und er war überhaupt nicht sicher, ob er einem anderen Menschen den Ballast seines eigenen Lebens aufbürden wollte. Und ob »das hier« wirklich je zu Ende sein würde – selbst wenn sie einen Ausweg fanden? Es gab keine Garantie, dass es sich nicht irgendwann wiederholte.

»Ich fühle mich recht wohl als Single. Aber falls du Darija nicht finden solltest, könnte ich dir jemanden empfehlen, der sie für dich aufspüren kann.«

Charlie lächelte. »Ich will sie ja nur finden, nicht gleich kidnappen.«

Er schenkte Wein nach, und sie plauderten noch eine Stunde so weiter. Dann piepste ein kurzer Alarm auf der anderen Seite des Zimmers.

Charlie verstummte mitten im Satz und verkündete: »Das ist einer der Bewegungsmelder, die ich in den Wäldern um das Haus installiert habe.«

»Könnte es ein Reh gewesen sein?«

»Nur, falls es ein Mutant ist. Der Alarm bleibt stumm, wenn der Sensor Bewegungen wahrnimmt – er reagiert nur, wenn er deaktiviert oder das Kabel durchgeschnitten wird.«

Er stemmte sich aus dem Stuhl hoch, und Dan folgte ihm zu einem bereitstehenden Laptop. Charlie spielte ein wenig mit der Tastatur herum und studierte angestrengt den Bildschirm, der eine Anzahl verschwommener Bilder zeigte.

»Wärmebildkameras. Hast du die auch bei dir in Italien?«

Dan schüttelte langsam den Kopf. »Ich dachte bisher nicht, dass jemand versuchen könnte, mich zu töten.«

»Dan, von allen Menschen solltest du das doch am besten wissen. In unserer Branche gibt es immer einen, der dich killen will.« Er stutzte und deutete auf den Bildschirm, in dessen Mitte zwei leuchtende Silhouetten aufgetaucht waren. »Da sind sie. Anscheinend zu zweit. Sie kundschaften wohl gerade die Umgebung aus und überlegen, wie sie weiter vorgehen sollen.«

»Bist du sicher, dass es nur zwei sind?«

Charlie klickte sich durch die anderen Kameras, bis er wieder bei den beiden Eindringlingen gelandet war. Wenn das wirklich alle waren, gab es vermutlich kein Problem. Dan misstraute allerdings dem Bild, das er vor sich sah. Es wirkte zu einfach, und seiner Erfahrung nach konnte das nur heißen, dass sie etwas übersahen.

Kapitel 5

Die beiden Umrisse auf dem Bildschirm bewegten sich eine ganze Weile lang nicht. Nachdem sie sie ein paar Minuten nur angestarrt hatten, sagte Charlie: »Ich frage mich, worauf sie warten. Auf Verstärkung? Oder wollen sie nur sehen, wie ich auf den Bewegungssensor reagiere?«

»Möglicherweise ist es nur ein Kundschafterteam.« Das glaubte Dan selbst keine Sekunde lang, und diese Reglosigkeit gefiel ihm überhaupt nicht.

»Mein Gewehr hat ein Nachtsicht-Zielfernrohr – ich könnte ihnen eine Kugel verpassen«, meinte Charlie. Mit einem weiteren Blick auf den Bildschirm fügte er hinzu: »Das Problem ist, sie befinden sich in einer überlegenen Position. Ich müsste hinaus auf die Veranda, und da hätten sie mich voll im Visier.«

Charlie hatte recht. Dort wäre er ihrem Gegenfeuer ausgesetzt. Dan fühlte sich verpflichtet, auf einen zweiten nicht zu übersehenden Haken hinzuweisen.

»Wenn Benoit oder Karl bei uns wären, hätten wir vielleicht eine Chance. Wir beide waren nie gute Scharfschützen.«

»Ich habe geübt. Ich bin inzwischen ziemlich brauchbar.«

»Das glaube ich dir, aber wir müssen ohnehin einen von ihnen lebendig schnappen.«

»Das ist wahr.«

Sie starrten wieder auf das Bild. Die Silhouetten der zwei Männer flackerten derart, dass es ein, zwei Sekunden dauerte, bis Charlie und Dan bemerkten, dass sie aufgestanden waren und vorzurücken begannen.

Charlie deutete auf die großen Fenster und sagte: »Sie wollen zur Treppe, die vorne auf die Veranda führt.«

»Gut. Sie glauben, dass du allein bist. Also bleibst du hier drinnen, damit sie denken, du wärst ein leichtes Ziel. Ich gehe hinten raus und falle ihnen in den Rücken.«

Charlie nickte. »Willst du ein Nachtsichtgerät?«

»Nein. Aber wenn etwas schiefgeht, lass es mich wissen, am besten, indem du jemanden erschießt.«

Er ging durch den Hauswirtschaftsraum hinaus und nahm denselben Weg wie zuvor. Vorsichtig näherte er sich der Ecke des Gebäudes, blieb stehen und horchte. Er hörte eine Eule oder einen anderen Nachtvogel tief in den Wäldern, das sanfte Dröhnen eines Passagierflugzeugs hoch am Himmel, sonst nichts.

Er erwartete nicht ernsthaft, Schritte auf der Holztreppe zu vernehmen – derart überheblich waren sie bestimmt nicht. Trotzdem lauschte er auf jeden Laut und versuchte Bewegungen zu erahnen. Niemand war fähig, sich vollkommen geräuschlos anzuschleichen.

Als er endlich etwas wahrnahm, war es kaum mehr als das Rascheln von Stoff auf Stoff, als sie die Treppe heraufkamen. Dan wartete hinter der Ecke und würde für sie nicht sichtbar sein, wenn sie den oberen Absatz erreichten. Allerdings konnte er sie selbst auch nicht sehen, es sei denn, er zeigte sich. Immerhin würden sie sehr dicht an ihn herankommen.

Dan meinte, den Atem von einem von ihnen zu hören, als er sich vom Treppenabsatz löste und gegenüber an die Hauswand drückte. Es war nur ein Mann, da war er ganz sicher. Er hoffte, dass der zweite nicht das Haus in der anderen Richtung umging und ihm in den Rücken fiel.

Aber Dan konnte sich gut vorstellen, was der erste Typ vorhatte. Der schob sich an der Wand entlang bis zu den Fenstern, warf einen raschen Blick hinein, dann noch einen. Anschließend bewegte er sich vom Fenster weg, kam auf Dans Ecke zu und flüsterte in ein Funkgerät: »Er ist allein. Wir bleiben beim ursprünglichen Plan.«

Dan war nicht sicher, ob er eine schwache Erwiderung im Ohrhörer wahrnahm oder es sich nur einbildete. Der Typ schlich wieder zurück zum Fenster. Dan trat geschmeidig und lautlos hinter der Ecke hervor und musterte den Mann, der ihm den Rücken zukehrte.

Er trug einen schwarzen Kampfanzug, und selbst im schlechten Licht kam er Dan bekannt vor, diese langgliedrige Gestalt, der Kopf, der zu klein für den Körper zu sein schien.

In einer einzigen fließenden Bewegung hob Dan den Arm und drückte dem Burschen die Mündung des Schalldämpfers ins Genick.

Der Mann erstarrte.

»Er ist nicht *ganz* allein. Lass die Kanone fallen.«

Die Pistole fiel klappernd auf die Veranda. Dan stieß sie mit dem Fuß weg, und diesmal war er sicher, ein drängendes Flüstern aus dem Ohrhörer des Kerls zu hören. Sein Partner schien sich Sorgen zu machen. Die Treppe lag am äußersten Rand von Dans Gesichtsfeld, daher veränderte er leicht die Position, um besser zu sehen, und drückte den Typen von der Wand weg.

»Das hilft euch auch nichts«, sagte dieser. »Eure Zeit ist abgelaufen.«

Dan senkte die Waffe und schoss ihm von hinten ins Knie. Selbst mit Schalldämpfer schien der Schuss die Nacht zu zerfetzen. Der Mann schrie auf, sank zu Boden und schnaubte unzusammenhängende Verwünschungen, während er sich auf den Rücken rollte und mit den Händen den Schaden zu ertasten versuchte.

Jetzt erkannte Dan ihn. Es war Jack Carlton, der vor Jahren ebenfalls in Paris gewohnt hatte und später nach Madrid umgezogen war. Wo seine Operationsbasis jetzt lag, wusste Dan nicht.

Er wartete darauf, dass der zweite Typ die Treppe heraufkommen würde, aber vorher glitt die Glastür auf und Charlie kam mit dem Scharfschützengewehr herausgestürmt. »Feiger Hund«, knurrte er. Er rannte zum anderen Ende der Veranda, kauerte sich hin und legte den Lauf des Gewehrs auf das Geländer. Einen Moment lang trat Stille ein, während Dan vage wahrnahm, dass Carlton seine Atmung unter Kontrolle zu bringen versuchte. Dann feuerte Charlie.

Ein Augenblick verstrich. Dan und Jack Carlton warteten angespannt. Charlie erhob sich und drehte sich um.

»Er ist geflohen. Ich denke, ich habe ihn am Bein erwischt.«

»Glaubst du nur oder weißt du es?«

Charlie zuckte die Schultern. »Er ist zu Boden gegangen. Vielleicht hat er sich auch nur hingeworfen. Ich bin aber ziemlich sicher, dass ich ihn getroffen habe.«

Plötzlich riss Charlie das Gewehr hoch und richtete es auf Dan. Für Worte blieb kein Raum, doch Dan verstand blitzschnell. Die Zeit schien sich zu dehnen, während ihm klar wurde, dass er recht gehabt hatte. Die Angreifer waren nicht nur zu zweit gewesen – sie hatten lediglich darauf gewartet, dass der dritte Mann in Position ging.

Dan ließ sich fallen wie ein Stein, bevor Charlie das Ziel richtig anvisiert hatte. Ein Gewehrschuss zerriss die Luft, dann ein zweiter, gedämpft und dennoch ohrenbetäubend. Dan prallte zu Boden, rollte sich seitlich ab und erblickte schemenhaft eine Gestalt an derselben Stelle, wo er selbst sich zuvor versteckt hatte. Er hob die Pistole und schoss. Der Mann taumelte zurück und brach zusammen.

Noch während er fiel, verpasste ihm Dan eine weitere Kugel und wirbelte herum. Doch Jack Carlton hatte sich nicht gerührt, und als Dan wieder aufsprang, sah er, dass Charlie das Scharfschützengewehr auf den auf dem Rücken liegenden Mann gerichtet hielt.

Dan ging zu dem dritten Angreifer und vergewisserte sich, dass er tot war – bereits der erste Schuss hatte ihn am Hals erwischt und erledigt. Wo der zweite gelandet war, war schwer zu sagen, vermutlich steckte er in der schusssicheren Weste. Dan kannte den Burschen nicht.

Er kehrte zu Charlie zurück, und dieser sagte: »Kannst du mal auf ihn aufpassen?«

»Klar.«

»Gut. Ich bin nämlich getroffen.« Er legte das Gewehr auf den Fußboden und hob die linke Hand, von der Blut tropfte.

»Schlimm?«

Charlie wackelte zweifelnd mit den Fingern und verzog das Gesicht. »Scheiße. Wer war der Kerl?«

»Ich kenne ihn nicht – niemand, mit dem ich je zusammengearbeitet habe.« Er deutete zum Fenster. »Charlie, tu mir den Gefallen und sieh auf den Bildschirm. Wir müssen sichergehen, dass nicht noch einer hier herumläuft.«

Charlie nickte und betrachtete seine Hand, als könnte er nicht recht glauben, dass er getroffen war. Schließlich ging er ins Haus. Er hatte Glück im Unglück gehabt, aber lange nicht so viel wie Dan. Die Kugel war für Dans Rücken bestimmt gewesen, und nur Charlies rasche Reaktion hatte ihm den Sekundenbruchteil verschafft, der ihn rettete.

Dan sah auf Jack hinunter und sagte: »Hi Jack.«

Der Verletzte antwortete widerwillig: »Dan. Hatte nicht erwartet, dich hier anzutreffen.«

»Offensichtlich nicht.«

»Der Mann, denn du gerade getötet hast, hieß Rob Foster.«

»Er war ziemlich gut. Neu im Geschäft?«

»Kam vor zwei Jahren vom militärischen Geheimdienst zu uns.«

Charlie kam wieder heraus. »Ich kann sonst niemanden entdecken, und der Typ, den ich angeschossen habe, ist verschwunden.« Er senkte den Blick. »Hallo Jack.«

»Charlie.«

Dan sagte: »Okay, Jack, machen wir es uns nicht schwerer als nötig. Wer leitet den Einsatz, wo ist eure Basis, wie lautet das Operationsziel?«

Jack versuchte zu lächeln, doch seine Gesichtsmuskeln schienen ihm nicht gehorchen zu wollen. »Wenn ihr diese Fragen stellt, wisst ihr wahrscheinlich sowieso schon Bescheid. Nur eines will ich euch sagen: Wir sind keine Splittergruppe, die verrückt spielt – die Sache ist von ganz oben abgesegnet. Wie gesagt, Jungs, nichts gegen euch persönlich, aber eure Zeit ist abgelaufen.«

Charlie betrachtete seine Hand, auf der bedenkliche Mengen von Blut glänzten, und drehte sie hin und her, bevor er Jack ansah und fragte: »Patrick White steckt dahinter, nicht wahr?«

Jack erwiderte seinen Blick verblüfft und antwortete: »Ihr wisst es wirklich nicht? Dann sitzt ihr noch tiefer in der Scheiße, als euch klar ist.«

Dan trat ihm direkt oberhalb des verwundeten Knies kräftig aufs Bein. Jack stieß zwischen zusammengebissenen Zähnen einen unterdrückten Schrei aus.

Dan hob den Fuß wieder und sagte: »Das ist nicht mein Stil, Jack, das weißt du, aber ich muss Bescheid wissen. Über Patrick und den Leiter dieser Operation.«

»Patrick White ist erledigt, am Ende. Das hier ist Brabhams Projekt, also könnt ihr auch keine alten Schulden mehr eintreiben.«

»Bill Brabham?«, fragte Charlie verblüfft.

»Bill Brabham«, antwortete Jack.

»Warum? Was will er damit erreichen?«, wollte Dan wissen.

Jack sah Dan an, und sein Verstand schien ein paar Gänge höher zu schalten. Er begriff, dass das hier für ihn nicht gut ausgehen konnte, und schüttelte nur den Kopf. »Du kapierst es einfach nicht, Dan, was? Wir misten den Stall aus, und was immer heute Nacht noch passiert, ihr zwei seid mausetot. Claudel hatte wenigstens den Anstand, es wie ein Mann zu tragen.«

Falls es seine Absicht gewesen war, sie zu reizen, funktionierte es, denn Charlie wirkte ausgesprochen bedrohlich, als er fragte: »Du hast Benoit getötet?«

»Ich mochte ihn, aber du weißt ja, wie es ist. Leute wie du, ihr werdet irgendwann zum Risiko …« Er biss die Zähne zusammen und atmete schwer, als ein Anfall von Schmerz ihn durchzuckte. Mit verkrampften Kiefern stieß er hervor: »Ihr seid beide tot. Ich habe Benoit Claudel getötet und auch Karl Wittmann. Ihr könnt mich umbringen, klar, aber dann kommt eben ein anderer, und noch einer und noch einer …«

Charlie warf Dan einen fragenden Blick zu, mehr aus Höflichkeit, denn es ging um das Unvermeidliche. Trotzdem nickte Dan zustimmend und reichte ihm die Pistole. Charlie ergriff sie mit der gesunden Hand und richtete sie auf Jack. Der Mann schloss die Augen, und Charlie drückte den Abzug.

Ein oder zwei Sekunden lang betrachtete er die Verwüstung, die einmal Jack Carltons Gesicht gewesen war, hob den Blick zu Dan und meinte: »Die Veranda ist hin – ich muss sie renovieren lassen.«

Dan grinste schwach. »Ich werde mir mal deine Hand ansehen, und dann sollten wir verschwinden.«

Sie gingen ins Haus, doch bevor sie das Badezimmer betraten, fragte Charlie: »Wenn Patrick White erledigt ist, warum will er ein Treffen mit dir?«

»Wir werden es herausfinden.« Dan schaltete sein Handy ein und rief die Nummer an, die Hugo ihm durchgegeben hatte. Sobald Patrick abnahm, sagte er: »Dan hier. Sie wollen mich sprechen?«

»Schön, Ihre Stimme zu hören, Dan. Können wir uns sehen?« Rasch fügte er hinzu: »Es geht um einen Auftrag, einen, der Ihnen helfen könnte, der gegenwärtigen … Situation zu entkommen. Und bevor Sie fragen, ich bin nicht mehr bei meinem ehemaligen Arbeitgeber.«

Carlton hatte also die Wahrheit gesagt.

»Wie viele Leute brauchen Sie?«

»Nur Sie.« Dann schien er erst zu verstehen und sagte: »Wenn Sie einen Freund bei sich haben, würde ich vorschlagen, dass er ein paar Wochen Urlaub macht. Bis dahin sollten wir diese Geschichte geklärt haben.«

»Okay. Wann und wo?«

»Morgen? Die übliche Zeit. Irgendwo, wo es hübsche Serviererinnen gibt.« Dan lächelte – damit war das Café Florence gemeint, in dem sie sich in den vergangenen Jahren schon einige Male getroffen hatten. Dan hatte sich im Scherz über den Mangel an attraktiven Bedienungen beklagt.

»Dann sehen wir uns dort.«

Er legte auf und sagte zu Charlie: »Also gut, ich berichte dir, während ich deine Hand versorge. Wir dürfen keine Zeit verlieren.«

Er säuberte Charlies Verletzung und wiederholte dabei die Details des Telefonats. Als er fertig war, fragte Charlie: »Und? Denkst du, er führt etwas im Schilde?«

Charlie schien das ebenso zu bezweifeln wie er selbst. In der Vergangenheit hatten sie Patrick immer vertraut, und wenn er sie heute an der Nase herumführte, hatte er das vermutlich schon die ganze Zeit getan.

»Eher nicht. Ich könnte mich irren, nur habe ich ihn nie für die Sorte Mensch gehalten. Aber etwas anderes: Der Name, den Jack genannt hat, Bill Brabham. Wer ist das?«

»Ich kannte ihn, als ich anfing. War jahrelang Leiter des Büros in Paris. Er hatte eine sehr attraktive Tochter, die damals um die sechzehn war, und einen Sohn, der ein paar Jahre jünger ist als ich. Harry – ein anständiger Bursche.«

»Und Brabham selbst?«

»Ich hatte nicht oft genug mit ihm zu tun, um … au, verdammt noch mal!«

Dan hatte sanften Druck auf die Hand ausgeübt und gespürt, dass ein Knochen übel zersplittert war.

»Das wird sich ein Arzt ansehen müssen.«

Charlie nickte und sagte: »Ich kenne da einen Typen in Innsbruck.«

»Diesen Toto oder wie immer er heißt?«

»Tito«, gab Charlie lachend zurück.

»Den habe ich nie gemocht. Ich traue ihm nicht.«

»Er ist ganz okay. Ich lasse mich von ihm verarzten und tauche dann irgendwo unter.«

»Gut. Und mach keine Dummheiten, bevor der Staub sich gelegt hat.« Charlie lächelte und zog spöttisch eine Augenbraue hoch. »Hm? Was denn?«, fragte Dan.

»Ich mache nur Urlaub. Du dagegen bekommst es mit dem Kerl zu tun, der uns in diesen Schlamassel reingeritten hat.«

Da hatte er recht. Aber Dan musste zugeben, dass er sich lieber in Gefahr begab, als abzuwarten und Däumchen zu drehen. Er hatte die letzten zehn Jahre damit verbracht, Leute aufzuspüren, und es lag ihm einfach nicht im Blut, irgendwo am Strand herumzuliegen, während jemand hinter *ihm* her war.

Kapitel 6

Das Café Florence war recht nett, doch keine malerische Touristenfalle – es wurde eher von Einheimischen besucht. Die Straße war zwar belebt, aber nicht überfüllt, sodass Dan einen Sicherheitscheck vornehmen konnte, während er sich näherte. Falls Brabham oder Patrick White oder sonst jemand Agenten vor Ort hatte, waren sie entweder verdammt gut, oder Dan ließ langsam nach.

Er erkannte Patrick sofort. Er saß in der hintersten Ecke an demselben Tisch wie immer und wirkte völlig unverändert: elegant gekleidet, kurz geschnittene graue Haare mit Seitenscheitel, wie ein Anwalt der gehobenen Preisklasse oder ein Bankier alter Schule.

Patrick lächelte, als er Dan erblickte, und gab dem Mann an der Bar einen Wink. Vor ihm standen Kaffee und Cognac, und er bestellte dasselbe für Dan.

Dan musterte die anderen Gäste, während er zu Patrick ging. Er nickte ihm zu und schüttelte ihm die Hand. Patrick sagte: »Danke für Ihr Kommen. Ich wusste, dass ich mich auf Sie verlassen kann.«

Dan hielt seine Hand eine Sekunde fest und erwiderte: »Ich hoffe, das ist alles, worauf Sie sich verlassen haben, Patrick. Denn wenn mir von hier aus jemand folgt, wird es unschön.«

Patrick wirkte leicht gekränkt, ein ermutigendes Zeichen. »Haben Sie doch ein wenig Vertrauen, Dan. Ich würde Ihnen nie eine Falle stellen – darauf gebe ich Ihnen mein Wort.«

Dan nickte und beschloss, ihm und seinem eigenen Bauchgefühl zu glauben. Er ließ Patricks Hand los und nahm ihm gegenüber Platz, nicht ohne instinktiv einen raschen Blick über die Schulter zum Eingang und auf die Straße zu werfen.

»Na gut, Patrick. Was wollen Sie hier? Man sagt, dass Sie erledigt sind.«

»Erledigt ist ein starkes Wort, aber ich gehöre tatsächlich nicht mehr zur Firma, wenn Sie das meinen.« Es stimmte also.

Patrick zog eine Visitenkarte aus der Jackentasche und legte sie auf den Tisch. »Ich leite eine neu eingerichtete Abteilung beim ODNI.« Das war das Büro des Direktors der nationalen Nachrichtendienste. »Ohne ins Detail zu gehen: Mein Team hat die Aufgabe, sich mit einigen der … bedenklicheren Auswüchse der letzten Jahrzehnte innerhalb der CIA und der anderen Dienste zu befassen.«

Dan sah den Kellner auf ihren Tisch zukommen, griff schnell nach der Karte und steckte sie ein. Schweigend sah er zu, bis der Mann die Getränke abgestellt hatte. Patrick hob das Glas.

»Auf die alten Zeiten?«

Dan nickte zustimmend und erwiderte: »Auf die alten Zeiten.« Sie stießen an und tranken. Dan rollte den Cognac ein paar Sekunden im Mund und ließ sein Aroma und sein Feuer miteinander wetteifern, bevor er ihn hinunterschluckte und fragte: »Dann sind Sie also vom Saulus zum Paulus geworden?«

»Eigentlich erhoffe ich mir das eher von Ihnen. Ach übrigens, wie haben Sie Ramón Martínez aufgespürt?«

»Nie von ihm gehört.« Er schwieg einen Moment lang. »Es sei denn, Sie meinen den ehemaligen venezolanischen Verteidigungsminister – er hieß doch Martínez, oder nicht?«

Patrick lächelte und sagte: »Ich dachte mir schon, dass Sie das waren. Zufällig war er ein guter Mann – nicht, dass das nach seinem Untertauchen noch eine Rolle für uns gespielt hätte. Trotzdem, alles in allem ein Jammer, dass Sie ihn gefunden haben.«

Vor Dans geistigem Auge blitzte ein Bild von Martínez auf, wie er lachend mit seinem Sohn die Straße entlangging und sich mit ihm über das unterhielt, was in der Welt des Jungen wichtig war. Es ging ihm nicht aus dem Kopf, wie der Kleine seine Hand ergriffen hatte, das leise Tappen seiner Schritte, während er ihn nach Hause brachte.

Dennoch sagte er: »Wenn man mich dafür bezahlt hätte, ihn nicht zu finden, hätte ich ihn auch nicht gefunden. Ich bin Geschäftsmann, kein Wohltäter.«

»Und genau aus diesem Grund bin ich hier. Ich benötige Hilfe, die Hilfe eines Spezialisten, und selbst vor den jüngsten Ereignissen … Nun, was ich sagen will: Ich weiß, dass die CIA als Auftragsquelle seit dem Arabischen Frühling versiegt ist.«

»Ich bin nicht sicher, ob ich Ihnen eine große Hilfe sein kann. Anscheinend stehe ich auf einer Abschussliste, und zwar vermutlich mittlerweile ziemlich weit oben.« Patrick nickte mit grimmiger Miene und deutete damit an, dass ihm die Lage ebenfalls Kopfzerbrechen bereitete. »Was ist da los, Patrick? Was ist geschehen?«

»WikiLeaks ist passiert. Edward Snowden ist passiert. Die Denkmuster haben sich verändert. Der Grund, aus dem die CIA Sie in der Vergangenheit eingesetzt hat – aus dem *ich* Sie eingesetzt habe –, ist derselbe, aus dem sie Sie jetzt ausschalten wollen: Abstreitbarkeit.«

»Sie legen jeden um, der an schwarzen Operationen beteiligt war? Das sind eine Menge Leute.«

»Nicht jeden, aber viele. In meinen Augen ist es Wahnsinn. Leider weiß ich nur allzu gut, wie es zu so etwas kommt. Man könnte es einen organisierten Versuch nennen, das, was vom Ruf der Firma noch übrig ist, zukunftsfest zu machen.«

Dan nickte, nippte an seinem Kaffee und sagte: »Ergibt Sinn.«

Das brachte Patrick zum Lachen. »Das ist alles? Keine moralische Entrüstung?«

Dan zuckte mit den Schultern.

»Ich würde vermutlich genauso handeln. Das heißt nicht, dass ich sie damit durchkommen lasse, aber das Recht auf moralische Entrüstung habe ich schon vor langer Zeit verwirkt.« Patrick schien etwas einwenden zu wollen, doch Dan fuhr fort: »Patrick, Sie haben mich dafür bezahlt, Menschen aufzuspüren und sie verschwinden zu lassen, entweder in ein Land oder an einen Ort Ihrer Wahl, ausgelöscht vom Angesicht der Erde.«

»Ja, aber es waren gefährliche Menschen. Leute, die abscheuliche Dinge getan haben.«

»Vielleicht. Diese Beschreibung trifft allerdings auf uns ebenso zu – wenn nicht, gäbe es jetzt keinen Anlass, uns zu beseitigen.« Patrick lehnte sich zurück und gab zu erkennen, dass er das Thema für beendet hielt. Dan fragte: »Also, Sie brauchen meine Hilfe?«

»Ich hoffe, dass wir uns gegenseitig helfen können.«

Patrick zog eine Zeitung aus der Manteltasche und schlug sie auf. Es handelte sich um eine einige Wochen alte *International Herald Tribune.* Patrick blätterte darin und legte sie offen vor Dan auf den Tisch.

Er erinnerte sich dunkel an den Fall, eine Geschichte von ungewöhnlichem Heldenmut. Die beiden Fotos sagten eigentlich alles. Das eine zeigte die ineinander verkeilten Wracks eines Busses und eines Holztransporters in Nordschweden, die kaum noch als die ursprünglichen Fahrzeuge zu erkennen waren. Auf dem anderen sah man ein hübsches Mädchen im Teenageralter, das auf beinahe wundersame Weise von einem Mitreisenden gerettet worden und dem Unfall ohne eine Schramme entkommen war.

Kapitel 7

Obwohl er Dan extra auf die Story aufmerksam gemacht hatte, schien Patrick fürs Erste nicht darauf eingehen zu wollen, sondern sagte: »Die Operation, die Sie aufs Korn genommen hat, wird von einem Berliner Büro aus geleitet. Keines, mit dem ich je zu tun hatte. Es scheint unabhängig zu agieren. Wir haben Mühe, Informationen darüber zu erlangen, und selbst Leute, die ich für Freunde gehalten habe, ergehen sich nur in Ausflüchten, wenn die Sprache darauf kommt. Ich weiß allerdings, dass es einem gewissen Bill Brabham untersteht.«

»Ja, so viel weiß ich auch schon.«

Patrick wirkte erstaunt und beeindruckt. Er fuhr fort: »Er war jahrelang Chef der Pariser Dienststelle. Ich habe ihn nie gemocht, fand immer, dass er ein fauler Apfel ist.«

»Ich nehme an, diese Einschätzung wird nicht von vielen Leuten geteilt.«

»Nicht von denen, auf die es ankommt.« Dan verstand, was er damit sagen wollte – Brabham hatte beste Beziehungen. »Ich will Brabhams Machenschaften einen Riegel vorschieben, und das ODNI sieht es als vordringliche Aufgabe an, derartige Programme zu stoppen. Aber es ist nicht leicht. Das ist der Punkt, an dem, wie ich hoffe, Sie ins Spiel kommen – und das hier …« Er tippte auf den Zeitungsartikel. »Hier könnte sich uns eine Möglichkeit bieten, an Brabham heranzukommen. Vielleicht haben Sie vor ein paar Wochen in den Nachrichten davon gehört. Ein Zusammenstoß zwischen einem Bus und einem Holzlastwagen in Nordschweden. Beide Fahrer kamen ums Leben und auch vier Passagiere des Busses, darunter drei Schulkinder.«

»Ja, ich erinnere mich. Das Mädchen auf dem Foto wurde von einem anderen Mitfahrer gerettet und hat überlebt.«

»Richtig, von einem Mann Ende vierzig oder Anfang fünfzig. Er war unter den Toten, und laut seinen Papieren handelte es sich um einen Franzosen namens Jacques Fillon. Das Problem ist: Eine solche Person hat nie existiert. Er hat die vergangenen zwölf Jahre da oben in einem Haus in den Wäldern gewohnt, aber niemand weiß, wer er ist. Anscheinend konnte er ganz passabel Schwedisch, der Typ im Dorfladen sagt jedoch, dass er bei seiner Ankunft Englisch mit amerikanischem Akzent gesprochen hat.«

»Das bedeutet nicht, dass er Amerikaner war. Gab es im Haus keinen Hinweis auf seine wahre Identität?«

»Nein – er lebte ziemlich schlicht.«

Dan überlegte. »Okay, Sie haben mich neugierig gemacht. Ein Mann, der Amerikaner gewesen sein könnte oder auch nicht, haust zwölf Jahre lang unter falschem Namen mitten im Nirgendwo, und Sie wollen, dass ich herausfinde, wer er war. Warum? Wie hängt das mit Bill Brabham zusammen? Wichtiger noch – wie könnte mir das Bill Brabham und sein Team vom Hals schaffen?«

Patrick trank seinen Kaffee in einem Zug aus. »Nur Geduld.« Er schien an der Situation Gefallen zu finden, als fühlte er sich an interessantere Zeiten erinnert, die ihm seine neue Rolle beim ODNI sonst nicht mehr bot. »Sowohl CIA als auch FBI erhielten Fotos und sämtliche Daten dieses Mannes.

Das FBI hatte nichts über ihn in den Akten. Die CIA behauptete dasselbe, doch plötzlich flog einer ihrer Jungs rauf nach Schweden, um sich das Haus näher anzusehen. Und es ist gar nicht so leicht, dorthin zu kommen – es liegt nördlich von Råneå. Unser besonderes Interesse hat erregt, dass sie nicht den Mann schickten, der in Stockholm stationiert ist …«

»Lassen Sie mich raten: Es war einer von Bill Brabhams Männern.«

»Genau. Seitdem rennen wir gegen Mauern an, aber wir sind ziemlich sicher, dass Bill Brabham weiß, wer Jacques Fillon war. Darum möchte ich, dass Sie es auch herausfinden, und vor allem, warum Brabham so viel daran zu liegen scheint, die Information unter Verschluss zu halten.«

»Und Sie hatten Zugang zu denselben Fingerabdrücken, demselben Profil?«

Patrick nickte. »Eine Sackgasse. Sämtliche Systeme, auf die wir Zugriff haben, behaupten, dass der Kerl nie existiert hat.«

Ein Mann in den Dreißigern betrat das Café, begann jedoch sofort eine lebhafte Unterhaltung auf Französisch mit den Stammgästen, sodass Dan sich wieder entspannte.

»Sie hoffen also, dass ich etwas herausfinde, was Ihnen hilft, an Brabhams Stuhl zu sägen. Zwei Fragen: Erstens – weshalb nehmen Sie die Sache nicht selbst in die Hand? Sie verfügen doch über die nötigen Ressourcen.«

»Aus demselben Grund, warum ich schon in der Vergangenheit mit Ihnen zusammengearbeitet habe – Abstreitbarkeit. Wie gesagt, Brabham genießt eine Menge Protektion. Das ODNI muss die Anklage gegen ihn in aller Stille aufbauen, wenn wir eine Chance haben wollen, ihm das Handwerk zu legen. Außerdem habe ich zwar Ressourcen, nur leider nicht solche, auf die es hier ankommt. Finanzierung – kein Problem. Rechtsexperten – kein Problem. Rechercheure – jederzeit. Aber jemand wie Sie?«

»Okay.« Dan senkte den Blick auf den Zeitungsartikel. Ein faszinierendes Rätsel. Wer war der Mann, wieso war er in den Norden gegangen, wovor war er geflohen? Doch Neugier oder Geld waren nicht genug, nicht bei der gegenwärtigen Großwetterlage. »Zweite Frage. Nennen Sie mir einen triftigen Grund, warum ich den Auftrag annehmen sollte. Ich könnte genauso gut selbst Jagd auf Brabham machen.«

»Ja. Leicht wäre es nicht, ich würde Ihnen jedoch durchaus eine Chance einräumen. Das Problem ist … Hm, Sie wissen ja, wie es ist: Auf sich allein gestellt schneiden Sie der Hydra vielleicht einen Kopf ab, aber dafür wachsen zwei neue nach. Wenn wir zusammenarbeiten, versetzen wir ihr den Todesstoß.«

»Hübsche Analogie.«

Patrick lächelte und schwieg einen Augenblick, bevor er fragte: »Also sind Sie dabei?«

Die Entscheidung fiel Dan nicht allzu schwer. Alles war ihm lieber, als herumzusitzen und darauf zu warten, dass er auf die harte Tour herausfand, wer ihm ans Leder wollte. Diese Geschichte interessierte ihn, und er teilte Patricks Einschätzung. Sofern Brabham etwas zu verbergen hatte, bekamen sie etwas gegen ihn und seine Organisation in die Hand, indem sie sein Geheimnis aufdeckten.

Natürlich nur im Erfolgsfall. Und selbst dann war durchaus es denkbar, dass Dan weiter im Fadenkreuz blieb. Immerhin standen die Chancen wohl geringfügig besser, wenn er für das ODNI arbeitete statt auf eigene Faust.

Am Ende lief es darauf hinaus, ob er Patrick trauen durfte oder nicht. Und sogar die kurze Zeit hatte ausgereicht, um ihn zu überzeugen, dass sein Instinkt ihn nicht getrogen hatte. Ob dieser Auftrag ihn retten würde, war eine andere Frage. Doch Dan befürchtete, dass Patrick White abgesehen von Charlie vielleicht die einzige Person auf der Welt war, auf deren Hilfe er im Moment zählen konnte.

»Also gut, ich mache es.«

»Ich wusste, dass man sich auf Sie verlassen kann, Dan.«

»Nun, ich bin noch am Leben.«

»Das ist ein Anfang.« Er griff in die Tasche und legte einen USB-Stick und einen britischen Pass auf den Tisch. »Dadrauf ist alles verfügbare Hintergrundmaterial. Der Pass lautet auf den Namen David Porter. Ihr Kontakt beim schwedischen Nachrichtendienst wird vermutlich Ihre wahre Identität kennen müssen, alle anderen erfahren nur Ihren Decknamen.«

»Und wenn die Schweden sich mit Langley austauschen und die CIA erfährt, was Sie vorhaben?«

»Das werden sie nicht. Ich verfüge noch über einigen Einfluss. Wahrscheinlich wollen Sie sich zuerst Fillons Anwesen ansehen, um dort die Spur aufzunehmen. Ich sorge dafür, dass Ihr Gepäck an den Sicherheitskontrollen vorbeigeschleust wird, aber sobald Sie im Land sind, treffen Sie besser eigene Vorkehrungen.«

»Das habe ich schon immer so gehalten.«

»In der Vergangenheit hat die CIA nie versucht, Sie zu ermorden.«

Dan nickte, steckte den Pass und den USB-Stick ein und trank seinen Cognac aus. Er war nicht ganz sicher, worauf er sich da eingelassen hatte, und auch nicht, was er sich von diesem Meeting eigentlich versprochen hatte. Die Reise nach Nordschweden kam jedenfalls unerwartet. Die positive Seite war: Er bezweifelte, dass Brabham auf die Idee kommen würde, dort nach ihm zu suchen.

Kapitel 8

In Arlanda wurde Dan am Flugzeug von einem Mann namens Henrik Andresen vom schwedischen Nachrichtendienst empfangen. Er war in den Vierzigern, sah älter aus und wirkte wie ein leicht zerknitterter Gymnasiallehrer.

Er nannte Dan erst Mr Porter, dann David. Sie umgingen die Sicherheitskontrollen und gelangten in ein kleines, unbenutztes Büro, das die Atmosphäre eines Verhörraums ausstrahlte. Andresen holte Kaffee und Gebäck.

Sie blieben etwas weniger als eine Stunde dort. Andresen sprach hauptsächlich über das Wetter und wie viel kälter Dan es oben im Norden finden würde. Mit keinem Wort erwähnte er Dans Auftrag oder seinen Job.

Als der nächste Flug startklar war, begleitete Andresen ihn wieder bis zur Maschine, und mit einiger Erleichterung verabschiedete sich Dan von ihm. Andresen erklärte noch, dass ihn im Norden ein Kollege von ihm erwarten würde.

Während des etwa einstündigen Inlandsflugs sah Dan zum Fenster hinaus und betrachtete die endlose Landschaft aus Seen und Wäldern. Jetzt verstand er besser, wie jemand auf die Idee kam, sich im ländlichen Schweden zu verstecken. Er bezweifelte, dass man Jacques Fillon ohne den Unfall jemals auf die Spur gekommen wäre.

Es konnte sein, dass er einmal seine eigene Zukunft auf ähnliche Weise absichern musste, falls Patricks Plan schiefging. Er war nicht sicher, ob er dazu fähig war, wie Fillon von der Bildfläche zu verschwinden. Gewiss, er hatte sein gesamtes Leben mehr oder weniger im Untergrund zugebracht, allerdings immer in Bewegung. Er war nicht gerade zuversichtlich, dass eine Dorfidylle auf Dauer etwas für ihn war.

Natürlich wusste er nicht, was für ein Mensch Fillon gewesen war. Vielleicht einer dieser geborenen Einzelgänger, ein begeisterter Jäger oder Vogelbeobachter. Oder irgendein anderes persönliches Interesse erklärte seinen Umzug hierher. Womöglich hatte er einfach so viel Angst gehabt, dass er die Einsamkeit in Kauf nahm.

Eine Frau erwartete Dan, als er aus dem Flugzeug stieg. Sie war leger gekleidet, hübsch und blond und von sportlicher Schlankheit. Beinahe zu skandinavisch. Er hatte schon beim ersten Blick gehofft, dass sie sein Kontakt war, und als sie ihn jetzt anlächelte und »Willkommen in Luleå, Mr Hendricks« sagte, empfand er sich als Glückspilz.

Sie kannte seinen wirklichen Namen, was ihm irgendwie wichtig war. Er trat aus der Reihe der anderen Passagiere heraus. »Danke«, erwiderte er, »und nennen Sie mich bitte Dan.«

Sie schüttelte ihm die Hand. »Inger Bengtsson vom Nachrichtendienst. Ich kenne Patrick White recht gut. Bitte folgen Sie mir.«

Sie hatte diesen singenden Tonfall, den er von Englisch sprechenden Schweden kannte, und eine direkte, unkomplizierte Art, die ihm gefiel.

»Sind Sie hier stationiert, Inger?«

»Nein, ich habe einen früheren Flug von Stockholm genommen.«

»Ich dachte, es gäbe in Umeå ein Büro, das für den Norden zuständig ist.«

»Stimmt.« Sie lächelte unverbindlich und ließ durchblicken, dass sie keinen Grund für weitere Erklärungen sah. Das machte sie ihm noch sympathischer.

Draußen deutete sie auf einen uniformierten Polizisten, der neben einem Streifenwagen stand. Sie stellte sie einander vor: »Das ist Per Forsberg von der Ortspolizei – er fährt uns. Das hier ist Dan.«

Dan musste leicht grinsen, als er dem Polizisten die Hand schüttelte, weil sie ihn als Dan präsentiert hatte, nicht als David Porter. Das hatte man davon, wenn Patrick White eine falsche Identität arrangierte.

Per legte Dans Koffer zu dem von Inger in den Wagen. Sie fuhren los und verließen das Flughafengelände.

Dan und Inger saßen hinten, und mit einem Blick aus dem Fenster fragte er: »Ist es weit?«

»Etwa fünfundvierzig Minuten, vielleicht ein bisschen länger – ich war noch nie dort.« Er überlegte, ob ihre direkte Art weniger freundlich war, als er zunächst angenommen hatte. Sie und ihre Kollegen waren bestimmt nicht begeistert von der Idee gewesen, für Dan die Babysitter zu spielen. Doch sie lächelte, als sie jetzt fragte: »Was ist mit Ihnen? Waren Sie schon einmal in Schweden, vor allem so hoch im Norden?«

»Es ist mein erster Besuch.«

Er beobachtete ihre Reaktion, konnte aber nicht beurteilen, ob sie wusste, dass er log. Sie sagte nur liebenswürdig: »Da haben Sie etwas verpasst.«

»Davon bin ich überzeugt. Es wurde Zeit, endlich mal herzukommen. Soviel ich weiß, stammte mein Urgroßvater aus Schweden.«

»Das wusste ich nicht. Ihr Vater ist Amerikaner?«

»War.«

»Oh, tut mir leid. Und Sie besitzen eine doppelte Staatsbürgerschaft, englisch und amerikanisch?«

»Sie haben Ihre Hausaufgaben gemacht.«

Sie wollte ihn jedoch nicht aushorchen und wirkte ehrlich interessiert, als sie fragte: »Fühlen Sie sich mehr als Amerikaner oder als Engländer?«

»Ach, ungefähr zu gleichen Teilen. Ich habe in keinem der Länder besonders lange gelebt. Meine Kindheit habe ich auf den Bermudas, in der Schweiz und in Hongkong auf internationalen Schulen verbracht. Eigentlich gehöre ich nirgendwo richtig hin.«

Sie nickte zustimmend. »Vielleicht gilt dasselbe für den Mann, mit dem wir uns befassen sollen. So lange er auch hier gewohnt hat, keiner scheint ihn zu vermissen. Bisher hat kein Mensch Anspruch auf seinen Leichnam erhoben.«

Das gab Dan zu denken. Der Mann lag im Leichenschauhaus, und seine eigene letzte Reise verlief mit unbestimmtem Ziel und einsamer, als er es sich vorstellen konnte.

Per warf ihnen im Rückspiegel einen Blick zu: »Die Leute aus dem Dorf werden ihn beerdigen, falls sich sonst niemand findet. Er hat dem Mädchen das Leben gerettet.«

Dan nickte. Abermals verglich er Fillons Platz in der Welt mit seinem eigenen. Wie auch immer der Mann gelebt hatte, er hatte eine gute Tat, einen selbstlosen, heroischen Akt als Schlusspunkt gesetzt. Laut Unfallbericht hätte er sich bei seiner Tatkraft und Reaktionsschnelligkeit leicht selbst retten können. Stattdessen hatte er sich um den Menschen gekümmert, der ihm am nächsten saß, das Mädchen.

Schließlich erreichten sie Råneå, eine hübsche kleine Ortschaft. Das Sonnenlicht fing sich in den Birken, die die Straßen säumten, sodass man sich eher wie im Frühling fühlte als im Oktober.

»Was für ein schöner Ort.« Noch während Dan es aussprach, dachte er, dass die jungen Leute hier vermutlich nur davon träumten, endlich rauszukommen. Er selbst hätte hier wahrscheinlich den Verstand verloren. Seine nomadische Vergangenheit vertrug sich einfach nicht mit einer solch engen Gemeinschaft.

Als hätte sie seine Gedanken gelesen, sagte Inger: »Ja, sehr beschaulich. Es gibt keine Hotels oder Pensionen in der Nähe, aber man hat uns eine Gästehütte zur Verfügung gestellt, die im Sommer an Touristen vermietet wird. Für ein paar Tage sollte es genügen, und wir können das Haus des Toten zu Fuß erreichen, sodass wir Per nicht die ganze Zeit brauchen.«

Dan nickte und sein Herz machte einen Satz, als er sich vorstellte, mit Inger zusammen in einer Hütte zu wohnen. Einen Moment lang hing er seinen Gedanken nach, während er ihre schlanke Gestalt betrachtete, die kleinen Brüste, die sich unter dem Wollpullover abzeichneten. Sie besaß die Figur einer Balletttänzerin.

Das Bild verflog, und realistischere Erwägungen setzten ein. Sie würden ein paar Nächte dort verbringen, und er hoffte, dass es reichlich Gelegenheit zur Zerstreuung gab. Er war es zwar gewohnt, an allen möglichen Orten unterzuschlüpfen, aber sie mit jemandem zu teilen, war etwas ganz anderes. Inger wirkte recht nett, es konnte allerdings durchaus sein, dass ihnen innerhalb einer Stunde die Gesprächsthemen ausgingen.

Sie war unbestreitbar attraktiv. Doch selbst für den unwahrscheinlichen Fall, dass sie an Dan interessiert sein sollte, Jacques Fillon hatte Vorrang. Er brauchte seine ganze Konzentration dafür, herauszufinden, wer der Mann gewesen und warum er in diesem abgelegenen Winkel untergetaucht war. Und vor allem, weshalb Brabham so viel Interesse an ihm zeigte.

Dan hatte sich von Patricks Argument überzeugen lassen, dass die Geheimnisse von Fillons Vergangenheit ein ausreichendes Druckmittel darstellten, um seine eigene Sicherheit zu garantieren. Darin lag der Schlüssel, dem hatte alle Aufmerksamkeit zu gelten. Außerdem mochten zwei gemeinsam in einer Hütte verbrachte Tage für ihn eine Traumvorstellung sein, doch irgendwie bezweifelte er, dass das auch für Inger galt.

Kapitel 9

Sie fuhren direkt zum Haus des Toten. Es hieß, dass er sehr einfach gelebt hatte, doch es war ein hübsches rotes Holzhaus, verborgen in einem Waldstück. Daneben stand eine abgetrennte Garage, alles war frisch gestrichen und wirkte gut gepflegt.

Das Gebäude war nicht mit derselben Konzentration auf freie Schusslinien und Sicherheit angelegt wie etwa Charlies Chalet, dafür hatte Fillon einen anderen Vorteil besessen. Niemand hatte etwas von seinem Hiersein gewusst, und das Grundstück lag ausgesprochen einsam.

Per schloss ihnen auf, und sie sahen sich das Haus Raum für Raum an. Es war sauber und schlicht eingerichtet, fast so, als hätte der Redakteur eines Hochglanzmagazins versucht, ein klassisches skandinavisches Interieur zu schaffen. Nirgends war ein Fernseher oder Computer zu sehen. Ein Zimmer war voller Bücherregale, doch nirgendwo lagen Bücher, Zeitschriften oder Papiere verstreut.

Die Küche war gut bestückt, und auch hier war alles aufgeräumt, anders, als man bei einem Junggesellen erwartet hätte. Dans Haus in Italien und selbst das Apartment in Paris wirkten wahrscheinlich bewohnter, und das wollte etwas heißen, denn er verbrachte in keinem von beiden viel Zeit.

Dan wandte sich zu Per, der hinter ihm die Küche betreten hatte, und fragte: »Hatte er eine Putzfrau?«

»Eine Frau aus dem Dorf kam einmal die Woche. Wir haben mit ihr gesprochen. Sie meinte, dass es nie viel sauber zu machen gab. Er redete gerne mit ihr, vielleicht um sein Schwedisch zu üben. Er wollte es fließend sprechen.«

»Und sie kannte ihn als Jacques Fillon?«

»Jack. Die Leute nannten ihn Jack.« An Inger gerichtet fügte er hinzu: »Niemand wusste, dass er Franzose war.«

Sie nickte. »Da sind wir auch gar nicht so sicher.«

Dan setzte sich an den Küchentisch und sah sich um. Er versuchte, sich in den Mann hineinzuversetzen, der hier gelebt hatte, sah sich selbst in diesen Räumen, während ein Tag nach dem anderen ihn mit leeren Stunden angähnte.

»Was hat er hier gemacht? Wie hat er seine Zeit verbracht, seine Abende, die Winternächte? Er hat über zehn Jahre hier gewohnt, und das ohne Fernseher oder Computer?«

»Er besaß eine Menge Bücher«, schlug Inger vor.

»Richtig, aber keines davon liegt auf dem Nachttisch, keines neben einem Lieblingsstuhl.« Er sah Per an und fragte: »Haben Sie noch mehr darüber herausgefunden, wohin er jeden Tag mit dem Bus fuhr?«

»Niemand scheint eine Ahnung zu haben. Wir wissen nur durch Siri und den regulären Busfahrer, dass er jeden Tag mitfuhr. Wir konnten nicht einmal jemanden finden, der ihn mit dem Bus zurückfahren gesehen hat.«

Inger warf ein: »Siri ist das Mädchen, das er gerettet hat.«

Dan nickte.

»Was hat er getrieben?« Dan sprach wie zu sich selbst, und Per blickte ihn erwartungsvoll an. Dan überlegte, was er übersehen haben könnte, und fragte schließlich: »Sie haben das Haus doch durchsucht, um seine Identität festzustellen, oder?«

»Ja, richtig, aber wie Sie sehen, haben wir alles wieder so hingestellt, wie wir es vorgefunden hatten. Es gab keine weiteren Dokumente, keinen Pass.«

»Haben Sie Waffen gefunden?«

»Nein.« Er lachte. »Nicht jeder hier oben ist ein Jäger.«

Dan lächelte, während seine Gedanken wirbelten. Inger sah ihn ernst an, denn sie hatte die Frage genau verstanden. Egal, aus welchem Grund Fillon in den Norden gekommen war, er war auf der Flucht gewesen. Und nur sehr wenige Menschen auf der Flucht fühlten sich sicher genug, um ganz ohne Waffen auszukommen. Wo steckten sie also?

Das war nur eines von vielen Dingen, auf die er sich keinen Reim machen konnte. In seinem Kopf drehten sich mindestens ein Dutzend halb formulierte Fragen, auf die Per bestimmt keine Antworten wusste.

Inger setzte seiner Unentschlossenheit ein Ende, indem sie einwarf: »Okay, Per. Ich glaube, wenn Sie uns jetzt zu unserer Unterkunft bringen, können wir später zu Fuß wieder herkommen.«

»Klar. Aber Sie können mich auch jederzeit anrufen, sollten Sie einen Fahrer brauchen.« Er wirkte leicht verlegen, und Dan vermutete, dass er sich ein wenig in Inger verguckt hatte.

Sie lächelte ihn an, nicht unfreundlich, jedoch kühl. Dan empfand einen Anflug von Mitleid für sie. Bei ihrer lässigen Schönheit musste sie sich vermutlich jeden Tag mit den Avancen der männlichen Kollegen herumschlagen. Er grinste in sich hinein und dachte, dass er selbst ja nicht viel anders war.

Draußen sperrte Per die Haustür ab und reichte Inger den Schlüssel. Dann fiel ihm plötzlich etwas ein und er sah Dan an: »Sie haben gefragt, was er mit seiner Zeit anfing. Wissen Sie, der

Briefträger, er kam zwar nicht oft, brachte lediglich Rechnungen und dergleichen, aber er sagte, dass Jack normalerweise in der Garage war.«

Dan betrachtete die Garage. Sie war nach vorne offen, und die Schnauze eines ziemlich neuen SUV ragte heraus.

»Ich kann mir nicht vorstellen, dass an dem Wagen viel zu reparieren war.«

Per lächelte. »Das dachte ich auch, nur ist die Garage größer, als es von hier aus den Anschein hat. Ganz hinten steht ein schweres altes Motorrad, ein richtiges Wrack – er schraubte ständig daran herum, sagte der Postbote.«

»Okay, danke.« Da Dan nichts mehr einfiel, fügte er hinzu: »Ich sehe es mir später an.«

Als sie in den Wagen stiegen und zur Straße zurückfuhren, dachte er, dass hier nur ein Leben auf Sparflamme stattgefunden hatte, noch dazu abrupt und vorzeitig beendet durch ein Busunglück.

Der Mann, der nicht Jacques Fillon geheißen hatte, hatte fliehen müssen, weil sich die CIA – warum auch immer – für ihn interessierte. Doch die vielen Jahre, die er sich damit verschafft hatte, konnte man nicht Leben nennen, diese triste, langweilige und eingeengte Situation.

Keine sozialen Kontakte, keine erkennbare Verbindung zur Außenwelt, und seine Tage schien der Mann damit verbracht zu haben, irgendein nahe gelegenes Dorf zu besuchen und an einem abgewrackten Motorrad herumzubasteln. Der Gedanke, dass das alles sein sollte, deprimierte Dan.

Er war niedergeschlagen, musste jedoch der Wahrheit ins Gesicht sehen. Für ihn ging es in den kommenden Wochen um alles oder nichts. Wenn es ihm nicht gelang, die drohende Gefahr vollständig auszuschalten, erwartete ihn im günstigsten Fall ein ähnliches Leben wie dieses hier.

Charlie hatte davon gesprochen, dass sie endlich anfangen sollten, richtig zu leben. Zum ersten Mal verstand Dan diese Sehnsucht. Denn das Dasein, das dieser Mann gefristet hatte, der nicht Jacques Fillon gewesen war, konnte niemals genug sein. Dan war nicht ganz sicher, was er sich wünschte, aber bestimmt das Gegenteil von dem hier.

Kapitel 10

Es dauerte nicht lange, bis sie von der Straße wieder in dasselbe Waldstück abbogen und einen schmalen Weg zu einem anderen Haus entlangrollten, größer als das, das sie gerade verlassen hatten. Per wollte schon daran vorbeifahren, doch ein schlanker, grauhaariger Herr trat auf die Treppe heraus und winkte ihnen.

Sie hielten und stiegen aus. Per stellte sie Herrn Eklund vor, dem Besitzer der Hütte, in der sie wohnen würden. Er hieß Dan auf Englisch willkommen, schien sich jedoch seiner Sprachkenntnisse nicht ganz sicher zu sein, denn mit Inger unterhielt er sich eine ganze Weile auf Schwedisch, bevor sie sich freundlich verabschiedeten.

Anschließend fuhren sie noch hundert Meter weiter bis zur Hütte, die im selben Stil erbaut war wie das Haupthaus und sich hinter diesem versteckte.

Beim Aussteigen bemerkte Inger: »Herr und Frau Eklund haben die Vorräte für uns aufgefüllt. Sie wollten wissen, ob wir heute mit ihnen zu Abend essen möchten oder ob sie uns das Essen bringen sollen, falls wir zu viel zu tun haben.«

»Was haben Sie geantwortet?« Er hoffte auf Letzteres, selbst wenn er bezweifelte, dass es viel Arbeit gab. Er glaubte nicht mehr recht, dass sie brauchbare Anhaltspunkte dafür finden würden, wer Jacques Fillon wirklich gewesen war.

»Ich sagte, es wäre besser, wenn sie uns das Abendessen bringen. Ich glaube, das war ihm auch lieber. Sie leben wohl ziemlich zurückgezogen.«

»Ja«, ergänzte Per. »Sie bleiben gern für sich. Wir haben sie nach Jack gefragt, aber sie hatten nur wenige Male mit ihm gesprochen.«

Er lächelte, während er zum Haus wies, als wollte er Dan signalisieren, dass das trotzdem keine unfreundlichen Menschen waren.

Die Hütte war ein ideales Sommerhaus mit zwei Schlafzimmern, einem Bad, einer Küche und einem größeren Wohn- und Esszimmer. An den Wänden hingen Landschaftsbilder, anscheinend alle von derselben amateurhaften Hand gemalt, die wahrscheinlich einem der Eklunds gehörte.

Die Wahl der Schlafzimmer verlief unkompliziert. Inger legte ihre Laptoptasche auf den Esstisch, trug ihren kleinen Koffer ins nächstbeste Zimmer und stellte ihn am Fuß des Bettes ab, bevor sie in die Küche weiterging. Dan nahm den anderen Raum in Besitz, warf einen schnellen Blick durchs Fenster in den umgebenden Wald und kehrte in den Wohnraum zurück.

Per wartete auf Anweisungen.

Dan fragte: »Darf ich Ihnen einen Kaffee anbieten, Per?«

»Nein danke. Ich denke, ich sollte lieber …«

Inger tauchte in der Küchentür auf und sagte: »Ich glaube, wir kommen jetzt ohne Sie aus, es sei denn, Sie möchten doch einen Kaffee.«

Er sah auf die Uhr, als würde er schwanken, antwortete aber: »Ich sollte mich auf den Weg machen. Rufen Sie einfach an, wenn Sie mich brauchen. Vielleicht schaue ich morgen früh mal vorbei.«

Inger dankte ihm herzlich und verfiel dabei ins Schwedische.

Dan meinte: »Ja, vielen Dank für alles, Per. Bis dann.«

Inger begleitete ihn bis vors Haus und ließ die Tür offen stehen. Beim Wagen wechselten sie noch ein paar unterdrückte Worte. Inger hielt der Tür den Rücken zugekehrt, doch Dan konnte Pers ernste Miene sehen.

Er gab kurze und beflissene Antworten. Einmal warf er einen Blick zur Hütte, der schwer zu deuten war, vielleicht neugierig oder auch besorgt. Als er Dan bemerkte, sah er rasch beiseite.

Sprachen sie über ihn? Erklärte Inger ihm gerade in allen Einzelheiten, wer Dan war und womit er seinen Lebensunterhalt verdiente? Wenn er Pech hatte, war Inger weniger wegen Jacques Fillon von Stockholm heraufgeflogen, als um Dan auszuforschen. Er glaubte zwar nicht, dass Patrick ihn bewusst in eine solche Situation gebracht hätte, aber Dan war nun mal nicht zum ersten Mal in diesem Land. Und mit ziemlicher Sicherheit hatte den Schweden gar nicht gefallen, was er damals getan hatte.

Einen Augenblick später stieg Per ins Auto und fuhr davon. Inger kam zurück ins Haus, schloss die Tür hinter sich und ging wortlos in die Küche. Dan hörte die leisen häuslichen Geräusche von klappernden Löffeln und Tassen, die einzigen Laute, seit Pers Auto im Wald verschwunden war. Der Duft nach Kaffee wehte herein.

Dan rührte sich nicht. Unvermutet überkam ihn eine große Trägheit, vielleicht geboren aus dem Kontrast, in dieser friedlichen Umgebung eingebettet zu sein, während sein Leben ein einziges Durcheinander war. Er wurde sich schmerzhaft der Leere des Raumes bewusst, der lastenden Stille, eines Gefühls, als würde die Zeit stehen bleiben.

Aus irgendeinem Grund musste er wieder an Ramón Martínez denken, der mit seinem Jungen die sonnige spanische Straße entlangspazierte. Das Bild seines eigenen Sohnes schob sich dazwischen, und der Tagtraum brach ab. Martínez hatte erfahren müssen, was Dan schon seit Jahren wusste, nämlich dass einem von einer Sekunde auf die nächste alles genommen werden konnte.

Das plötzliche Auftauchen Ingers in der Tür riss Dan aus seiner Versunkenheit. Er lächelte sie abwesend an. Sie trug ein Tablett mit einer Kaffeekanne und Tassen, zögerte aber, als sie ihn so dastehen sah.

»Tut mir leid, sind Sie müde? Es war wohl ein langer Flug.«

»Nein, schon in Ordnung. Ich war nur ein bisschen weggetreten, sonst nichts.«

»Möchten Sie sich lieber hinlegen?«

»Nein, im Ernst, alles in Ordnung.« Er ging zur Sitzecke. Sie folgte ihm und stellte das Tablett auf den Kaffeetisch. Sie nahmen einander gegenüber Platz, und sie beugte sich vor, um einzuschenken, während er sagte: »Die vergangenen Wochen waren ziemlich hektisch, vor allem die letzten paar Tage. Das hier kommt mir ein wenig vor wie … na ja, eine Art außerkörperliche Erfahrung.«

Sie lachte leise und reichte ihm seinen Kaffee. »Zucker, Sahne?«

»Nein danke, schwarz.«

»Hatten Sie Stress bei der Arbeit?«

Er musterte sie scharf. Wusste sie wirklich nicht, was passiert war? Sie kannte seinen Hintergrund, dessen war er sich inzwischen sicher. Allerdings war es denkbar, dass der schwedische Geheimdienst noch nichts von den Ereignissen der letzten Wochen und Monate mitbekommen hatte.

»Ja, ich hatte einen Auftrag, aber …« Er schwieg kurz und fuhr dann fort: »Was genau wissen Sie über mich, Inger?«

Sie stellte die Kaffeetasse ab und antwortete: »Ich weiß, dass Sie ein paar Jahre lang beim MI6 waren. Das hat mich neugierig gemacht. Warum haben Sie sich dort beworben und nicht bei der CIA?«

»Die Engländer sind an mich herangetreten, das ist alles. Ich bin nicht der Typ, der Bewerbungen schreibt.«

»Und wieso haben Sie aufgehört?«

»Tja, ich schätze, mich lockten das Geld, der Ruhm und das Abenteuer. Und sobald ich merkte, dass es nichts davon gab, stieg ich aus.«

Sie lachte wieder. »Dann sind Sie zu Blackwater gegangen …« Ihr Lachen wirkte ungekünstelt und ihr Interesse gleichermaßen persönlich wie beruflich, als wollte sie seine Akte mit dem Menschen abgleichen, den sie vor sich sah.

»Unter anderem, aber seit ein paar Jahren arbeite ich auf eigene Rechnung. Sie wissen sicher, dass ich in dieser Zeit vor allem Aufträge für die CIA ausgeführt habe.«

»Und doch arbeiten Sie jetzt gegen die Firma?«

»Ich arbeite für den, der zahlt.«

Er bemerkte, wie eine gewisse Härte in ihren Gesichtsausdruck trat. Der Söldneraspekt seiner Karriere schien ihr nicht zu gefallen. Sie griff nach ihrem Kaffee, nippte daran und starrte in die Tasse, statt seinem Blick zu begegnen. Er hatte schon viele Leute getroffen, die missbilligten, wie er sein Geld verdiente, und bisher hatte ihn das ziemlich kaltgelassen. Er wusste nicht genau, warum es ihm in Ingers Fall etwas ausmachte, aber er wollte, dass sie zumindest das Gesamtbild sah, bevor sie ihn verurteilte.

»Inger, Sie wissen das vielleicht noch nicht, doch eine CIA-Abteilung in Berlin hat die Liquidierung einer Menge Spezialisten angeordnet, die in den letzten zehn Jahren für die Firma gearbeitet haben. Ich habe bereits ein paar Freunde verloren und erst vor einigen Tagen fast einen weiteren. Sie wollen auch meinen Tod. Also ja, Sie haben recht. Ich arbeite gegen die CIA.«

Endlich sah sie ihm wieder in die Augen, ließ sich jedoch nicht anmerken, ob sie schon davon gehört hatte. Ihre Gedanken schienen irgendwo einzuhaken, denn sie sagte: »Der Typ, der sich Jacques Fillons Haus angesehen hat, er kam aus Berlin.«

»Aus demselben Büro. Deshalb bin ich hier. Patrick White hat Männer wie mich beschäftigt, bevor er zum ODNI ging. Ihm gefällt es nicht, was derzeit vorgeht, ebenso wenig wie diese Berliner Abteilung und ihr Leiter. Patrick hofft, dass Jacques Fillons Geschichte ihm das Material liefert, das er braucht, um den Mann auszuschalten. Darum bin ich hier. Ich muss herausfinden, wer er war, warum er untergetaucht ist und was er gegen diese Leute in der Hand hatte.«

Sie nickte. »Danke für Ihre Aufrichtigkeit.«

Er lächelte, irgendwie angerührt. Er fragte: »Wie wäre es, wenn Sie ebenso offen zu mir sind?« Sie blickte verwirrt drein. »Zunächst einmal: Halten Ihre Leute die CIA über diese Untersuchung auf dem Laufenden?«

»Soweit ich weiß, nicht. Der Befehl, Patrick White jede nur denkbare Unterstützung zu gewähren, kam von ganz oben.« Er antwortete nicht. »Noch etwas?«, fragte sie.

»Ja, ich wundere mich, dass sie jemanden aus dem Zentralbüro schicken statt aus Umeå. Und als ich behauptet habe, dass ich noch nie in Schweden gewesen sei, hatte ich das Gefühl, Sie wissen, dass ich lüge. Und deshalb überlege ich, ob ich hier vielleicht nicht der Einzige mit widersprüchlichen Motiven bin.«

Sie starrte ihn ein paar Sekunden an, bevor sie endlich erwiderte: »Unsere Priorität ist die Identifizierung von Jacques Fillon. Und die Beteiligung des ODNI ist ziemlich ungewöhnlich.« Er wartete einfach schweigend ab, bis sie schließlich fortfuhr: »Sie haben recht. Oder zumindest teilweise. Ich vermutete, dass Sie schon einmal in Schweden waren, weil wir glauben, dass Sie mit dem Verschwinden von Ahmad Habibi vor ein paar Jahren zu tun hatten. Jacques Fillon ist der Grund meiner Anwesenheit, es wäre allerdings ein Pluspunkt, wenn ich Neues im Zusammenhang mit Habibi in Erfahrung bringen könnte.«

Dan nickte unmerklich. Er konnte riskant sein, etwas zuzugeben. Sie behauptete zwar, dass es ihr nur um die Information ging, aber woher sollte er wissen, was die Schweden damit anfingen? Falls er deshalb in die Schusslinie geriet, würde Patricks Einfluss dann ausreichen, um ihn zu schützen?

Bedächtig sagte er: »Wenn ich mich nicht irre, verschwand Habibi bei einem Besuch in Paris. Das ist doch gewiss kein schwedisches Problem?«

»Er war schwedischer Staatsbürger.«

»Auf dem Papier. Ein schwedischer Staatsbürger, der Brandanschläge auf jüdische Einrichtungen plante, der eine Reihe von Autobomben zünden wollte, und das alles in dem Land, das ihm Zuflucht gewährte. Verstehen Sie mich nicht falsch, ich betrachte das nicht von einer moralischen Warte aus, aber insgeheim kann Ihre Regierung doch nicht ganz unzufrieden mit seinem Verschwinden sein.«

»Darum geht es nicht.« Sie wirkte eine Sekunde lang verdutzt. »Hören Sie, wir haben nicht vor, Sie vor Gericht zu stellen oder die Angelegenheit öffentlich zu machen, wenn Ihnen das Sorgen macht. Wir möchten einfach nur wissen, was aus ihm geworden ist. Ob er noch am Leben ist, und falls ja, wo.«

Dan dachte an die Stunden zurück, die er mit Ahmad Habibi verbracht hatte. Der Mann war größtenteils gefasst gewesen und sie hatten über die Verhältnisse im Nahen Osten diskutiert, über Politik und Geschichte und Religion. Es hatte jedoch immer wieder Phasen gegeben, in denen er unbeherrscht wurde, fast hysterisch. Dann weinte er und flehte um Gnade, meistens im Namen seiner Kinder. Erstaunlich, wie viele Männer, die eine absolut kaltschnäuzige Geringschätzung für die Kinder anderer an den Tag legten, ihn schon im Namen ihrer eigenen Kinder angebettelt hatten.

»Ich gebe gar nichts zu. Das Verschwinden von Ahmad Habibi hat in keiner Weise etwas mit mir zu tun. Aber ich will Ihnen sagen, was ich weiß. Ursprünglich war geplant, ihn in Stockholm zu schnappen. Als er nach Frankreich reiste, entschied man, dass es dort einfacher wäre. Also wurde er in Paris entführt. Von einem Privatflugplatz aus flog man ihn zu einem Militärflughafen in Rumänien aus. Von da aus kam er nach … in eine Verhöreinrichtung. Meines Wissens ist er am zweiten Tag an einem Herzanfall verstorben.«

»Was wurde aus der Leiche?«

»Vermutlich verbrannt«, meinte Dan schulterzuckend. »Es wurde eine Obduktion durchgeführt, denn es ist nicht Sinn der Sache, wenn jemand so ums Leben kommt. Wie sich herausstellte, litt er an einer Art Herzfehler, an dem er sowieso bald gestorben wäre.«

»Haben Sie ihn gefoltert?« Die Frage schien ihr wichtig zu sein, und seltsamerweise fand er das ermutigend – vielleicht ein Anzeichen dafür, dass er ihr sympathisch war?

»Verhörtechnik ist nicht mein Ding. Und bedenken Sie, ich habe keine Beteiligung zugegeben. Aber selbst dann hätte mein Auftrag an dem Punkt geendet, an dem er dieser Einrichtung übergeben wurde.«

Sie seufzte und wirkte leicht erschüttert von seinem freimütigen Bericht, doch sie sagte: »Danke.«

Er nickte, nicht ganz sicher, wofür sie ihm dankte oder wie sich das Verhältnis zwischen ihnen verändert hatte. Immerhin schien sie ihm zu glauben und sich in der Folge ein wenig zu entspannen. Vielleicht zweifelte sie noch an seiner Vertrauenswürdigkeit, akzeptierte aber wenigstens, dass sie auf derselben Seite standen.

Er sondierte das Terrain, indem er fragte: »Der Typ aus Berlin, wissen Sie, wie viel Zeit er im Haus verbrachte?«

»Ja, Per hat ihn begleitet. Ungefähr vierzig Minuten, eine ziemlich eilige Inspektion also, und er hat nichts angerührt.«

»Dafür hat er eine lange Reise auf sich genommen.« Dan sah zum Fenster hinaus und überlegte, wie viele Stunden Tageslicht ihnen noch blieben. »Ich denke, wir sollten uns langsam wieder an die Arbeit machen.«

Sie antwortete nicht gleich, fragte jedoch nach ein paar Sekunden: »Sie glauben nicht, dass wir dort etwas finden, oder?«

»Doch. Vielleicht nicht das, wonach wir suchen, aber irgendetwas. Niemand kann vollkommen spurlos verschwinden.«

Sie lächelte. »Er hat das ganz gut hinbekommen.«

Das musste Dan zugeben. Auch wenn es seinem Mantra widersprach: Jacques Fillon hatte das sogar verdammt gut hinbekommen.

Kapitel 11

Durch den Wald brauchten sie nur fünf Minuten zu Fuß. Aus dieser Richtung machte das einsame Anwesen einen noch verloreneren Eindruck. Trotz seines gepflegten Zustands sah es so aus, als würde es seit Jahren leer stehen, nicht nur ein paar Wochen. Es wirkte gleichzeitig ästhetisch perfekt und völlig ohne jede Persönlichkeit. Selbst ihre kleine Hütte hatte mehr Charakter als dieses Haus.

Am Fuß der hölzernen Eingangstreppe drehten sie sich um und betrachteten die Lichtung, in der das Haus stand. Im angrenzenden Wald sammelte sich bereits die Dunkelheit des hereinbrechenden Abends. Die Lautlosigkeit strahlte etwas Beunruhigendes aus, als könnte sie nicht mehr lange so anhalten, als müsste gleich etwas Dramatisches oder Gewaltsames geschehen.

»Die Einsamkeit hat ihn wohl nicht weiter gestört«, sagte Inger mit einem Blick zum ausgeblichenen Blau des Himmels.

»Das hoffe ich«, meinte Dan. Er wusste, dass er selbst an einem solchen Ort wahnsinnig werden würde, egal, wie stark das Motiv sein mochte, vor der Welt davonzulaufen.

Inger schloss die Tür auf, und sie betraten die noch tiefere Stille des Hauses. Dan blickte sich um und öffnete eine Tür, die zum Keller führte.

»Okay, ich denke, wir müssen eine komplette Durchsuchung durchführen. Wie wäre es, wenn ich im Keller anfange, Sie im Obergeschoss, und anschließend treffen wir uns wieder hier?«

»Gute Idee.«

Er warf einen Blick in das Zimmer, das als Bibliothek gedient hatte, und fragte: »Glauben Sie, Per und seine Kollegen haben die ganzen Bücher durchgesehen?«

»Dafür kann ich garantieren. Sie hatten sogar den Auftrag, in allen Gemälden nachzusehen. Aber es schadet nichts, wenn wir es selbst noch einmal überprüfen.« Dan nickte, und sie fügte hinzu: »Wir halten Ausschau nach einem Pass, richtig?«

»Das wäre eine Hilfe. Hoffen wir, dass er ihn nicht irgendwo in einem Schließfach deponiert hat.«

Er ging die Treppe in den Keller hinunter. Sein bisheriger Eindruck bestätigte sich – das Haus war nicht bewohnt worden, jedenfalls nicht auf die Art, wie normale Menschen lebten. Es gab keinerlei Gerümpel, nichts, was einmal brauchbar und hochgeschätzt gewesen, dann aber in Vergessenheit geraten wäre.

Der Keller war sauber und aufgeräumt und fast leer. Dan arbeitete sich an den Wänden entlang, suchte nach Vertiefungen oder Anzeichen für einen verborgenen Raum, vielleicht auch nur eine Kammer. Doch da war nichts. Als er fertig war, starrte er ins Halbdunkel hinein. Langsam verspürte er das Bedürfnis, dem Leichenschauhaus einen Besuch abzustatten, um sich zu vergewissern, dass es den Mann tatsächlich gegeben hatte, der sich Jacques Fillon nannte.

Entfernt und undeutlich hörte er Inger in den oberen Räumen herumsuchen, und das gab ihm den Anstoß. Er verließ den Keller und ging in die Bibliothek. Bevor er anfing, ließ er den Raum auf sich wirken und überlegte, an welchen Stellen er selbst etwas versteckt hätte.

Plötzlich spürte er einen Schatten vorbeigleiten oder eine andere Veränderung in dem Licht, das zum Fenster hereinfiel. Eine Sekunde später tauchte ein Mädchen auf und starrte herein. Sie war schwarz gekleidet, verblüffend blass und hellblond – Stachelfrisur, Lederjacke.

Dan zuckte leicht zusammen, aber das war nichts gegen ihre Reaktion, als sie ihn bemerkte. Sie machte praktisch einen Satz zurück und verschwand wieder.

»Nein, warte!«

Das Haus war so verwaist, dass auch die geringste Verbindung zu seinem ehemaligen Bewohner interessant war, selbst wenn es sich nur um eine neugierige Jugendliche handelte. Er rannte durch die Diele und zur Eingangstür hinaus. Das Mädchen marschierte davon, nicht direkt im Eiltempo, aber entschlossen.

»Bitte warte doch eine Sekunde!«

Im oberen Stock wurde ein Fenster geöffnet, und dann rief Ingers Stimme laut etwas auf Schwedisch, gebieterisch und nicht unfreundlich. Was immer sie gesagt hatte, es funktionierte. Das Mädchen blieb stehen und wandte sich um. Sie ging ein paar Schritte auf sie zu, sah zu Inger empor und stellte ihr eine Frage.

Inger antwortete, und das Mädchen kicherte verlegen, kam zum Haus zurück. Das Fenster klappte wieder zu, und Dan hörte die Bodendielen im ersten Stock knarren.

Der Blick des Mädchens glitt zu ihm. Sie kam näher und sagte: »Tut mir leid, Sie haben mich erschreckt.«

»Dann tut es mir leid. Das wollte ich nicht.«

»Es stand kein Auto vor der Tür, deshalb dachte ich, es wäre niemand da.« Ihr leicht vorwurfsvoller Ton amüsierte ihn, diese Andeutung, irgendwie hereingelegt worden zu sein.

»Wir wohnen ein Stück weit durch den Wald drüben bei den Eklunds und sind zu Fuß gegangen.« Sie nickte. Aus der Nähe sah er Spuren von Akne durch die kalkweiße Abdeckcreme auf ihren Wangen schimmern, aber auch, dass sie einmal eine richtige Schönheit sein würde. Die Mischung aus Blässe und feiner Knochenstruktur verlieh ihr etwas Ätherisches. Inger trat hinter ihm aus der Tür, und er stellte sich vor: »Ich bin Dan, und das da ist Inger.«

Inger sagte wieder etwas auf Schwedisch, und das Mädchen antwortete: »Ich bin Siri.«

Dan wusste sofort Bescheid und versuchte sich noch zu erinnern, ob das Mädchen vor ihm dem Bild ähnelte, das er aus der Zeitung kannte, als Inger bereits erklärte: »Siri ist das Mädchen, das das Busunglück überlebt hat.«

»Ja, klar. Dürfen wir dir ein paar Fragen stellen, Siri?«

»Sicher.«

Inger warf rasch ein: »Wir können auch zu dir nach Hause kommen, falls dir das lieber ist. Vielleicht wäre es besser, wenn deine Großeltern dabei sind.«

Sie lächelte, war erwachsen genug, um den Gedanken, dass sie nicht auf sich selbst aufpassen konnte, komisch zu finden.

»Kein Problem, aber ich weiß nicht viel. Die Polizei hat schon mit mir gesprochen.«

»Ich sollte dir das hier zeigen.« Inger zückte ihre Dienstmarke. »Wollen wir uns drinnen unterhalten?«

Das Mädchen sah an Dan und Inger vorbei ins Haus, und eine Mischung aus Unsicherheit und Erwartung spiegelte sich auf ihren Zügen. Immer noch unschlüssig nickte sie, und sie gingen hinein und setzten sich in die Bibliothek. Siri sah sich um und musterte die Regale.

Dan fragte: »Was wolltest du hier?«

Ihr Blick sprang zu ihm. »Ich war neugierig. Es ist das erste Mal. Einmal wäre ich schon fast hergekommen, aber da war die Polizei da.«

Er konnte die Faszination nachvollziehen, die der Mann, der ihr das Leben gerettet hatte, auf sie ausübte. Besonders weil sich bestimmt schnell herumgesprochen hatte, dass er gar nicht derjenige gewesen war, der er all die Jahre zu sein behauptet hatte. Ihr Überleben allein war schon ein kleines Wunder, welcher Teenager wäre da nicht neugierig auf den mysteriösen Hintergrund des Mannes, der sie gerettet hatte?

Inger wollte wissen: »Du hast nie mit dem Mann gesprochen, der hier gewohnt hat?« Siri schüttelte den Kopf, als wäre sie verwundert über diese Frage. »Und ist dir in den Wochen seit dem Unfall wieder eingefallen, was er zu dir sagte, als er dich aus dem Sitz gezogen hat?«

Sie schüttelte abermals den Kopf, stellte jedoch klar: »Ich habe nichts vergessen. Ich bin bei dem Unfall überhaupt nicht verletzt worden, hatte nicht einmal einen Kratzer. Aber ich konnte nicht verstehen, was er sagte – wegen der Musik aus den Kopfhörern.«

»Du hast ihn an jedem Schultag im Bus gesehen. Auch noch bei anderen Gelegenheiten?«

Siri verneinte ratlos.

»Hat er je mit dir gesprochen, vielleicht Hallo gesagt, dir zugelächelt? Ist dir aufgefallen, dass er dich angestarrt hat?«

Siri runzelte bei dem Gedanken betroffen die Stirn. Dan vermochte Ingers Gedankengang durchaus zu folgen, denn dieses Mädchen hatte etwas unbestreitbar Bezauberndes an sich. Er konnte sich gut vorstellen, dass sie einem einsamen, nicht mehr ganz jungen Mann den Kopf verdrehte. War es das, was sie gerettet hatte?

Das Mädchen beantwortete auf seine eigene Art gleichzeitig Ingers und Dans unausgesprochene Frage. »Ich glaube nicht, dass er mich je bemerkt hat. Wir alle saßen jeden Tag am gleichen Platz. Er hat mir nur geholfen, weil ich ihm am nächsten war. Die anderen waren nicht zu erreichen, aber ich denke, wäre jemand noch näher bei ihm gesessen, hätte er den gerettet. Das war wohl einfach seine Art. Ich hatte nur Glück.«

Dan lächelte. Nur ein so junger Mensch konnte derart schulterzuckend auf die unberechenbaren Winkelzüge des

Schicksals reagieren. Er war sicher, dass die Erinnerungen an diesen Tag in den kommenden Jahren ihre eigene Dynamik entwickeln würden. Ob es ihr klar war oder nicht, diesen Unfall zu überleben, ihn auf diese Art zu überleben, würde sich im Rückblick als einer der entscheidenden Wendepunkte ihres Lebens erweisen.

Inger sagte: »Ich weiß, dass man dich das schon gefragt hat, aber du hast ihn auf dem Rückweg nie im Bus gesehen?« Siri verneinte. »Das dachte ich mir. Und sonst ist dir nichts mehr eingefallen?«

Siri wirkte einen Moment verdutzt, bevor sie antwortete: »Die Leute behaupten, er könnte ein Verbrecher gewesen sein, weil er sich versteckt hat.«

»Und was glaubst du?«

»Ich glaube, er war ein Spion. Ist das nicht der Grund, warum Sie hier sind?«

Inger lächelte beifällig. Dan musste grinsen. Zog Siri es vor, von einem ehemaligen Spion statt einem ehemaligen Verbrecher gerettet worden zu sein? Dan hatte beide Sorten reichlich erlebt und wusste nicht recht, auf wen er sich im Notfall eher verlassen hätte.

Und er selbst? Hätte er sich in dem Bus genauso verhalten wie Fillon? Kaum, so gerne er sich das eingeredet hätte. Es lag einfach nicht in seiner Natur, den Tod zu suchen, egal, wie edel das Motiv sein mochte.

»Ich fahre weiterhin mit dem Bus«, erklärte Siri unaufgefordert. »Aber es ist merkwürdig, weil ich jetzt total allein bin. Nicht einmal die zwei Frauen, die immer an der nächsten Haltestelle ausgestiegen sind, sehe ich noch. Deshalb bin ich die ersten zwanzig Minuten ganz für mich.«

Dan sah sie an. Das war hart, jeden Morgen zwanzig Minuten allein mit den Erinnerungen an jenen Tag, die leeren Sitze, wo Menschen gesessen hatten, die inzwischen tot waren.

Inger fragte: »Waren sie deine Freunde?«

Siri schüttelte den Kopf. »Mit Pia war ich befreundet, als wir klein waren, aber wir haben uns auseinandergelebt. Die beiden Jungs kannte ich eigentlich gar nicht.« Sie sah sich im Raum um, als wollte sie sich die Buchrücken einprägen. »Ein paarmal dachte ich, wenn er überlebt hätte, würde ich ihn im Krankenhaus besucht haben oder er wäre ein Freund meiner Familie geworden. Finden Sie das komisch?«

Inger sagte: »Überhaupt nicht. Ich glaube, mir würde es genauso gehen.«

Siri zuckte mit den Schultern. »Es ist seltsam, bevor ich das Foto sah, hätte ich kaum sagen können, wie er ausgesehen hat. Und jetzt, wo es zu spät ist, bin ich neugierig.«

Sie betrachtete wieder die Bücher und fragte sich vermutlich, was sie über den Mann erzählten, der ihr das Leben gerettet hatte. Ihre Neugier war verständlich. Dan befürchtete allerdings, dass sie ihr nicht mehr sagen konnten, als sie bereits wusste – hier war nichts von Jacques Fillon zu finden.

Kapitel 12

Sie verabschiedeten sich von Siri und setzten die Durchsuchung fort. Inger ging wieder nach oben, war dort aber bald fertig. Gemeinsam arbeiteten sie sich dann methodisch durch die Bücherregale, einander den Rücken zukehrend und nur ab und zu ein Wort miteinander wechselnd.

Dan meinte: »Siri scheint es ganz gut zu verarbeiten.«

»Ja, erstaunlich.« Er spürte, dass sie sich umgedreht hatte, und wandte sich zu ihr um. Sie lächelte leicht und sagte: »Sie erinnert mich daran, wie ich selbst in dem Alter war.«

Dan erwiderte das Lächeln. »Irgendwie kann ich Sie mir nicht komplett in Schwarz vorstellen, nicht einmal als Teenager.«

Sie schüttelte abwehrend den Kopf. »Ich meine, ich wollte nur weg von zu Hause. Das ist bestimmt ein Teil der Faszination, die Fillon auf sie ausübt.«

Er dachte daran zurück, was Inger über die beschauliche Stille von Råneå gesagt hatte.

»Sind Sie auch an einem solchen Ort aufgewachsen?«

»Nicht ganz. Eine Kleinstadt, ja, aber nur etwa eine Stunde von Stockholm entfernt. Eigentlich war es toll. Sie wissen ja, wenn man jung ist … Wollten Sie nie einfach nur weg?«

»In gewisser Weise war es bei mir umgekehrt. Ich wünschte mir immer, an ein und demselben Ort zu leben, mit den Kindern, die ich schon seit dem Kindergarten kannte. So sind Teenager eben, man will genau das, was man nicht hat.« Sie nickte mit einem Ausdruck, der ihm sagte, dass er ihr gerade einen tiefen Blick in sein Innenleben gewährt hatte. Sie wandten sich wieder den Regalen zu. »Sie haben Siris Großeltern erwähnt?«

»Sie ist ein Waisenkind. Ich glaube, ihre Eltern sind gestorben, als sie noch ganz klein war. Deshalb haben die Großeltern sie zu sich genommen.«

»Mein Gott. Wahrscheinlich packen sie sie nach dieser Geschichte in Watte.«

Inger antwortete nicht, sondern arbeitete stumm weiter. Schließlich sagte sie: »Lebt Ihre Mutter noch?«

»Ja. Aber ich sehe sie nicht so oft, wie mir lieb wäre. Sie lebt auf den Bermudas. Genau wie meine Schwester mit ihrem furchtbaren Ehemann und drei Kindern. Sie haben also jede Menge Abwechslung und kommen ganz gut ohne mich aus.«

»Und warum ist der Mann Ihrer Schwester so furchtbar?«

»Ach, so hart wollte ich es nicht ausdrücken. Er ist ein guter Ehemann und Vater, und auch ein guter Schwiegersohn. Ich mag ihn nur nicht besonders. Ich glaube, das beruht auf Gegenseitigkeit.«

»Sie sind einfach nicht kompatibel?«

»So ist es.«

»Aber er ist ein guter Vater, Ehemann und Schwiegersohn …?«

Er lachte. Es gefiel ihm, dass sie locker genug war, um ihn zu necken. »Und Sie, sind Ihre Eltern noch am Leben?«

»Ja. Und ich habe ebenfalls eine Schwester, nur dass ich ihren Mann und ihre Kinder gut leiden kann.«

»Eins zu null für Sie.« Er hatte das Ende seines Regals erreicht und sagte: »Ich bin hier fertig.«

»Ich auch gleich.«

Er drehte sich zum Fenster um und sah hinaus. Wo der Schein der Lampen nicht hinreichte, wurde es bereits dunkel. Dann betrachtete er Inger in ihren engen beigen Jeans und dem ebenso körperbetonten Pulli. Mit eleganten Bewegungen streckte sie sich nach oben, nahm ein Buch nach dem anderen heraus, untersuchte es und stellte es zurück.

Endlich war sie mit dem letzten fertig und wandte sich zu ihm um. Sie merkte, dass er sie beobachtet hatte, zog die Augenbrauen hoch und sagte: »Wenn Sie mehr Zeit mit Ihrer Mutter verbringen würden, würde sie Ihnen sagen, dass es unhöflich ist, Leute anzustarren.«

Er lächelte und erwiderte: »Ich habe Sie nicht angestarrt, nur zugesehen. Es war keine böse Absicht. Ich entschuldige mich.«

Sie nickte. Ein Waffenstillstand. Seufzend blickte sie sich um und fragte: »Was nun? Irgendetwas entgeht uns hier.«

»Es gibt eine kleine Hütte hinten hinaus.«

»Das ist eine Sauna, glaube ich.«

»Okay. Wenn er sie benutzt hat, war das sicher nicht die beste Umgebung, um etwas zu verstecken. Trotzdem müssen wir sie uns ansehen und auch die Garage überprüfen.«

»Gut, aber nicht mehr heute. Die Eklunds werden uns bald das Abendessen bringen.« Dan nickte, rührte sich jedoch nicht, und Inger fuhr fort: »Darf ich Sie etwas fragen?« Er sah sie aufmunternd an. »Sie haben mir erzählt, dass man versucht, Sie zu töten, dass bereits Freunde von Ihnen ermordet wurden. Aber würden Sie es fertigbringen, so zu leben wie Jacques Fillon? Könnten Sie so spurlos abtauchen?«

»Die Frage stelle ich mir, seit ich hier bin. Allerdings bin ich Optimist und vertraue darauf, dass ich einen Ausweg aus der gegenwärtigen Situation finde, möglicherweise gerade mithilfe dieses Mannes hier.«

»Und wenn nicht?«

»Ja, ich glaube, ich könnte verschwinden. Das habe ich mein Leben lang getan, nur bisher immer irgendwo *hin*, verstehen Sie? Ich bleibe in Bewegung. Aber ein Rückzug wie Fillon? Nein. Eher nicht.«

»Ich auch nicht. Das hier gefällt mir.« Sie umfasste mit einer Handbewegung den Raum und das Anwesen. »Doch alle Menschen zurückzulassen, alle Freunde? Das würde ich nicht fertigbringen.«

Das beschrieb ganz gut den Unterschied zwischen ihnen beiden, im Grunde zwischen Dan und den meisten Menschen. In seinen Augen waren die Probleme in Fillons Leben die Langeweile, das Fehlen von Farbe, die klaustrophobische Enge, während Inger nur daran dachte, Freunde und Familie verlassen zu müssen.

Er erinnerte sich an das Gespräch mit Charlie. Was machten sie aus ihrem Leben, was fingen sie damit an? Charlie hatte sich immerhin in die Idee verbissen, Darija wiederzufinden, selbst wenn sich das als weltfremder Traum erweisen sollte.

Dan dagegen hatte kein Ziel außer der Fortsetzung eines ruhelosen Lebensstils, für den er schon seit zehn Jahren zu alt war. Das war zu wenig, so viel war ihm klar, doch zumindest hatte er so nichts zu verlieren und würde auch nie etwas zu verlieren haben.

»Ich denke, es ist schwierig, sich in ihn hineinzuversetzen, solange wir den Grund nicht kennen, aus dem er hier in den Norden kam. Vielleicht war der Mann ein geborener Einzelgänger, oder ihm blieb einfach keine andere Wahl.«

Sie nickte und sah sich noch einmal um. »Wir sollten gehen.«

Auf dem Rückweg sprachen sie nicht. Kein Laut war zu hören außer ihren Schritten und dem entfernten, undeutlichen Gezwitscher der Vögel. Insekten umschwirrten sie, wahrscheinlich zum letzten Mal in diesem Jahr, bevor das eisige Band der Kälte eine weitere Schicht Stille um diese Wälder legte.

Sie erreichten die Hütte im selben Moment, als Herr Eklund mit einem großen Tablett ankam. Trotz seines Alters erkannte man noch die mühelose Kraft, die aus einem Leben voller körperlicher Arbeit im Beruf oder dem Alltag hier draußen stammte.

Er ließ sie zum Essen allein, und sie holten sich ein Bier aus dem Kühlschrank. Die Mahlzeit bestand aus Fleischbällchen mit Soße und einer Art Knödel, was Inger irgendwie belustigte, auch wenn es ihr zu schmecken schien.

Die Unterhaltung war zwanglos. Inger erzählte von dem kleinen Ort südlich von Stockholm, in dem sie aufgewachsen war, und er von dem globalen Dorf, in dem er seine prägenden Jahre verbracht hatte. Sie redeten über ihre Familien und höchstens in Andeutungen von ihrem Beruf.

Danach spülten sie ab und stapelten das Geschirr wieder auf das Tablett, bevor sie sich mit einem weiteren Bier in die Sitzecke zurückzogen. Er war nicht sicher gewesen, ob sie gut miteinander auskommen würden, doch mittlerweile kam es ihm so vor, als ob sie sich schon ewig kannten. Es war eine für die kurze Zeit erstaunliche Verbundenheit.

Er fühlte sich in ihrer Gegenwart wohl, spürte jedoch, dass sie wegen seiner beruflichen Vergangenheit Vorbehalte hatte. Dann machte er einen Fehler. Sie trank von ihrem Bier, hickste und stand kurz davor, einen ausgewachsenen Schluckauf-Anfall zu bekommen. Sie hielt die Luft an, bis es vorbei war, und natürlich war es eine unbedeutende Kleinigkeit, aber er fand sie wunderschön, wie sie so geduldig und konzentriert die Lippen zusammenpresste.

Bevor ihm bewusst wurde, was er da sagte, war es heraus. »Haben Sie einen Freund?«

Sie stieß den angehaltenen Atem aus, und der daraus entstehende Seufzer war eigentlich Antwort genug, als wollte sie fragen, warum er alles kaputtmachen musste.

Sie sah ihn ein oder zwei Sekunden lang an, anscheinend unschlüssig, ob sie etwas erwidern sollte. Dann meinte sie: »Ich denke nicht, dass Sie das etwas angeht, aber ich bin lesbisch.«

Er versuchte, seine Überraschung zu verbergen. Er hätte jederzeit dagegen gewettet, dass sie lesbisch war. Selbst jetzt konnte er es nicht so recht glauben. Da mischten sich bei ihm wohl Wunschdenken und Unwissen.

Er lächelte und fragte: »Eine Freundin?«

»Das geht Sie genauso wenig an.« Sie überlegte kurz, bevor sie dennoch antwortete: »Im Moment bin ich solo.«

»Ich wollte nicht herumschnüffeln. Und das war auch kein Annäherungsversuch.« Sie zog skeptisch die Augenbrauen hoch. »Ehrlich. Hören Sie, ich gebe ja zu, dass ich Sie sehr attraktiv finde – wer würde das nicht? –, und ich war neugierig, ja, und trotzdem sollte es keine Anmache sein.«

»Ich glaube Ihnen«, sagte sie, obwohl sie das offensichtlich nicht tat. »Jetzt wissen Sie jedenfalls Bescheid.«

»Ja. Das macht das Leben sicher einfacher.«

»Wir sind hier, um zu arbeiten. Ich vermute, ich hätte Ihrem Charme vielleicht sogar widerstehen können, wenn ich hetero wäre.« Sie sagte es mit einem Pokerface, nahm den Worten dann aber mit einem Lächeln die Schärfe. »Wie steht es mit Ihnen, Dan? Ist bei Ihrem Lebensstil Platz für eine Freundin?«

»Nie für längere Zeit. Manchmal wünschte ich, es wäre anders, nur ist es eben leider so.«

Sie dachte nach, und einen Moment lang sah es so aus, als wollte sie etwas dazu sagen, äußerte jedoch nur: »Ich muss noch ein paar Dinge auf meinem Laptop erledigen und koche mir vorher Kaffee. Wollen Sie auch einen?«

Ihr Tonfall klang freundlich, doch sehr nüchtern, und er wusste, dass sie in gewisser Weise das Ruder herumgeworfen hatte.

Er sah auf die Uhr. »Ich bin ziemlich erledigt und werde mich lieber hinlegen. Außerdem haben wir morgen den entscheidenden Tag vor uns.«

Sie wirkte verwirrt. »Entscheidend in welcher Hinsicht?«

»Sollten wir keine weiteren Anhaltspunkte finden, muss ich weiterziehen. Ich tue das nicht nur für mich. Ich habe einen Freund, den Mann, auf den letzte Nacht eine Killertruppe angesetzt wurde. Ich selbst mag hier oben zunächst in Sicherheit sein, kann mich jedoch nicht darauf verlassen, dass das für ihn genauso gilt, egal, wo er jetzt ist.«

Die Erinnerung daran, dass es für Dan um mehr ging, als die wahre Identität von Jacques Fillon zu lüften, schien ihr zu schaffen zu machen. Er hatte es sich selbst erst wieder ins Gedächtnis rufen müssen und konnte sich eigentlich vorstellen, sich von der Ruhe und dem Frieden dieses Ortes verführen zu lassen, bis aus einem Tag unbemerkt drei oder vier wurden. Aber während er Bücherregale durchsucht und mit der nun unerreichbar gewordenen Inger Bengtsson geflirtet hatte, folgten die Jäger unerbittlich seiner und Charlies Spur. Sie saßen ihnen im Nacken, und wenn nichts Entscheidendes geschah, würden sie sie zu Tode hetzen.

Kapitel 13

Er wusste nicht, ob es die Luft war, die Stille oder die unterschwellige Erschöpfung der letzten Wochen, jedenfalls schlief er so tief und fest wie seit drei Jahren nicht mehr.

Als er erwachte, war es ein Traum, der ihn in die Wirklichkeit zurückwarf – sein Sohn kam, rüttelte ihn wach und rief: »Papa, Papa.« In der Traumrealität erkannte er nicht gleich, dass es Martínez' Junge war, nicht sein eigener. Und als sich sein Bewusstsein endlich klärte, lastete die Trauer der Erinnerung schwer auf ihm.

Er schüttelte sich und sprang aus dem Bett. Es war bereits nach neun und Inger war schon auf. Ihre Schlafzimmertür stand offen, das Bett war gemacht. Er duschte, zog sich an und frühstückte. Als er damit fertig war, war sie immer noch nicht zurück, also ging er durch den Wald zu Fillons Haus, weil er sie dort zu finden hoffte.

Der Mann in Stockholm hatte ihn gewarnt, wie viel kälter und düsterer es hier oben um diese Jahreszeit sein würde, aber der Himmel war blau und wolkenlos, und die Sonne gab eine sanfte, wenn auch zerbrechliche Wärme.

Schon bevor er die kleine Lichtung erreichte, wusste er, dass Inger nicht da war. Das Haus strahlte Leere aus. Allein konnte er nicht viel unternehmen, daher setzte er sich auf die Holztreppe, wartete, genoss die friedliche Atmosphäre und ließ die Sekunden träge dahinticken.

Bald war er so eingesponnen in die Stille, dass er sich fast wünschte, Inger würde nicht kommen. Er wollte einfach nur dasitzen und den langsamen Lauf der Sonne auf der Haut spüren. Vielleicht fing es immer so an, die Leichtigkeit, mit der die Einsamkeit in Jacques Fillons Existenz eingesickert war.

Nach etwa zwanzig Minuten hörte Dan ein Auto und regte sich, als würde er aus einem leichten Schlaf erwachen. Der Wagen kam die Hauptstraße entlang, bog dann ab und arbeitete sich behutsam in den Wald hinein. Es dauerte eine Weile, bevor Dan begriff, dass er zu ihrer Hütte unterwegs war.

Er hörte zwei Autotüren klappen, danach die Tür der Hütte. Die reine Luft des Nordens trug den Schall klar und deutlich bis zu ihm. Unwillkürlich stellte er sich vor, dass es zwei von Brabhams Männern waren, die von Inger einen Tipp erhalten hatten, so unwahrscheinlich das auch war.

Er musste grinsen, als er die unverkennbaren Stimmen von Per und Inger hörte. Es klang wie eine Art von Verhandlung, und Inger schien nachzugeben, bevor abermals zwei Autotüren zuschlugen und der Wagen anfuhr.

Inger hatte bestimmt durch den Wald zu Fillons Haus laufen wollen, doch Per hatte sie überredet, sich fahren zu lassen. Während Dan lauschte, arbeitete sich das Fahrzeug langsam zurück zur Straße, fuhr ein kleines Stück mit normaler Geschwindigkeit und holperte anschließend auf ihn zu. Inger hatte vermutlich recht gehabt, zu Fuß wäre es schneller gegangen.

Sie winkte ihm schon aus der Ferne zu, und dann noch einmal beim Aussteigen. Dan blieb auf den Stufen sitzen und wartete. Sie mochte Brabham keinen Tipp gegeben haben, aber er fragte sich dennoch, wo sie gewesen war und warum sie so nervös wirkte.

Wie als Antwort auf seine unausgesprochene Frage verkündete sie ein wenig zu bemüht: »Ich musste ein paar Dinge erledigen, deshalb habe ich Per angerufen. Sie waren noch im Bett.«

Er nickte zurückhaltend. »Ich habe tief und fest geschlafen.« An Per gewandt fügte er hinzu: »Das muss an der guten Luft hier oben liegen.«

Per wusste nicht recht, was er dazu sagen sollte. »Es ist die einzige, die ich kenne.«

Dan sah wieder Inger an. Sie schien zu erwarten, dass er sich mit ihrer ausweichenden Erklärung nicht zufriedengab, doch er wollte nur wissen: »Alles bereit? Können wir anfangen?«

»Klar.« Zu Per sagte sie: »Danke fürs Mitnehmen.«

»Jederzeit«, erwiderte er und nahm das als Stichwort, sich zu verabschieden. Sie blickten ihm nach, bis er eingestiegen und davongefahren war.

Sobald der Wagen außer Sicht war, drehte Inger sich zu Dan um, der auf der Treppe sitzen geblieben war. Er starrte sie eine Sekunde lang an, bevor er fragte: »Kann ich mich auf Sie verlassen, Inger?«

»Selbstverständlich.«

»Nein, ich meine, kann ich Ihnen wirklich vertrauen? Ich weiß, dass Sie Ihre eigene Agenda haben, und das ist auch in Ordnung. Es ist mir egal, wenn Sie mit Per weggehen, um zu tun, was immer Sie tun müssen. Ich will nur sicher sein, dass Ihre Agenda nicht beinhaltet, mich den Wölfen zum Fraß vorzuwerfen.«

Sie hob hilflos die Hände, als wollte sie fragen, wie um Himmels willen sie darauf eine überzeugende Antwort geben sollte, aber dann sagte sie: »Sie können mir so weit vertrauen wie ich Ihnen. Mehr kann ich Ihnen nicht anbieten.«

Er lächelte und erhob sich. Sie wich unwillkürlich einen Schritt zurück, bevor sie sich bewusst entspannte. Es gefiel ihm nicht, dass sie sich in seiner Gegenwart unwohl fühlte, vielleicht sogar Angst hatte, besonders da er mehr von ihr zu befürchten hatte als umgekehrt. Ironischerweise hatte ihre nichtssagende Erklärung beruhigender geklungen als alle schönen Worte.

»Das ist in Ordnung. Ich wollte Sie nicht in Verlegenheit bringen. Doch Sie werden verstehen, dass ich im Moment ein bisschen nervös reagiere.«

»Ich hätte eine Nachricht hinterlassen sollen. Es hatte nichts mit Ihnen zu tun.« Sie blickte um sich, und er spürte, dass sie das Thema dringend abzuschließen versuchte. Sie gab sich Mühe, forsch und zuversichtlich zu klingen, als sie fragte: »Also, nehmen wir uns zuerst die Sauna vor?«

Er nickte und machte eine Geste, um ihr den Vortritt zu lassen, erstarrte aber mitten in der Bewegung. Sein Blick war nicht auf die Sauna gerichtet, sondern an einer anderen Stelle hängen geblieben. Egal, wie erschöpft er tags zuvor gewesen war, es hätte ihm sofort auffallen müssen, und der Typ aus Berlin war ebenfalls mehr als nachlässig gewesen.

»Eine Satellitenschüssel.«

Sie drehte sich um und sah von Dan zu der Schüssel, die keine normale Fernsehantenne war, vielmehr ein Hightech-Produkt.

»Aber die meisten Leute hier …« Sie verstummte, als es ihr klar wurde. »Richtig. Wozu hätte er eine gebraucht?«

»Genau. Ohne Fernsehgerät und Computer.«

»Es muss einen geheimen Raum geben, vielleicht im Keller …«

»Oder in der Garage. Denken Sie daran, was Per gesagt hat – wenn der Briefträger kam, arbeitete er meistens an seinem Motorrad.«

Sie bewegten sich auf die Garage zu. Jetzt, nach der Entdeckung der Schüssel, betrachtete Dan sie mit aufmerksameren Augen.

Er deutete und fragte: »Warum hat er jeden Tag den Bus genommen, wenn doch ein ziemlich neues SUV in der Garage steht?«

Sie musterte die Schnauze des Wagens, die aus dem Gebäude ragte, meinte aber: »Wer weiß? Vielleicht ist er einfach gerne mit dem Bus gefahren. Vielleicht wollte er etwas trinken und nicht mit Alkohol ans Steuer.« Inzwischen hatten sie die Garage erreicht und sie zeigte auf zwei tief ausgefahrene, festgebackene Spurrillen, eine Erinnerung an regnerische Tage. »Interessant. Als hätte das Auto häufig da außen gestanden.«

Sie kauerten sich nieder und spähten unter das Fahrzeug. Und tatsächlich, da war es. Auf den ersten Blick sah es aus wie ein Rechteck, das jemand in den glatten Garagenboden gekratzt hatte. Dan brauchte ein oder zwei Sekunden, um zu erkennen, was es wirklich war: die bündige Kante einer verborgenen Abdeckung.

Inger fragte: »Ist das eine Werkstattgrube, um am Wagen zu arbeiten?«

Ihr Tonfall verriet, dass sie selbst nicht daran glaubte. Das musste es sein. Die sorgfältig gepflegte Anonymität des Anwesens war nur Fassade, und jetzt standen sie vor der Antwort auf die wahre Identität von Jacques Fillon. Vor allem: Sie waren als Erste darauf gestoßen.

Dan richtete sich auf. »Ich sehe mal nach, ob der Schlüssel im Auto liegt – wir müssen es wegfahren.«

»Nein, er hängt an einem Haken in der Küche.« Sie hatte sich bereits in Bewegung gesetzt, drehte sich aber noch einmal um, aufgeregt von ihrer Entdeckung. »Vielleicht ist er nie mit dem Jeep in die Stadt gefahren, weil er die Falltür nicht offen sichtbar zurücklassen wollte.«

Dan nickte und betrat die Garage. Er betrachtete das Wrack des alten Motorrads, dessen Teile hinter dem SUV am Boden verteilt lagen. Es war eine Harley, zerlegt und in schlechtem

Zustand. Verschiedene Werkzeuge waren darum herum verstreut, als wäre Fillon mitten bei größeren Reparaturarbeiten gestört worden.

Dan bezweifelte, dass er jemals ernsthaft an der Maschine gearbeitet hatte. Verglichen mit dem säuberlich aufgeräumten Haus war das hier reine Show, die Vortäuschung eines zeitaufwendigen Hobbys, die perfekte Erklärung dafür, warum er immer hier war, wenn Besuch kam.

Inger kam leichtfüßig und schnellen Schritts durch das Gras. Sie hielt demonstrativ die Schlüssel in die Höhe und stieg in den Wagen, um ihn nach draußen zu fahren. Das Fahrzeug hatte so oft in diesen tief ausgefahrenen Rillen gestanden, dass die Räder ihren Weg wie von selbst hineinfanden.

Dan entdeckte einen aufklappbaren Handgriff und öffnete die Falltür, während Inger aus dem SUV sprang. Erst war er enttäuscht, als ihm aus der Dunkelheit nur ein Streifen Beton entgegenleuchtete, und befürchtete, dass es doch nur eine Arbeitsgrube war. Dann gewöhnten sich seine Augen an das Licht. Er erkannte Stufen und lächelte triumphierend, als ein automatisches Licht aufflammte und sie zum Hinabsteigen einlud.

»Wow, das ist ja ein Ding!«, sagte er.

Inger wirkte beeindruckt und vermutete: »Vielleicht war das schon da, als er das Haus kaufte. Ein Atomschutzbunker?«

»Möglich.« Wenn ja, hatte Fillon ihn zweckentfremdet als Basis für das, womit er sich die ganzen Jahre beschäftigt hatte. Dieses Etwas, das Brabham so viele Sorgen gemacht hatte, dass er extra jemanden von Berlin heraufschickte. Hier war es, unter dieser Garage und hinter der sorgfältig angelegten, irreführenden Fassade.

Dan stieg die Treppe hinunter. Sie besaß einen metallenen Handlauf und wechselte am ersten Absatz U-förmig die Richtung. Der Tiefe nach zu schließen konnte Inger mit ihrer Theorie vom bereits existierenden Atombunker recht haben. Eine weitere Bestätigung dafür war die schwere Stahltür, auf die sie unten stießen.

Inger hielt sich dicht hinter ihm und sagte jetzt: »Gott sei Dank – ich dachte schon, er hätte ein Zahlenschloss oder so etwas.«

An der Tür befand sich nur eine einfache, wenn auch sehr massive Klinke. Dan meinte: »Ich glaube, Sie hatten recht mit dem Bunker – es ist vor allem wichtig, ihn von innen abschließen zu können. Außerdem liegt er außerordentlich gut versteckt. Da brauchte er keine weiteren Sicherheitsvorkehrungen.«

Dan drückte die Klinke herunter und stieß die Tür auf. Das Licht im Raum ging flackernd an, und sie traten ein. Was immer hier früher gewesen war, jetzt handelte es sich um ein viel benutztes Büro, vermutlich ähnlich dem, in dem Inger arbeitete.

Auf einem Schreibtisch stand ein Computer. Überall lagen Papiere herum, es gab Aktenschränke und Pinnwände voller Fotos, Zeitungsausschnitte und Notizen. Ein erstaunliches Bild. Jacques Fillon musste die letzten zwölf Jahre, die er im Verborgenen gelebt hatte, ununterbrochen an etwas gearbeitet haben.

Es war unverkennbar, welchem Zweck die Szenerie diente, die sich vor ihnen ausbreitete. Fillons große Leidenschaft war kein Motorrad gewesen. Er hatte seine Abende auch nicht damit verbracht, die Bücher seiner Bibliothek zu lesen. Was sie hier sahen, war die Zentrale einer Ermittlung, und schon auf den ersten Blick wusste Dan instinktiv, worum es ging – Fillon hatte die letzten zwölf Jahre nach der Lösung eines Kriminalfalls gesucht.

Kapitel 14

»Das war es also«, sagte Inger ehrfurchtsvoll. Dan musterte sie fragend. Sie begegnete seinem Blick und meinte: »Sie haben gestern gefragt, womit er seine Zeit verbracht hat. Hier ist Ihre Antwort. Damit.«

Dan nickte. Der Raum sah aus, als könnte er als Einsatzzentrale für ein halbes Dutzend Agenten dienen. Und doch war alles, jeder Computerausdruck, die überquellenden Pinnwände, die vermutlich randvollen Aktenschränke, das Werk eines einzelnen Mannes, ein Sinnbild seiner Besessenheit.

Inger setzte sich an den Schreibtisch und begann, die Schubladen durchzusehen. Dan nahm sich eine der Pinnwände vor. Dan war Bill Brabham nie zuvor begegnet, aber jetzt wusste er, wie der Mann aussah – sein Foto hing im Zentrum der Korktafel.

Die nächsten drei Pinnwände galten Brabhams Kindern. Ein Sohn, Harry, war Kongressabgeordneter für South Carolina, der andere, George, Mitbegründer einer Internetfirma im Silicon Valley. Die Tochter Natasha arbeitete als Anwältin in Washington.

Charlie hatte diese Kinder gekannt, doch Dan bezweifelte, dass er ihm mehr über sie hätte erzählen können. Ihr Werdegang war typisch für die Nachkommen der Elite in Washington. Dass Fillon eigene Pinnwände für sie vorgesehen hatte, schien seine Besessenheit von Brabham noch zu unterstreichen.

»Jetzt verstehe ich, warum Bill Brabham jemanden hier raufgeschickt hat. Unser Freund Jacques Fillon scheint ein echtes Problem mit dem Kerl gehabt zu haben.«

»John Redford.«

»Was?« Er drehte sich zu ihr um und sah, dass sie einen amerikanischen Pass in die Höhe hielt.

»Jacques Fillon war John Redford. Sagt Ihnen der Name etwas?«

Dan schüttelte den Kopf und ging zu ihr, um sich das Dokument anzusehen. Natürlich war es inzwischen abgelaufen, und das Foto zeigte ein fünfzehn Jahre jüngeres und wesentlich lebendigeres Ich als das Polizeifoto von Fillons Leiche. Redfords Leiche. Doch es war ein gewöhnliches Passfoto und brachte nicht mehr Licht in das Geheimnis des Mannes, der ihn daraus ansah, als das Bild des Toten.

Der Redford im Pass wirkte relativ durchschnittlich. Ende dreißig, beinahe im selben Alter wie Dan heute. Braune Haare, nichtssagende Gesichtszüge. Nichts brachte eine Saite zum Klingen. Allerdings war das wenig überraschend, wenn man bedachte, wie lange der Mann im Untergrund gelebt hatte.

»Jack Redford, das wäre möglich. Per sagte ja, dass alle ihn Jack nannten.« Aus irgendeinem Grund blitzte dabei eine unwillkommene Erinnerung an Jack Carlton in den Momenten kurz vor seinem Tod auf Charlies Veranda auf. Ein leises, aber hartnäckiges Bedauern regte sich in Dan. Natürlich war er dazu jetzt nur in der Lage, weil er sich genauso verhalten hatte, wie Jack es an seiner Stelle getan hätte.

»Also Jack Redford«, wiederholte Inger. »Es wäre besser, wenn Patrick White das überprüft, anstatt es über mein Büro laufen zu lassen.«

»Sie glauben, jemand könnte der CIA einen Tipp geben?«

»Nicht unbedingt«, widersprach sie. »Wir wissen nur ebenso wenig von Redford wie von Fillon oder dem, was er vorhatte. Jede Anfrage könnte einen Alarm auslösen.«

»Ich rede später mit Patrick. Erst will ich mehr über den Burschen hier erfahren.« Er gab ihr den Pass zurück. Sie legte ihn auf den Tisch und trat zu ihm vor die Pinnwände.

Manchmal war auf Anhieb kein Zusammenhang zu erkennen. Eine zeigte einen Stadtplan von Paris und enthielt Zeitungsausschnitte über die Ermordung einer Studentin. Eine andere befasste sich mit Korruptionsskandalen, verdächtigen Machenschaften bei Rüstungsaufträgen, Ölbohrlizenzen und seltsamerweise Internetaktien.

Ein drittes Brett drehte sich ausnahmslos um Personen, die vermutlich aus politischen Gründen ermordet oder entführt worden waren. Dan spürte einen Stich, als ihm auffiel, dass das Verschwinden von Ahmad Habibi dazugehörte. Durchaus möglich, dass Brabham bei dem Habibi-Job im Hintergrund die Strippen gezogen hatte. Er war das Bindeglied zwischen all diesen Geschichten.

Dan begriff nur eines nicht. Er konnte nachvollziehen, was hier passiert war. Redford hatte von irgendeiner fragwürdigen Aktivität Bill Brabhams erfahren, deren Kenntnis brisant genug gewesen war, um ihn zur Flucht in den Norden zu veranlassen. Doch wenn er sich diese Pinnwände ansah, wollte ihm scheinen, dass Redford am Ende Brabhams gesamte Familie aufs Korn genommen hatte – als hätte er versucht, jede einzelne Leiche auszugraben, die sie im Keller gehabt hatte, um sie zu vernichten.

Hoffentlich hatte Redford nicht den Kontakt zur Realität verloren und sich von seiner Besessenheit in der jahrelangen, selbst auferlegten Einsamkeit in den Wahnsinn treiben lassen.

Inger war weitergegangen, und er hörte, wie sie die Schubladen der Aktenschränke aufzog.

»Dan, hier ist genug Material, um … Ich meine, es sind Zehntausende von Seiten, und das ohne den Computer. Da stecken viele Jahre Arbeit drin, mehr, als dass wir beide es durchsehen könnten. Und wir wissen noch nicht einmal, was wichtig und was unwichtig ist.«

Das stimmte. Jack Redford hätte vermutlich mit einem einzigen Blick erkannt, worauf es ankam, das Muster gesehen, das alles verknüpfte. Aber er hatte nie beabsichtigt, sein Archiv mit jemandem zu teilen, also hatte er keinen Schlüssel, keine Anleitung dazu hinterlassen.

Dan kehrte zu dem Foto von Bill Brabham zurück. Es zeigte diese Schwammigkeit, die von CIA-Mitgliedern erwartet wurde, dieses glasige schiefe Lächeln. Redford hatte eine für Bill Brabham vernichtende Information besessen, jedoch nie einen handfesten Beweis dafür gefunden. Und die letzten zwölf Jahre hatte er alles versucht, um den Mann auf die eine oder andere Weise zur Strecke zu bringen.

»Meinen Sie, er wollte gerade eine neue Pinnwand anlegen?«

Dan wandte sich zu Inger um. Sie stand vor einem Korkbrett auf der gegenüberliegenden Seite des Raumes. In der Mitte hing eine einzelne großformatige Fotografie. Er ging hinüber. Es sah aus wie ein Jahrbuchfoto, aber so, als hätte Redford selbst es auf Fotopapier ausgedruckt.

Es zeigte eine junge Frau. Dunkelhaarig, hübsch, mit einem halben Lächeln auf den Lippen, das ihr etwas Schüchternes verlieh. Vielleicht hatte Inger recht und das war eine neue Spur. Leider hatten sie keine Ahnung, wer die Frau war oder wie sie in das Puzzle passte. Es war frustrierend.

Dan schüttelte den Kopf. Jetzt war er noch verwirrter als zuvor, als sie noch nicht gewusst hatten, wer Jacques Fillon in Wirklichkeit gewesen war.

Er blickte sich um und fragte: »Warum sehen Sie nicht nach, was hinter den anderen Türen steckt, während ich mich um den Computer kümmere?«

»Und das Passwort?«

Er senkte den Blick auf das Gerät und meinte: »Ich bezweifele, dass er eines hatte, aus demselben Grund, weshalb die Tür nicht versperrt war.

»Vielleicht haben Sie recht.« Sie zögerte einen Augenblick. »Ein seltsamer Gedanke. Er muss geglaubt haben, später am Tag des Unfalls hierher zurückzukommen und genau da weiterzumachen, wo er aufgehört hatte. Obwohl das bestimmt für alle gilt, die in dem Bus saßen.«

Er nickte. Einer Handvoll Menschen, die er gut gekannt hatte, war es an irgendeinem Tag in den letzten Monaten ebenso ergangen. Wenn er Pech hatte, gehörte er bald auch dazu, und er würde nicht einmal ein halb vollendetes Projekt hinterlassen.

Inger ging zu den Türen, die am anderen Ende des Raumes abgingen, und Dan fuhr den Computer hoch. Wie erwartet, war kein Passwort nötig, und Redfords Internet-Chronik ließ sich problemlos aufrufen.

Dort stieß er auf die erste Überraschung. Redford hatte eine Nachrichtenseite aus Baltimore besucht und sich einen Bericht über Mike Naismiths Tod bei dem Unfall mit Fahrerflucht angesehen.

Das war der einzige der jüngsten Todesfälle, der sich vor dem Busunglück ereignet hatte. Erstaunlich, wie schnell Redford die Verbindung hergestellte hatte, denn Dan vermutete, dass Bill Brabham der Grund für sein Interesse gewesen war.

Hatte er einen Informanten gehabt? Möglich, dass er durch entsprechende Kontakte noch Insiderwissen aus seiner einstigen Branche bezogen hatte. Doch Dan bezweifelte, dass jemand, der untertauchte, eine Fadenspur durch das Labyrinth zurücklassen würde. Vermutlich war Redford lediglich ein exzellenter

Analytiker gewesen, ein Spitzenspieler in der Informationsverarbeitung.

Inger kam aus einer der Türen und steuerte die gegenüberliegende an. Dabei sagte sie: »Küche, Bad und zwei kleine Zimmer mit Stockbetten. Die Schlafzimmer sind unbenutzt. Eine ziemlich weitläufige Anlage.« Sie öffnete die andere Tür, ging hindurch und pfiff erstaunt durch die Zähne.

Dan stemmte sich vom Schreibtisch hoch. Nein, Redford war doch nicht der Herr der Informationen gewesen, denn offenbar hatte er trotz aller Mühe kein Druckmittel gegen Brabham gefunden. Darin lag der Schlüssel. Wenn Dan mehr Erfolg hatte, konnte das die Rettung seiner eigenen Zukunft sein.

Inger stand reglos da, als Dan eintrat, und starrte nur die vielen Regale an. Der Raum war größer als das erste Zimmer, das Dan insgeheim »das Büro« nannte, und war vermutlich als Lagerraum für die Menschen konzipiert worden, die hier unten Zuflucht suchten.

Auch Redford hatte ihn so genutzt, allerdings eher wie jemand, der den Weltuntergang herbeiführen und nicht überleben wollte. Es gab Waffen aller Art, Hochleistungssprengstoffe und eine Vielzahl von elektronischen Ausrüstungsgegenständen, von kleinen Komponenten bis zu ganzen Geräten, deren Zweck Dan nicht einmal erahnen konnte.

Er sagte: »Ich weiß nicht, was er damit vorhatte, aber es wäre bestimmt ein eindrucksvoller Anblick gewesen.«

Inger hatte sich nicht gerührt. »Wie hat er all das Zeug bezogen, ohne aufzufallen? Wie hat er es hier hereingeschafft?«

Das war nicht allzu schwer nachvollziehbar. Es handelte sich zwar um eine enorme Menge Material, doch er hätte es im Laufe von Monaten Stück für Stück befördern können, ohne dass jemand aufmerksam wurde. Nicht einmal, wenn er beim Entladen des SUV beobachtet wurde.

Interessant war, was die hoch entwickelte Waffentechnik und Elektronik über Redford aussagte. Sie hatten es natürlich schon längst vermutet, nicht zuletzt wegen des Interesses, das Brabhams Leute zeigten. Aber das hier war die definitive Bestätigung.

»Er war einer von uns«, erklärte Dan. »Ganz klar ein erfahrener Spezialist. Er wusste, wie man an das Zeug herankommt, wusste, was er brauchte, und beschaffte es, ohne auf irgendeinem Radarschirm aufzutauchen.«

Tags zuvor hatte Dan sich noch eingebildet, dass der Typ hier oben das Leben eines Eremiten geführt hatte, der mit dem Bus fuhr und an seinem alten Motorrad herumschraubte. Beim Gedanken an eine solche Existenz hatte er eine Mischung aus Entsetzen und Verachtung gefühlt. Und jetzt, ohne viel mehr über ihn zu wissen, spürte er unwillkürlich einen Anflug von Bewunderung für den Mann und bedauerte, ihn nie kennengelernt zu haben.

Wie wären die Dinge wohl gelaufen, wenn der Mann, der nicht Jacques Fillon hieß, nicht bei diesem Busunglück gestorben wäre? Auf welchen Showdown hatte er sich vorbereitet? Oder wofür sonst war die Ausrüstung, die sie vor sich sahen, gedacht gewesen?

Dan rief sich das Foto von Bill Brabham an der Pinnwand ins Gedächtnis und fragte sich, ob er Redfords Plan wieder zum Leben erwecken konnte. Gab es eine Chance, ihn durchzuführen? Er war Redford nie begegnet, und trotzdem hatte das Schicksal dafür gesorgt, dass ihre Pfade sich kreuzten. Ohne zu wissen, wohin es ihn führen würde, war Dan klar, dass ihm nichts anderes übrig blieb, als Redfords Arbeit fortzusetzen.

Kapitel 15

Den Rest des Morgens verbrachten sie unten im Bunker. Dan ging Redfords Internet-Chronik noch einmal genauer durch und durchsuchte den Computer nach eventuellen versteckten Dateien. Allerdings war Redford in dieser Hinsicht vom alten Schlag gewesen. Das meiste, was ihn interessierte, hatte er ausgedruckt.

Das erklärte die zahlreichen Aktenschränke. Inger nahm sie sich vor und arbeitete sich systematisch durch die Karteikästen, bis Dan ihr zu Hilfe kam. Sie wussten einfach nicht, wonach sie suchen sollten. Sie brauchten Glück, um einen Hinweis darauf zu finden, worauf Redfords Ermittlungen abgezielt hatten.

Zum Lunch kehrten sie in die Hütte zurück, und beim Essen fragte Inger: »Wie lange bleiben Sie noch?«

Das war schwer zu sagen. Das Material war zu umfangreich, um es zu zweit komplett durchzuarbeiten. So viel Zeit hatte Dan nicht. Aber er musste zumindest weitermachen, bis er eine Spur aufnehmen konnte. Wer weiß, ob er je wieder Zugang zu Redfords Archiv bekam.

»Kann das unter uns bleiben?« Sie zuckte gleichgültig mit den Schultern. Er erkannte, dass sie ihn missverstanden hatte, und fügte hinzu: »Ich meine, der Atombunker, das

Büro, vielleicht sogar Redfords wahre Identität – muss das im Augenblick jemand außer uns wissen?«

»Ach so, ich verstehe.« Sie überlegte und sagte schließlich: »Ich denke, ich komme nicht darum herum, meinen Vorgesetzten zu informieren. Ich bin allerdings ziemlich sicher, dass er nichts dagegen hätte, ansonsten Stillschweigen zu bewahren. Er ist einer der Gründe dafür, warum wir Sie unterstützen – er und Patrick White sind alte Freunde. Jacks wahren Namen geheim zu halten, ist wohl nicht machbar. Den Atomschutzbunker können wir unter den Tisch fallen lassen.«

»Gut. Vielen Dank.«

»Wieso ist Ihnen das wichtig?«

»Sie haben es selbst gesagt. Die Zeit, uns komplett durchzuarbeiten, haben wir nicht. Es wäre aber möglich, dass ich auf das Archiv zurückkommen muss, falls die Spur im Sande verläuft oder … ich weiß auch nicht.« Sie nickte zustimmend, weil sie die Ungewissheit verstand, die im Moment sein Leben bestimmte. »Um Ihre Frage zu beantworten: Noch eine Schicht heute Nachmittag, eine morgen früh, und dann kann ich eventuell schon am Spätnachmittag von Luleå abfliegen.«

»Oh.« Sie war überrascht, vielleicht sogar ein wenig enttäuscht. Ohne ihre sexuelle Orientierung zu kennen, hätte er das möglicherweise als Einladung interpretiert. Anscheinend konnte er nicht mehr klar denken, ein Indiz dafür, in welche Schieflage sein Leben geraten war. Immerhin, wenn sie enttäuscht war, schien das darauf hinzudeuten, dass sie gerne mit ihm zusammen war, und das berührte ihn auf seltsame Art.

»Sonst haben Sie hier nichts mehr zu tun?«

Dan schüttelte den Kopf. »Jedes wichtige Detail von Jacques Fillons Leben liegt unterhalb dieser Garage verborgen. Alles andere ist nur Kulisse, ein Ablenkungsmanöver. Das Haus, das Anwesen, selbst der Unfall – sie sagen uns nicht das Geringste über ihn. Er hätte genauso gut auf dem Mond wohnen können, denn sein eigentliches Leben fand da unten im Bunker statt.«

»Jack Redford.« Er sah sie fragend an. »Sie haben ihn Jacques Fillon genannt«, erklärte sie.

»Ach ja.« Er trank einen Schluck Bier. »Das ist auch so etwas. Ich habe ein Wegwerfhandy, um Patrick anzurufen, aber ich werde ihn bitten, mich übermorgen in Stockholm zu treffen. Ich möchte ihm die wichtigen Details persönlich berichten.«

»Sie meinen, um sein Gesicht und seine Reaktion beobachten zu können?« Sie spürte wohl, dass er Patrick nicht vollständig vertraute, vermutlich niemandem vollkommen traute.

Dan lächelte. Da lag sie ja nicht falsch. »Er wird im Grand Hotel absteigen, deshalb muss ich mir irgendwo in der Nähe etwas suchen. Es darf nichts Auffälliges sein.«

Sie nickte, dachte nach und meinte schließlich: »Ich kenne da ein ziemlich cooles Hotel auf der Insel Skeppsholmen.«

»Schön – es ist eine Weile her, dass ich mich in der coolen Szene bewegt habe.«

Sie lachte. »Nein, ich meine die Lage. Wenn Sie am Grand Hotel vorbei und über die Brücke gehen, kommen Sie nach Skeppsholmen. Es liegt also ganz in der Nähe, gleichzeitig aber sehr ruhig und eigentlich außerhalb der Stadt.«

»Okay, ja. Ich weiß, wo das ist. Das klingt gut.«

»Dann waren Sie also schon einmal in Stockholm?«

Sie verstand es meisterhaft, ein Pokerface zu wahren.

Er grinste und meinte: »Vielleicht sollten wir uns wieder an die Arbeit machen.«

Der Nachmittag verging, ohne dass einer von ihnen etwas entdeckte, was die Suche eingrenzte oder neue Hinweise brachte. Ein zusätzliches Problem ergab sich daraus, dass Redford ausgesprochen sprachkundig gewesen war. Es gab Dokumente in Französisch, Deutsch, Spanisch. Dan konnte ein paar Worte Deutsch und wenig mehr Französisch, und Inger beherrschte einigermaßen Deutsch, aber es reichte nicht, um die Papiere überfliegen zu können.

Am Spätnachmittag fuhr Dan den Computer noch einmal hoch und durchsuchte ihn nach den Storys, die die Pinnwände erzählten. Mit Harry Brabham gab er sich gar nicht erst ab, weil er wusste, dass die Suchmaschinen ihn mit öffentlich zugänglichen Informationen über den Kongressabgeordneten regelrecht überschwemmen würden. Stattdessen suchte er nach den beiden anderen Kindern im Zusammenhang mit Betrugs- oder Bestechungsvorwürfen.

Schließlich nahm er sich den Mord in Paris vor. Die meisten Berichte, die um den Stadtplan von Paris festgepinnt waren, stammten aus französischen Zeitungen. Immerhin war ihnen das Datum und der Name des Opfers zu entnehmen, Sabine Merel. Dan googelte ihn und überflog die Ergebnisse. Gleich der dritte Treffer zeigte ein Foto der jungen Frau, die ermordet worden war. Dan spürte, wie sein Puls sich beschleunigte. War es möglich? Konnte das der Schlüssel für alles sein, was Redford hier getan hatte?

»Inger, das sollten Sie sich ansehen.«

»Was ist?« Sie wandte den Kopf zu ihm, und ihre Finger verharrten in dem Karteikasten, den sie gerade durchsuchte.

»Der Mord in Paris von der Pinnwand da drüben. Ich habe recherchiert und ein Foto des Opfers gefunden.«

Sie zog eine Karteikarte ein Stück hervor, um zu markieren, wie weit sie schon gekommen war, bevor sie zu ihm ging. »Was ist denn … Oh.«

»Ja, oh.« Sie blickten zwischen dem Computer und der Pinnwand mit der einzelnen Fotografie in der Mitte hin und her. Sie zeigten dasselbe Mädchen. Sabine Merel.

Kapitel 16

Inger schaffte es, die Verbindung herzustellen, die Dan bisher entgangen war. Sie trat an die Pinnwand und sagte: »Das Foto ist alt, und ich glaube nicht, dass er etwas hinzufügen wollte. Wenn Sie da am Computer sitzen und den Blick heben, was sehen Sie? Dieses Bild.« Sie tippte auf das Korkbrett. »Er hat es vermutlich als Mahnung aufgehängt, als stete Erinnerung daran, worum es ihm wirklich ging.«

Instinktiv wusste Dan, dass sie recht hatte.

»Dann stellen sich uns zwei Fragen. Was hat Sabine Merel Jack Redford bedeutet? Und inwiefern machte er Brabham für ihren Tod verantwortlich?«

»Könnte sie Jacks Freundin gewesen sein? Oder vielleicht seine Tochter?«

Dan schnappte sich Redfords Pass vom Schreibtisch und verglich die Daten mit dem Artikel.

»Zum Zeitpunkt ihrer Ermordung war sie neunzehn und er etwa siebenunddreißig. Schon möglich, dass sie seine Freundin war, nur ist der Altersunterschied ziemlich groß, vor allem angesichts ihres jugendlichen Alters.«

»Und wahrscheinlich zu klein, um ihr Vater zu sein. Die Tochter eines Freundes?«

»Kann sein. Doch das wirft eine andere Frage auf. Ich weiß nicht viel über Brabham, aber ist er der Typ, der jungen Mädchen auflauert und sie zum Vergnügen umbringt …?«

Er bemerkte, dass Inger ihm über die Schulter sah und Brabhams Foto auf der ihm gewidmeten Pinnwand betrachtete.

Er fuhr fort: »Es wirkt eher so, als wäre sie ein Kollateralschaden gewesen, und Redford hätte Anstoß daran genommen …«

»Nein, es geht um sehr viel mehr.« Er sah sie fragend an. »Dan, vergessen Sie nicht, dass er vollkommen aus der Welt abgetaucht ist und sich all die Jahre nur damit beschäftigt hat, dieses Archiv aufzubauen. Es muss um Großes gehen. So etwas tut man nicht nur, weil man ›Anstoß an etwas nimmt‹, sondern weil man bis ins Mark getroffen worden ist und einem keine andere Wahl bleibt.«

»Sie haben recht. Das ist ein Ansatzpunkt. Wir müssen so viel wie möglich über Sabine Merel in Erfahrung bringen, wie sie gestorben ist, ob es Verdächtige oder Festnahmen gab. Wir werden herausfinden, wer Jack Redford wirklich war. Ich meine, was er ursprünglich getan hat, was sein Job war, was seine Verbindung zu Sabine Merel ist und wie er sich Brabham zum Feind machte.«

Diesmal nickte sie und fügte hinzu: »Er und Brabham haben sich zweifellos gekannt, und Brabham muss einen sehr guten Grund gehabt haben, um einen Mann hier heraufzuschicken und Redfords Haus zu durchsuchen.«

»Wir müssen mehr über Sabine Merel erfahren. Alles scheint zu ihr zurückzuführen. Über Redford sollte Patrick uns mehr sagen können.«

»Das hoffen Sie.«

»Es kommt darauf an, ob Redford zur Firma gehörte und man ihn dort kannte. Wenn ich mir sein Waffenarsenal so ansehe, habe ich das Gefühl, dass er Erfahrung mit schwarzen Operationen hatte. Und falls das in den letzten zwanzig Jahren war, wird Patrick White ihn kennen.«

Inger drehte sich zu dem Foto von Sabine um und betrachtete es. Sie wandte ihm dabei das Profil zu, ein Anblick, der einen Stich der Sehnsucht in Dan auslöste, gepaart mit einem leichten Adrenalinrausch, den er angesichts des erzielten Durchbruchs spürte. Er merkte, dass er die Augen nicht von ihr lassen konnte, von der losen blonden Haarsträhne, die sie hinters Ohr geschoben hatte, den ungestochenen Ohrläppchen, der glatten Haut ihres Halses.

Inger starrte das Foto ein paar Sekunden lang an, bevor sie endlich sagte: »Egal, was er früher getan hat, er war ein ziemlich selbstloser Mensch, finden Sie nicht?«

»Wie meinen Sie das?«

»Was ihn auch mit dem Mädchen verbindet, er hat einen großen Teil seines Lebens dem Versuch gewidmet, ihr Gerechtigkeit zu verschaffen.«

»Wir wissen nicht, ob es ihm darum ging.«

»Nein, es klingt aber am wahrscheinlichsten. Und dann diese Heldentat, als er die Person rettete, die ihm am nächsten saß, statt sich selbst. Ich habe Menschen in solchen Situationen erlebt. Sie sehen sich selbst nicht als Helden, sie können einfach nicht anders, wenn der Augenblick gekommen ist.«

»Ich gebe zu, seine letzte Tat war ein Akt der Selbstlosigkeit. Und möglicherweise gilt das für das alles hier.« Er lächelte. »Tut mir leid, ich bin nicht so nobel. Ich versuche immer, meinen eigenen Hals zu retten.«

Sie lächelte ebenfalls. »Vielleicht ist Ihr Augenblick einfach noch nicht gekommen.«

Wer wusste das schon? Er hätte es gerne geglaubt, aber wie die Dinge standen, sah seine Bilanz nicht gut aus. Er hatte im Lauf seines Lebens viel Schmerz zugefügt, doch bisher noch kein Leben gerettet. Nicht einmal das der Menschen, die ihm am wichtigsten gewesen waren.

Kapitel 17

Sabine Merel hatte in Paris Kunst und Bildhauerei studiert und sich dort eine Wohnung mit ein paar anderen Mädchen geteilt. Eines Abends im Mai hatte sie noch spät nachts im Atelier der Hochschule gearbeitet und sich danach mit ihren Freundinnen auf einer Party verabredet. Als sie nicht auftauchte, hatten sie sich nicht viel dabei gedacht.

Am folgenden Morgen hatte man ihre Leiche in einer Gasse hinter einem Restaurant gefunden. Sie war brutal ins Gesicht geschlagen und kurz darauf mit ihrem eigenen Schal erwürgt worden. Man hatte sie ausgeraubt, und ihre Kleidung war in Unordnung, das Oberteil hochgeschoben, Jeans und Unterwäsche heruntergezogen. Doch es gab keine Anzeichen für eine Vergewaltigung.

Die Polizei hatte vermutet, dass der Raub und die Manipulation ihrer Kleider der Versuch war, eine falsche Spur zu legen. Sie hielt es für wahrscheinlicher, dass jemand Sabine aus persönlichen Motiven getötet hatte.

Ein anderer Student, der in jener Nacht ebenfalls noch im Atelier gearbeitet hatte, wurde festgenommen und verhört, konnte aber ein hieb- und stichfestes Alibi nachweisen. Es folgte ein Sturm der Entrüstung in der Presse, weil er aus Algerien stammte und man der Polizei Rassismus vorwarf, da sie ihn trotz des Alibis zunächst festgenommen hatte.

Weitere Verdächtige im Mordfall Sabine Merel waren nicht aufgetaucht, und es wurde gegen niemanden Anklage erhoben. Anscheinend hatte es in den vergangenen vierzehn Jahren keine neuen Hinweise gegeben. Der Tod der jungen Kunststudentin geriet in Vergessenheit, vermutlich mit Ausnahme ihrer eigenen Familie – und natürlich Jack Redfords.

So viel hatte Dan herausgefunden, als er sich während der letzten Nachmittagsstunde durch die französischen Artikel in Redfords Archiv arbeitete. Die Geschichte war nicht neu oder ungewöhnlich. Dan hatte viele unschuldige Opfer gesehen oder war sogar selbst für ihren Tod verantwortlich gewesen.

Und doch berührte ihn Sabine Merels Schicksal aus irgendeinem Grund. Seine Stimmung hatte sich im Lauf der letzten Stunde verdüstert, als Informationsfetzen sich zu einem Bild fügten und das Mädchen unerbittlich zum Leben zu erwecken schienen, auch wenn das natürlich eine Illusion war. Nichts konnte wiedergutmachen, was sich vor so langer Zeit ereignet hatte. Er fühlte sich bedrückt und gleichzeitig ratlos angesichts einer Trauer, die er für eine Frau empfand, die er nie gekannt hatte und die seit vielen Jahren tot war.

Im Zwielicht machten sie sich auf den Rückweg. Die Dunkelheit schien eher aus dem Waldboden aufzusteigen als sich von oben herniederzusenken. Dan fasste für Inger zusammen, was er herausgefunden hatte. Sie ging in vollständigem Schweigen neben ihm her, hörte aber anscheinend aufmerksam zu.

Es war eine einfache Geschichte, doch zugleich so tragisch, dass er sich ausgelaugt fühlte: eine junge Frau mit vielversprechender Zukunft, die ohne jeden Grund ausgelöscht worden war.

Als sie die Hütte erreichten, war er fertig, und Inger drehte sich vor der Tür zu ihm um. Er sah, dass eine Träne auf ihrer

Wange glitzerte. In gewisser Weise war er gleichzeitig betrübt und froh darüber.

Ohne nachzudenken, streckte er die Hand aus und wischte die Träne fort, bevor er hastig einen Schritt zurücktrat. »Tut mir leid, ich …«

Sie ignorierte seine Entschuldigung. »Sie wäre jetzt ein Jahr älter als ich. Ich weiß nicht, warum mich das so traurig macht. Vielleicht ist es die Vorstellung, wie sie in ihrem Atelier steht und mit eigenen Händen etwas schafft. Es ist so unerträglich grausam.«

Er wusste nicht recht, was er darauf erwidern sollte, doch das musste er gar nicht, weil sie sich beide zugleich nach einem Geräusch umdrehten. Herr Eklund kam mit seinem lässigen, mühelosen Gang mit dem Dinnertablett auf sie zu.

Inger sprach leise auf Schwedisch mit ihm. Es klang voll Zuneigung. Dan verstand die Worte nicht, konnte die Empfindung jedoch nachvollziehen. Am Abend eines solchen Tages war es wohltuend, sich ins Gedächtnis zu rufen, dass es auch noch Gutes in der Welt gab. Nette Leute, einfaches, schmackhaftes Essen, Menschen, die ihre Freundlichkeit freigiebig mit Fremden teilten. Dan hatte den größten Teil seines Lebens außerhalb dieses Kreises zugebracht und war dankbar, dass er nun daran teilhaben durfte.

Erst als sie sich zur Mahlzeit niederließen, kam Inger auf Sabine Merels Geschichte zurück. Sie ließ die Tragik ihres Todes beiseite und war wieder ganz nüchtern und konzentriert.

»Haben Sie irgendeine Verbindung zu Brabham gefunden?«

»Nein. Sie stammte aus …« Er bemühte sich, sich an den Namen ihres Heimatorts zu erinnern. »Limoges, glaube ich. Ich weiß nichts über ihre Eltern. Aber es gab keinen Hinweis darauf, dass sie Kontakt zu dem Pariser Stationsleiter der CIA gehabt haben könnten.«

»Und was haben Sie jetzt vor?«

»Es muss einen Zusammenhang geben. Mal sehen, was Patrick mir über Redford erzählen kann und ob ihm die Ermordung Sabine Merels etwas sagt. Dann muss mir wohl das gelingen, was der Pariser Polizei und Jack Redford nicht gelungen ist: herauszufinden, wer sie ermordet hat und warum.«

Er lachte angesichts der gewaltigen Aufgabe, die vor ihm stand. Wie sollte er in ein paar Wochen herausfinden, was Jack Redford in zwölf Jahren nicht geschafft hatte?

Sie stimmte in sein Gelächter ein. »Was sagten Sie gleich wieder, wie viel Zeit Sie dafür haben?«

Er nickte trübe, ergänzte jedoch: »Redford wusste zweifellos mehr, als diesen Pinnwänden zu entnehmen ist – er war sicher, dass ein Zusammenhang existierte, und suchte nur nach einem Weg, ihn nachzuweisen. Allerdings beschränkte das Leben im Untergrund seine Möglichkeiten.«

»Sie verstecken sich doch im Grunde auch.«

»Ja, aber ich bin kein Jacques Fillon. Ich werde Sabine Merels Eltern und den Freundinnen, mit denen sie zusammengewohnt hat, einen Besuch abstatten. Dann muss ich noch diesen algerischen Künstler auftreiben und wer sonst noch von Bedeutung ist. Schließlich brauche ich keine gerichtsverwertbaren Beweise, sondern lediglich eine Spur, die zu Brabham führt. Und während ich das tue, bleibe ich eben in Bewegung.«

»Und falls Sie es nicht schaffen? Ist das denn die einzige Chance, dieses … das Morden zu beenden?«

Das Morden. Das Wort wurde der Realität nicht gerecht. Doch im Unterschied zu Sabine Merel lebte Dan selbst in dieser gewalttätigen Welt und hatte schon getötet. Das erhöhte seine Erfolgsaussicht, wenn auch geringfügig.

»Es gibt immer mehr als eine Möglichkeit, aber diese bietet die beste Perspektive.« Sie nippte nachdenklich an ihrem Bier.

Dan fragte: »Was ist mit Ihnen? Vermutlich ist der Fall damit für Sie abgeschlossen, oder? Sie haben das mit Habibi herausgefunden und wissen jetzt, wer Jacques Fillon war.«

»Habibi war nicht so wichtig – wir wollten nur erfahren, was aus ihm geworden war.«

»Und der Rest?«

»Ich bin noch nicht sicher. Jacques Fillons wahre Identität zu kennen war eine Sache, aber angesichts unserer neuen Einblicke … ich weiß nicht. Ich muss erst mit meinem Chef sprechen. Vermutlich werde ich morgen abgezogen.«

Dan nickte. »Es hat jedenfalls Spaß gemacht, mit Ihnen zusammenzuarbeiten, selbst wenn es nur für kurze Zeit war.«

»Mir auch. Es war nicht …« Sie biss sich auf die Lippen. Er zog die Augenbrauen in spöttischer Neugier hoch, und sie sprach weiter: »Wie Sie wissen, habe ich ein wenig in Ihrer Akte geschnüffelt, bevor ich herkam. Und ja, Sie waren nicht das, was ich erwartet hatte.«

»Im positiven Sinn?«, witzelte er.

Sie lächelte. »In positivem Sinn.«

Das musste sie nicht weiter erläutern. Dan war klar, wie seine Akte sich las, und sie hatte vermutlich nur an der Oberfläche gekratzt. Er war jahrelang auf einem schmalen Grat gewandert, ohne Regeln, immer nur darauf fixiert, um jeden Preis den Job zu erledigen. Der einzige Unterschied zwischen ihm und den Monstern, die er ausgeschaltet hatte, war die Legitimation, von den Siegern bezahlt worden zu sein.

Immerhin hatte er damals auf der Seite der Sieger gestanden – ob das heute noch so war, wusste er nicht. Das konnte er nur herausfinden, wenn er Jack Redfords Spur folgte und herausfand, wie viel sein Geheimnis wert war.

Kapitel 18

Am Nachmittag des folgenden Tages fuhr Per sie nach Luleå zum Rückflug nach Stockholm. Patrick sollte erst am nächsten Morgen eintreffen, und Dan erwartete, dass Inger vielleicht ein gemeinsames Abendessen vorschlagen würde. Stattdessen nannte sie ihm die Adresse eines Cafés und regte an, sich dort am darauffolgenden Tag zu treffen und sich über die Entwicklungen auszutauschen.

Er verbrachte die Nacht allein in dem Hotel auf der Insel Skeppsholmen, das beinahe so ruhig und weltentrückt lag wie die Hütte, die er mit Inger geteilt hatte. Bis auf die Lage sprach ihn daran nichts besonders an, und so ging er früh zu Bett. Eine Weile lauschte er noch den Böen, die durch die Blätter pfiffen, und den leisen Geräuschen der wenigen Autos, die sich auf die Insel verirrten.

Mitten in der Nacht wachte er auf, in Alarmbereitschaft versetzt durch einen Laut ganz in der Nähe, vermutlich das Klappen einer Tür auf dem Gang. Der Wind rauschte in den Ästen vor dem Fenster, aber von der Stadt war nichts mehr zu hören. Während er langsam in den Schlaf zurücksank, dachte er an Inger, die irgendwo eine Million Meilen von ihm entfernt in ihrem eigenen Bett lag.

Der nächste Tag brach klar und sonnig an, doch ein steifer, schneidender Wind peitschte die Wellen im Hafen auf. Als Dan die Insel bei Tageslicht sah, erinnerte er sich wieder daran. Das Hotel und die sonstigen Gebäude gehörten zu einer ehemaligen Garnison. Daher strahlte die ganze Insel jene grüne Campusatmosphäre aus, die ihm oft an militärischen Einrichtungen aufgefallen war. Die meisten Blätter hatten sich inzwischen zu einer dicken Schicht auf dem Boden gesammelt, der Rest flatterte durch die Luft und wurde vom Wind davongetragen.

Er ging hinüber ans andere Ufer und hinterließ an der Rezeption des Grand Hotels eine kurze Nachricht für Patrick White: Er sollte um elf Uhr die Brücke nach Skeppsholmen überqueren. Die Gegend eignete sich perfekt dafür, sich zu vergewissern, dass er allein kam und nicht beschattet wurde.

Dan verbrachte die nächste Stunde im Museum für moderne Kunst und suchte sich dann einen Platz, von dem aus er die lange Brücke zur Insel im Blick hatte. Trotz der Kälte waren eine Menge Leute auf der Straße, aber er erkannte Patrick schon von Weitem.

Sobald er ihn entdeckt hatte, ließ er ihn wieder aus den Augen und konzentrierte sich auf das Umfeld. Er erwartete nicht, einen deutlich erkennbaren Beschatter zu bemerken. Der übergewichtige Typ, der sich auf das Geländer stützte und aufs Wasser hinaussah, konnte genauso gut Teil eines Überwachungsteams sein wie jeder andere.

Doch normalerweise verrieten sich solche Burschen trotzdem. Es war so ähnlich wie bei Schauspielern, die es nicht fertigbrachten, »echte« Menschen zu spielen. Bestimmte Details stachen Dan ins Auge, auch wenn er sie nicht definieren konnte. So war er fürs Erste ziemlich überzeugt, dass niemand Patrick White verfolgte.

Sobald er die Brücke hinter sich hatte, schlenderte Patrick unauffällig weiter, als hätte er ein Ziel, aber keine besondere Eile. Dan hielt noch ein wenig Abstand und schloss dann zu ihm auf.

Patrick drehte sich nicht um, als er Schritte näher kommen hörte, doch unmittelbar, bevor Dan ihn erreicht hatte, meinte er: »Recht frisch heute Morgen, finden Sie nicht?«

»Frisch? Kann man so sagen.«

Als Dan auf gleicher Höhe war, verkündete Patrick: »Charlie hat Jack Carlton und Rob Foster getötet und Alex Robinson verwundet.«

»Robinson kenne ich nicht.« Das war der Mann, der feige die Flucht ergriffen hatte. Eines musste man Charlie lassen: Er hatte steif und fest behauptet, ihn getroffen zu haben, und das hatte sich bewahrheitet.

»Ich auch nur flüchtig, aber anscheinend gilt er als der kommende Mann.« Jedenfalls hatte er überlebt, und das war die halbe Miete. Nach einer Pause fuhr Patrick fort: »Er besteht darauf, Charlie wäre nicht allein zu Hause gewesen und hätte ihn und die anderen in einen Hinterhalt gelockt.«

Dan warf Patrick einen Seitenblick zu, als würde er sich fragen, ob er wirklich so leichtgläubig war. »Jack Carlton habe ich gekannt und ich mag ihn, vor allem jetzt, da er mich nicht mehr umbringen kann. Ich will nicht sagen, dass er und Foster in jener Nacht einen Fehler begangen hätten, nur gab es keinen Hinterhalt und es war lediglich eine weitere Person anwesend. Das wusste Robinson nicht, weil er sein Team im Stich gelassen hat, nachdem die ersten Schüsse knallten. Sonst hätten sie es schaffen können, denn Foster kam schon auf sich allein gestellt ganz dicht heran. Charlie hat sich eine Kugel eingefangen.«

»Übel?«

»Eine Verletzung an der Hand, aber vermutlich nicht allzu schlimm. Jedenfalls hoffe ich das, die Kugel war nämlich für mich bestimmt.«

Patrick nickte. »Warum haben Sie mir das nicht schon im Café Florence erzählt?«

»Tja …«

»Ich verstehe Ihre Zurückhaltung. Wie dem auch sei, Brabham hat Robinsons Bericht als Rechtfertigung benutzt, um den Druck noch zu verstärken.«

»Das kann ich mir vorstellen.« Mehr war dazu nicht zu sagen. Von Dans und Charlies Standpunkt aus konnte der Druck kaum höher sein. Sie liefen ohnehin bereits mit einer Zielscheibe auf dem Rücken herum. Er deutete nach vorne und sagte: »Hier biegen wir ab. Wir nehmen die Fähre.«

»Sie scheinen sich ziemlich gut auszukennen.«

»Ja. Ich habe vor ein paar Jahren einige Wochen hier verbracht. Recherchen für einen Auftrag von Ihnen – nach dem mich meine hiesige Aufpasserin übrigens ausgefragt hat.«

»Tatsächlich? Haben Sie ihr erzählt, was passiert ist?«

»Natürlich.«

»Wie hat sie es aufgenommen?«

»Okay, denke ich.« Patrick nickte, und sie gingen schweigend weiter, bis Dan fragte: »Wer war Jack Redford?«

»Redford?« Patrick wirkte überrascht. Nicht so, als würde ihm der Name nichts sagen, sondern eher, als hätte er Schwierigkeiten mit dem Gedankensprung. Vielleicht glaubte er, es hätte mit dem Habibi-Fall zu tun. »Redford. Wo soll ich anfangen? Ich bin ihm nie begegnet. Nur wenige dürften ihn noch kennen, aber er hat vor langer Zeit oft für uns gearbeitet. War ursprünglich bei den Special Forces, entwickelte sich jedoch zu einem phänomenalen Ein-Mann-Stoßtrupp. Meistens testete er unsere eigenen Sicherheitsvorkehrungen für uns. Das ist der Grund, warum kaum jemand ihn persönlich kennengelernt hat. Manchmal erledigte er auch andere Jobs …« Er lachte. »Vor allem stahl er für uns Dinge von Orten, die für uns tabu waren, drang in Hochsicherheitsanlagen ein, um Wanzen anzubringen, solche Dinge. Er war etwas Besonderes. Einzigartig.«

Sie hatten den Anleger erreicht. Eine kleine weiße Fähre arbeitete sich durch den Hafen auf sie zu. Dan sah sich um, doch sonst war niemand in der Nähe.

»Was ist aus ihm geworden?«

»Tot. Er hatte eine Wohnung in Paris. Vor ungefähr fünfzehn Jahren ist er verschwunden, und etwa zwei Wochen später fand man seine Leiche in der Seine treibend.«

»Ermordet?«

»Damals waren alle möglichen Gerüchte in Umlauf. Eines lautete, dass man ihn beauftragt hätte, die Zentrale des französischen Auslandsnachrichtendienstes in Paris zu infiltrieren, und dass die Franzosen ihn erwischt und getötet hatten. Natürlich leugneten die Franzosen alles. Und falls wir eine solche Operation je abgesegnet hatten, ist mir nie jemand über den Weg gelaufen, der davon wusste. Ich selbst war zu der Zeit in Moskau.«

»Aber Bill Brabham war in Paris.«

Patrick sah ihn neugierig an, doch erst einmal schwiegen sie, weil die Fähre gerade anlegte. Als sie eingestiegen waren und sich vom Ufer entfernten, blickte Patrick Dan fragend an.

Dan nickte und betrachtete das Hafenbecken. »Keine Ahnung, wessen Leiche man da aus der Seine gefischt hatte. Jack Redford war es definitiv nicht, und irgendjemand muss das gewusst haben.« Als Nachsatz fügte er hinzu: »Was ist aus der Leiche geworden?«

Patrick zuckte die Schultern. »Das weiß ich nicht. Er hatte keine Angehörigen.«

»Es spielt keine große Rolle. Denn der echte Jack Redford änderte seinen Namen in Jacques Fillon und zog nach Nordschweden, wo er vor ein paar Wochen bei einem Busunglück ums Leben kam.«

Lange Sekunden starrte Patrick ihn wortlos an. Die Fähre rollte auf dem rauen Wasser, und der Wind pfiff ihnen um die Ohren. Obwohl Patrick nichts sagte, dachte er offensichtlich nach, und die Puzzleteilchen fügten sich rasch zusammen.

»Die Geschichte mit dem französischen Geheimdienst könnte also stimmen. Oder er erledigte einen anderen Job für Brabham und merkte noch rechtzeitig, dass er auf dessen Abschussliste stand. Das würde erklären, warum Brabham einen Mann nach Schweden geschickt hat.«

»Keine Ahnung, ob er für Brabham gearbeitet hat. Wir haben allerdings festgestellt, dass Redford sich die letzten zwölf Jahre bemüht hat, Beweise zu finden, um Brabham und seine Familie zur Strecke zu bringen. Und Brabham war deswegen besorgt genug, um einen Typen nach Schweden zu senden, der offenbar belastende Dokumente sicherstellen sollte.«

»Aber es gab keine?«

»Nein. Wir haben nur ein paar Anhaltspunkte gefunden. Es wäre hilfreich, wenn Sie mir Einzelheiten über die Leute auf der Liste hier besorgen könnten.«

Er reichte Patrick ein Blatt Papier, das dieser kurz ansah, bevor er es in die Brusttasche steckte und sich rasch wieder eng in den Mantel wickelte.

»Die Eltern von Sabine Merel in Limoges. Brabhams Wohn- und Büroadresse. Das klingt nach einem Schuss ins Blaue.«

»Das ist es, und ich bin nicht sicher, ob etwas Brauchbares dabei herauskommt. Wissen Sie, etwa zu der Zeit, als Redford verschwand, wurde in Paris eine Kunststudentin namens Sabine Merel ermordet. Unsere Arbeitshypothese lautet, dass Redford Bill Brabham für ihren Tod verantwortlich machte.«

Patrick nickte tief in Gedanken versunken. Dan registrierte seine Reaktion auf das, was sich eigentlich wie ein haarsträubender Verdacht hätte anhören müssen: dass der Stationschef der CIA in Paris mit der Ermordung einer unschuldigen neunzehnjährigen Studentin zu tun haben könnte. Patrick, der Bill Brabham seit Jahren gut kannte, hatte keinen Einspruch erhoben. Im Gegenteil – er hatte nicht einmal überrascht gewirkt.

Kapitel 19

Als die Fähre den Rückweg nach Skeppsholmen antrat, spürte Dan das Frostwetter bis in die Knochen. Patrick stampfte mit den Füßen und schlang die Arme um sich, als müsste man das frostige Wetter eben mit sportlicher Gelassenheit nehmen.

Die Insel lag noch ein ganzes Stück weit entfernt, als Dan ein Mann mit Steppjacke und Beanie-Mütze auffiel, der vom Uferpfad zu ihnen hersah. Vielleicht beobachtete er nur die Fähre, aber er strahlte etwas aus, das Dans Aufmerksamkeit erregte.

Im selben Moment wandte sich der Typ ab und ging davon, als hätte er bemerkt, dass er entdeckt worden war. Er verschwand zielstrebiger und entschlossener, als Dan es von einem einfachen Spaziergänger erwartet hätte. Patrick schien nichts gemerkt zu haben, obwohl das bei ihm schwer zu sagen war.

Als die Fähre anlegte, fragte er: »Wie geht's weiter?«

»Beschaffen Sie mir die Kontaktdaten der Leute auf der Liste. Und falls Ihnen jemand beim französischen Geheimdienst einfällt, der uns helfen könnte …«

Patrick runzelte die Stirn. »Einer ist noch da von damals. Ein ehemaliger Fremdenlegionär. Vielleicht bringt ihn die Ermordung Benoit Claudels dazu, mitzuspielen.«

»Schön«, meinte Dan. Das klang gut. »Je mehr ich erfahre, desto besser. Bleiben Sie in Europa?«

»Ich werde erreichbar sein.« Er überlegte kurz. »Wie sind Sie mit Inger Bengtsson zurechtgekommen?«

»Gut. Sie ist intelligent und zielstrebig. Abgesehen davon, dass ich nicht ihr Typ bin, habe ich nichts an ihr auszusetzen.«

Patrick lachte und wirkte einen Augenblick lang gedankenverloren, bevor er fragte: »Dann hätten Sie nichts dagegen, wenn sie in gewissem Maß beteiligt bleibt?« Dan warf ihm einen scharfen, fragenden Seitenblick zu. »Allianzen, alte Freunde, Gefälligkeiten. Das ist alles nicht so einfach. Die Schweden glauben, dass sie Anspruch darauf haben. Ich kann es ihnen eigentlich nicht abschlagen – sie waren sehr hilfsbereit. Und sofern Sie damit leben können, dass Inger Ihr Kontakt bleibt …«

Dan fand die Idee seltsam anziehend. Jedenfalls besser als der Typ, der ihn in Arlanda in Empfang genommen hatte und dessen Namen er schon wieder vergessen hatte. Doch er war sich bewusst, dass es hier um viel mehr ging als eine nette kleine Untersuchung von Jack Redfords Obsessionen.

»Ich könnte damit leben, Patrick, aber das ist keine akademische Recherche, die sich für Teamwork eignet. Ich habe meine eigene Agenda und meinen eigenen Zeitplan. Wenn ich irgendwann der Ansicht bin, dass ich nur auf der dunklen Seite weiterkomme, will ich keinen legitimen Agenten am Hals haben.«

»Das möchte ich auch nicht. Es geht darum, Brücken zu bauen, nicht diplomatische Verwicklungen auszulösen.« Es gab einen Ruck, als die Fähre mit aufschäumender Heckwelle anlegte. Sie gingen an Land und Patrick sagte: »Der Typ, der die Fähre von hier aus beobachtet hat, ist Ihnen wahrscheinlich aufgefallen.«

»Einer von Ihren Leuten?« Patrick schüttelte den Kopf und Dan fügte hinzu: »Kein Problem. Gehen Sie voraus – lassen Sie uns herausfinden, für wen er sich interessiert.«

Sie reichten sich die Hand, und Patrick ging davon. Dan wartete dreißig Sekunden, bevor er ihm folgte. Sie waren erst wenige Hundert Meter weit gekommen, als Patrick stehen blieb und ein Gebäude zu seiner Rechten zu bewundern schien. Er schlenderte darauf zu und betrat damit einen ruhigeren Bereich der ohnehin ruhigen Insel.

Dan verlangsamte seine Schritte und sah sofort, warum Patrick den Umweg eingeschlagen hatte. Der Mann, den sie am Ufer gesehen hatten, rannte über die blätterübersäte Straße, als hätte er Angst, die Zielperson aus den Augen zu verlieren. Also war er hinter Patrick her, und dieser hatte sich einen menschenleeren Bereich ausgesucht, um ihn aus der Reserve zu locken.

Dan lief schneller. Er blickte sich um, um sicherzugehen, dass er allein war und niemand ihn beobachtete. Er zog die Waffe, schraubte den Schalldämpfer auf und bog um die Ecke, als der Mann vor ihm schon um die nächste verschwand. Dan kam gerade noch rechtzeitig, um zu sehen, wie der Typ eine Pistole auf Patricks Rücken richtete. Patrick war sich entweder der drohenden Gefahr nicht bewusst, oder er hatte geradezu absurdes Vertrauen in Dans Fähigkeiten.

Dan zögerte keine Sekunde. Er feuerte und traf den Mann von hinten in die rechte Schulter. Er stöhnte auf, wirbelte herum und sackte zu Boden, während ihm die Waffe klappernd entfiel. Patrick drehte sich um, als hätte der plötzliche Lärm ihn erschreckt. Obwohl der Typ angeschossen war, tastete er nach der Pistole.

Überrascht erkannte Dan ihn wieder und fragte sich, warum er ihn nicht sofort identifiziert hatte.

»Matty?« Bekanntschaft oder nicht, Dan ließ die Waffe auf ihn gerichtet. Matty erstarrte und sah mit einem Ausdruck unbeholfener Verzweiflung zu ihm empor. Als wäre ihm plötzlich zu heiß, riss er die Beanie-Mütze von seinem wirren blonden Haarschopf.

Patrick wirkte ehrlich entrüstet, als er auf den am Boden liegenden Mann hinabsah. »Mattias?«

Matty schüttelte den Kopf, stemmte sich hoch und lehnte sich mit dem Rücken gegen die nächste Wand. Er strahlte Verlegenheit aus, wenn nicht sogar Beschämung, doch vor allem Resignation angesichts des Unvermeidlichen.

Patrick bückte sich, hob Mattys Pistole auf und untersuchte sie mit professionellem Auge. Er wirkte schockiert und verärgert, und das nicht ohne Grund. Er hatte Mattias Hellström im Lauf der Zeit wer weiß wie viele Aufträge verschafft.

Dan vergewisserte sich, dass niemand den Schuss gehört hatte. Der ohnehin schallgedämpfte Knall war vermutlich zusätzlich vom Winde verweht worden. Dann richtete er den Blick auf Matty.

»Du warst also nicht hinter mir her?«

»Ich wusste nicht einmal, dass du auf der Fähre warst. Ich war auf Patrick angesetzt.« Er sah Patrick an und sagte: »Tut mir leid.«

»Bill Brabham?«

»Es hat mir auch nicht gefallen, aber Sie wissen ja, was gerade abgeht, und er hat mir klargemacht, dass ich auf der richtigen Seite viel besser dran bin. Mit Dan hatte ich nicht gerechnet.«

»Herrgott noch mal, Matty«, sagte Dan, »er hat dich verarscht. Wenn du Patrick umgebracht hättest, garantiere ich dir, dass du in einer Woche auch tot gewesen wärst. Brabham schafft sich uns alle vom Hals. Es gibt keine richtige Seite mehr.« Irgendwo in der Nähe ertönte Gelächter, vielleicht aus einem der Gebäude. Er sah Matty an – die dunkle Steppjacke verbarg die Wunde ganz gut. »Wir müssen dich von der Straße wegschaffen.«

»Ihr tötet mich nicht?« Dan spürte ein kurzes Aufwallen von Zorn. Sie hatten so oft zusammengearbeitet und gemeinsam in einer Menge Schwierigkeiten gesteckt, in denen sie sich vollständig aufeinander verlassen konnten. Er beugte sich vor und zog Matty die Pistole über den Schädel. »Autsch! Verdammt!«

»Ich sollte dich wirklich umbringen für diese Schweinerei. Patrick sollte dich töten.«

Matty sah abermals zu Patrick hoch und wiederholte: »Tut mir leid, Mann.«

»Mir ebenfalls, Mattias. Es wird lange dauern, bis ich Ihnen wieder vertrauen kann.«

Dan zog Matty auf die Füße und sagte: »Dafür bist du mir etwas schuldig, Matty. Kannst du laufen?« Er nickte. »Lass dich zusammenflicken und verschwinde von der Bildfläche.« Er warf Patrick einen Blick zu, als wollte er ausdrücken, dass dieser Ratschlag jetzt auch für ihn galt.

Es war Patrick, der antwortete: »Dan, machen Sie sich auf den Weg. Ich rufe uns ein Taxi – in ein normales Krankehaus kann er nicht gehen.«

Matty, der mittlerweile ziemlich mitgenommen aussah, meinte: »Ich könnte …«

»Nein«, schnitt Patrick ihm das Wort ab. »Diesmal nicht. Keine Sorge, ich kümmere mich darum.«

Und damit gab Patrick ihm die Pistole zurück. Matty starrte das Ding in seiner Hand an, und der Anblick schien ihm irgendwie das Ausmaß seines Verrats bewusst zu machen. Er begann stumm zu schluchzen, während Dan sich abwandte und davonging.

Kapitel 20

Später am Nachmittag nahm Dan ein Taxi zu dem Café, dessen Adresse Inger ihm genannt hatte. Er hatte ein paar Nachrichten von Patrick erhalten und beschlossen, am nächsten Tag ein Flugzeug nach Paris zu nehmen und dann mit dem Zug nach Limoges weiterzufahren. Dass Brabham mittlerweile auch versuchte, Patrick auszuschalten, nicht nur seine ehemaligen Agenten, bedeutete, dass er keine Zeit verlieren durfte.

Das Café befand sich in einem Teil der Stadt, den er nicht kannte, und er fragte sich, ob es in der Nähe ihres Büros oder ihrer Wohnung lag. Inger erwartete ihn bereits an einem Tisch in der Ecke. Er setzte sich zu ihr, sie tauschten einen höflichen Begrüßungskuss, und sie bestellte Kaffee.

Während sie darauf warteten, sagte sie: »Patrick hat mir das von Jack Redford erzählt. Es ist unglaublich.«

»So kann man es ausdrücken«, erwiderte Dan, auch wenn er nicht fand, dass die neuen Erkenntnisse unglaublicher waren als das, was sie schon selbst herausgefunden hatten.

»Ich habe etwas für Sie«, erklärte sie. Sie griff in die Handtasche, brachte einen Umschlag zum Vorschein und legte ihn auf den Tisch. »Das ist der Mann, der aus Berlin kam, um sich in Redfords Haus umzusehen.«

Dan nahm den Umschlag und zog das Foto heraus – anscheinend die Aufnahme einer Überwachungskamera vom Flughafen. Der Typ war um die dreißig, aber das Gesicht sagte ihm nichts.

»Wissen Sie seinen Namen?«

»Alex Robertson.«

»Robertson oder Robinson?«

»Verzeihung, Sie haben recht. Alex Robinson. Kennen Sie ihn?«

Dan nickte. »Ich habe von ihm gehört.« Er sah sich das Bild genauer an und wünschte, er hätte ihm mehr entnehmen können. Der Mann sah absolut durchschnittlich aus, trug einen Anzug und wirkte beinahe unnatürlich glatt – wahrscheinlich wurde er öfter mit einem mormonischen Missionar verwechselt.

Dan schob das Foto in den Umschlag zurück. »Soviel ich weiß, bleiben Sie an dem Fall dran.«

»Jetzt besonders.« Sie ließ den Blick durch das Café wandern. Etliche Tische waren besetzt. »Ich hoffe, Sie haben nichts dagegen, wenn ich Sie morgen begleite. Eher als Beobachterin, obwohl wir uns durchaus zuständig fühlen, vor allem nach den Vorfällen auf Skeppsholmen.«

Dan grinste. Der schwedische Geheimdienst betrachtete also Brabhams Versuch, Patrick in Stockholm ermorden zu lassen, als legitimen Grund für seine Mitarbeit. Das war nachvollziehbar, und es spielte keine Rolle, dass vermutlich alles damit angefangen hatte, dass Redford zufällig eine Nadel in eine Landkarte steckte. Hätte er dabei eine Wildnis erwischt, die nicht in Schweden lag, würde Dan jetzt wahrscheinlich dasselbe Gespräch mit dem Agenten eines anderen Nachrichtendienstes führen.

»Wie kommen Sie darauf, dass ich morgen abreise?«

»Heute ist es zu spät dafür, und so schön meine Heimatstadt auch ist, glaube ich doch nicht, dass Sie länger bleiben wollen. Ich tippe mal auf Paris.«

»Mit dem Flugzeug nach Paris, dann per Zug nach Limoges.«

»Oh.« Offenbar verstand sie, dass er zuerst mit Sabines Eltern sprechen wollte. Es schien jedoch fast, als hätte sie Bedenken wegen des emotionalen Gewichts dieser Begegnung.

»Haben Sie es sich anders überlegt?«

»Nein, aber …« Sie zögerte. »Es ist ein Sprung ins kalte Wasser.«

Er nickte, und sie verstummten, während der Kaffee gebracht wurde.

Als sie wieder allein waren, sagte sie: »Ich habe gehört, was vorhin passiert ist. Die ganze Geschichte.« Sie lächelte schwach.

»Und?«

»Sie haben ihn nicht getötet.«

Jetzt lächelte er. »Ich bin immer für eine Überraschung gut, was?« Sie antwortete nicht, doch es wirkte wie eine Zustimmung. »Ich hatte keine Zeit zum Nachdenken. Matty muss unter unmenschlichem Druck gestanden haben – wie wir alle. Darum hat er die falsche Entscheidung getroffen. Das dürfte der Grund sein, warum er gezögert hat, abzudrücken. Und das gab mir eine Chance. Wir kennen uns seit ewigen Zeiten, Matty Hellström und ich, und er ist ein anständiger Kerl. Ich glaube, er ist geschieden, hat aber eine Frau und zwei Kinder. Da müsste schon wesentlich Schlimmeres passieren, dass ich ihn umbringe.«

Sie starrte ihn für lange Sekunden an, dann schien sie sich wieder zu fassen und griff nach ihrem Kaffee.

Als sie die Tasse abgesetzt hatte, sagte sie: »Ich denke, dass Sie richtig gehandelt haben, obwohl es für jemanden mit Ihrer … Ihrer Vergangenheit ein Leichtes gewesen wäre, in dieser Situation die falsche Entscheidung zu treffen.«

Er sah ihr unverwandt in die Augen, und es entging ihm nicht, dass sie das in gewisser Weise nervös machte.

»Ich bin kein schlechter Mensch.«

»Ja, ich weiß. Und das überrascht mich, weil … Nun, Sie haben ein paar wirklich schlimme Dinge getan, schreckliche Dinge.«

»Das stimmt.«

Als sie merkte, dass nicht mehr kam, fragte sie: »Wie können Sie damit leben?«

Er schüttelte den Kopf.

»Um die Wahrheit zu sagen, ich tue es einfach. Ich werde bezahlt und erledige den Job. Ich habe einige Menschen getötet und andere ausgeliefert, die dann umgebracht, gefoltert oder weggesperrt wurden. Aber die Zielpersonen waren nie Unschuldslämmer.«

Noch während er es aussprach, musste er an Ramón Martínez und seine Familie denken. Dan war reichlich dafür entlohnt worden, ihn aufzuspüren, doch konnte die beste Bezahlung der Welt eine solche Tat rechtfertigen? Der Junge ging ihm nicht mehr aus dem Kopf, und er überlegte, wer ihn wohl jetzt am Morgen zum Kindergarten brachte.

Als hätte sie seine Gedanken gelesen, wechselte Inger überraschend das Thema. »Waren Sie nie in Versuchung, sich häuslich niederzulassen und Kinder zu haben?«

Er starrte sie an. Das war eine Frage, über die zu reden ihm nicht leichtfiel – nicht einmal mit den engsten Freunden. Und dennoch drängte es ihn aus irgendeinem Grund, ihr davon zu erzählen. Plötzlich kam es ihm wie die einfachste und natürlichste Sache der Welt vor. Er wusste nicht recht, warum er sich in ihrer Gegenwart so entspannt fühlte und Überlegungen mit ihr teilen konnte, die er sich kaum selbst eingestand. Aber so war es nun einmal.

Er zuckte die Schultern. »Doch, ja, in gewisser Hinsicht schon. Ich hatte einen Sohn. Das ist jetzt neun Jahre her.« Er bemerkte ihr Erstaunen. Darauf war sie bei der Lektüre seiner

Akte bestimmt nicht gestoßen. »Wir waren nicht verheiratet. Es war nur eine Affäre, ein Techtelmechtel …«

»Weshalb wundert mich das nicht?«

»Verstehen Sie mich nicht falsch, es war kein One-Night-Stand oder dergleichen. Was ich sagen will, ist, dass wir beide wussten, dass es vermutlich nicht von Dauer sein würde. Wir haben nicht einmal zusammengelebt. Und dann wurde Emilia schwanger und wir bekamen einen Sohn. Luca.«

Sie war wie gebannt von seiner Enthüllung und fragte: »Sehen Sie ihn denn nicht mehr?«

Er zögerte. Er hätte sich deutlicher ausdrücken sollen. Ihre Miene verdüsterte sich, als sie abermals vorauszuahnen schien, was er gleich sagen würde.

»Er ist tot.« Er nickte versonnen. Ihm war klar, wie selten er diese Worte laut aussprach, ja sich nicht einmal selbst eingestand. Sein Sohn war tot, und mit ihm war ein Stück von Dan gestorben und hatte eine Wunde zurückgelassen, die nie verheilte. »Er ist tot. Ich war nicht da, untergetaucht für einen Auftrag, nur ein paar Wochen. Er bekam Meningitis. Als ich wegging, war er noch quicklebendig. Achtzehn Monate, gesund und kräftig. Er hatte gerade angefangen, mich Papa zu nennen, und als ich wiederkam, war er einfach weg, als hätte es ihn nie gegeben. Ich sage ja immer wieder, dass kein Mensch jemals vollständig verschwinden kann, aber Luca schon. Er war weg, als hätte er nie existiert.«

Sie legte ihre Hand auf seine und sagte: »Dan, es tut mir leid, ich …«

»Sie wünschten, Sie hätten nicht gefragt?«

»Nein, ich bin froh darüber, und ich freue mich, dass Sie es mir erzählt haben.«

»Dann haben Sie es sich nicht anders überlegt? Sie wollen mitkommen?«

Sie wirkte verblüfft und erwiderte: »Natürlich. Warum nicht? Es klingt vielleicht seltsam, aber ich hoffe jetzt mehr denn je, dass wir den Mörder von Sabine Merel finden und seinem Richter zuführen.«

Dan nickte. Ihre gefühlsbetonte Reaktion gefiel ihm, auch wenn ihm der Zusammenhang nicht ganz klar war. Möglicherweise meinte sie einfach, dass sich so viele schlimme Dinge im Leben der Kontrolle entzogen und es daher umso wichtiger war, die Herausforderungen anzunehmen, die sich lohnten.

Für jeden »zufälligen« Todesfall – Luca, Redford, die Kinder im Bus – gab es einen, zu dem es niemals hätte kommen dürfen, der nach Gerechtigkeit schrie, und dazu gehörte die Ermordung Sabine Merels.

Kapitel 21

Sie trafen spät am folgenden Nachmittag in Limoges ein. Dan war es gelungen, die Merels von einem Münztelefon im Gare Montparnasse aus zu erreichen, sodass sie erwartet wurden. Der Mann, mit dem er gesprochen hatte, hatte zwar überrascht gewirkt, aber ohne Weiteres in Dans Bitte um ein Gespräch eingewilligt. Vielleicht freuten sich die Merels nach all den Jahren, wenn sich überhaupt noch jemand für ihre Geschichte interessierte.

Sie checkten im Candide ein, einem vornehmen Hotel, das schon bessere Tage gesehen hatte, doch immer noch einen Hauch von altmodischem Charme ausstrahlte. Anschließend fuhren sie mit dem Taxi die kurze Strecke zum Haus der Merels. Dan fiel auf, dass Inger jetzt, wo es losging, ein wenig nervös wirkte.

Er kannte Limoges nicht, aber der Ort erinnerte ihn an andere französische Städte. Alt und Neu in bunter, dicht gedrängter Mischung, ein Durcheinander, das vollkommen anonym hätte sein können, aber irgendwie trotzdem typisch französisch wirkte.

Die Merels wohnten nahe der Innenstadt in einer eigenen kleinen grünen Oase hinter hohen, cremeweißen Mauern. Dan und Inger klingelten. Der Türöffner summte, und sie gelangten in einen schönen Garten mit großen Rasenflächen. Das Haus selbst schien eher aufs Land als mitten in die Stadt zu gehören, ein imposantes Gebäude mit hölzernen Fensterläden.

Die Eingangstür öffnete sich, und ein Mann trat heraus, um sie zu begrüßen. Aus irgendeinem Grund hatte Dan einen älteren Herrn erwartet, doch obwohl Merel um die sechzig sein musste, wirkte er jugendlich und fit. Er trug Freizeitkleidung, Cordhosen und einen hellblauen Pulli. Sein Outfit strahlte etwas Frisches und Modisches aus, als würde er für ein Hochglanzmagazin oder in den Medien arbeiten.

Er lächelte zögernd und fragte: »Mr Hendricks?« Dan hatte davon abgesehen, einen Decknamen zu verwenden, und bezweifelte, ob Inger sich überhaupt noch daran erinnern konnte, dass er für kurze Zeit David Porter gewesen war.

»Richtig. Vielen Dank, dass Sie uns empfangen, Monsieur Merel. Das hier ist Inger Bengtsson – sie arbeitet für die schwedische Regierung.«

Merel hatte bereits zu einer Erwiderung angesetzt, aber bei der Erwähnung von Ingers Stellung verstummte er verblüfft.

Nach einer Sekunde hatte er sich wieder gefasst, begrüßte zunächst Inger und schüttelte dann Dan die Hand, bevor er sagte: »Bitte nennen Sie mich Sebastien. Kommen Sie doch herein.«

Die Innenausstattung bestätigte, was das Äußere des Hauses schon angedeutet hatte: Diese Leute hatten Geld. In einer Ecke des großen Wohnzimmers stand ein Stutzflügel, auf dessen Deckel sich Familienfotos reihten.

»Bitte setzen Sie sich«, bat Merel. »Möchten Sie etwas trinken? Ein Glas Wein oder Cognac vielleicht?«

»Vielen Dank, ich nehme dasselbe wie Sie.«

Inger nickte. Sie wirkte immer noch ein bisschen beklommen. »Ja, ich auch.«

Merel lächelte und warf einen Blick auf die Fotogalerie, bevor er sagte: »Bitte gedulden Sie sich eine Sekunde. Meine Frau kommt sofort – sie telefoniert gerade.«

Er ging hinaus. Dan hörte die Stimme seiner Frau aus einem anderen Zimmer, gedämpft, aber im Plauderton, nicht konspirativ. Der Besuch hatte die Merels zweifellos überrascht, doch sie fanden ihn bestimmt nicht verdächtig genug, um gleich die Polizei zu rufen, nicht nach so langer Zeit.

Inger saß da wie eine Schülerin vor dem Büro des Direktors. Dan erhob sich und schlenderte zum Klavier. Auf den Fotos waren eine Menge Leute versammelt. Vermutlich hatten die Merels noch drei oder sogar vier andere Kinder und eine ganze Horde von Enkeln, alle entweder blond oder dunkelhaarig ohne Zwischentöne und bemerkenswert gut aussehend.

Und im Zentrum stand das Symbol für die Lücke, die in ihr Leben gerissen worden war. Das Bild zeigte Sabine, doch nicht steif und förmlich wie auf Redfords Foto. Hier lächelte sie, von der Kamera bei einem Essen im Freien überrascht, vielleicht genau hier im Garten vor dem Fenster. Sie war schön und voller Leben, voller Chancen und Perspektiven – es musste den Eltern jedes Mal das Herz brechen, wenn sie das Bild sahen.

In Dans Wohnung in Paris gab es keine Bilder von Luca, und in dem Haus in Italien auch nur wenige. Vielleicht hielt er sich deshalb praktisch nie dort auf, weil es für ihn immer in Verbindung stand mit dem unbewältigten Verlust seines Kindes.

Eine Aufnahme, auf der Luca Dan über die Schulter sah und Emilia und die Kamera anlächelte, brach ihm jedes Mal das Herz. Sie hatte in der Diele gehangen, aber bei seinem letzten Besuch hatte er sie in die Schublade gesteckt. Der emotionale Druck war so groß geworden, dass er kaum noch daran vorbeigehen konnte.

Er hörte ein Geräusch und drehte sich um. Monsieur Merel kam mit einem Tablett mit einem Dekanter und vier Gläsern zurück. Anscheinend hatte er beschlossen, dass Cognac besser zum Anlass des Besuchs passte.

Er sah, dass Dan die Fotografien betrachtet hatte, und zeigte ein schwaches Lächeln, das von Trauer zu erzählen schien, die ihn heute noch niederdrückte. Doch er sagte: »Wie Sie sehen, sind wir trotz allem eine gesegnete Familie.«

Er stellte das Tablett auf den Tisch und schenkte großzügig ein. Er war noch nicht fertig damit, als Madame Merel eintrat. Sie strahlte dieselbe teure und gepflegte Lässigkeit aus wie ihr Mann, dieselbe überraschende Jugendlichkeit. In ihren Haaren lag noch kein Schimmer von Grau. Sie entschuldigte sich in rasantem Französisch, dass sie sie hatte warten lassen, bis ihr Ehemann sie unterbrach und zu Inger gewandt fragte: »Inger, sprechen Sie Französisch?«

»Nein, tut mir leid.«

»Bitte verzeihen Sie«, fuhr Madame Merel auf Englisch fort. »Inger? Ich bin Catherine Merel, Sabines Mutter.«

Sie sah Dan an, und er meinte lächelnd: »Dan. Ich verstehe Französisch. Es freut mich sehr, Sie kennenzulernen, Madame Merel, und vielen Dank, dass Sie sich bereit erklärt haben, mit uns zu sprechen.«

Sie nahmen auf zwei gegenüberliegenden Sofas am Kaffeetisch Platz. Dan setzte sich neben Inger und bemerkte dabei, dass Sebastien Merel seiner Frau ermutigend über das Bein strich. Er wünschte sich, diesem sympathischen Paar helfen zu können, den Tod ihrer Tochter endlich zu bewältigen.

Die Männer nippten an ihren Getränken. Die Glut des Cognacs erinnerte Dan an das Meeting mit Patrick, das ihn letztlich hierhergeführt hatte. Inger und Catherine Merel drehten ihre Gläser, doch Dan fiel auf, dass sie beide nicht tranken.

Bevor er etwas sagen konnte, sah Monsieur Merel Inger neugierig an und begann: »Inger, ich hoffe, Sie nehmen mir die

Frage nicht übel, aber was hat die schwedische Regierung mit der Angelegenheit zu tun?«

»Nein, ich verstehe schon. Die neuen Indizien bezüglich des Mordes an Ihrer Tochter kamen in Schweden ans Licht. Bei jemandem, der dort lebte.«

Das Paar wechselte einen verwunderten Blick. Merel fuhr fort: »Dann sind Sie von der Polizei? Sie arbeiten mit der französischen Polizei zusammen?«

Dan mischte sich ein und antwortete: »Es ist komplizierter. Sabines Ermordung gehört zu einer umfangreichen Ermittlung, deren Natur es erfordert, inoffiziell durchgeführt zu werden. Es wäre vielleicht besser, wenn Sie nicht allzu viele Fragen stellen, aber ich kann Ihnen versichern, dass wir alles tun werden, um die Wahrheit ans Licht zu bringen.«

Sebastien Merel nickte eifrig und zu Dans leichter Besorgnis ziemlich hoffnungsvoll. Er sah seine Frau an. »Gut, was wollen Sie wissen?«

»Zunächst ein paar grundlegende Einzelheiten. Hatte Sabine zu dem Zeitpunkt einen Freund? Traf sie sich mit jemandem? Kam sie gut mit ihren Mitbewohnerinnen aus? Wirkte sie nervös, beunruhigt?«

»Ich glaube, alles war mehr oder weniger in Ordnung. Nur Catherine ...«

»Als ich das letzte Mal mit ihr gesprochen habe«, warf Catherine Merel ein, »etwa zwei Tage vor ihrem Tod, da kam es mir so vor ... Ich weiß nicht, irgendetwas kam mir komisch vor. Ich habe sie mehrfach darauf angesprochen, doch am Ende lachte sie nur und meinte, ich würde mir zu viele Sorgen machen.«

Inger fragte: »Und ihre Mitbewohner? Was haben die dazu gesagt?«

»Wenn so etwas geschieht, ist man sich nie sicher. Ich dachte damals, dass alle uns anlügen.«

Dan mischte sich ein: »Wissen Sie, wo wir die Mitbewohner finden können? Es ist lange her, das ist mir klar, nur …«

Merel nickte und erwiderte: »Aber ja. Nur von einer allerdings. Wir haben Sylvias Adresse. Sie hat immer Kontakt gehalten. Sie arbeitet in Paris bei der *Vogue*.«

Seine Frau lächelte mit einem Anflug von Wehmut bei dem Gedanken, wie weit die Altersgenossen ihrer Tochter es gebracht hatten, berichtigte ihn jedoch: »Und die von Yousef.«

»Ach ja, Yousef! Er war ein Künstlerkollege von Sabine und ist inzwischen ziemlich erfolgreich, ebenfalls in Paris. Er war in jener Nacht mit ihr im Atelier.«

Die letzten Worte sprach er mit einer gewissen Scheu aus, als wären sie zerbrechlich.

Dan stellte fest: »Der Junge, der verhört wurde. Der Rassismusvorwurf.«

»Jeder, der Yousef kannte, hätte gewusst, dass es lächerlich war, ihn zu verdächtigen.«

»Warum?«

»Er ist ein äußerst sanftmütiger Mensch.« Merel sah seine Frau von der Seite an und schenkte ihr ein Lächeln, das etwas um Verzeihung Bittendes an sich hatte, bevor er fortfuhr: »Wie Sie sicher gelesen haben, hat man Sabine ins Gesicht geschlagen. Die Polizei sagte, es wäre ein einziger, unglaublich brutaler Schlag gewesen, der ihr die Nase und den Wangenknochen brach und zwei Zähne ausschlug.« Dan bemerkte, dass Inger zum ersten Mal von ihrem Cognac trank. »Sie glaubte, dass er dann wartete, bis sie wieder bei vollem Bewusstsein war. Sie lag mit dem Gesicht nach unten. Er ließ sich mit den Knien auf ihren Rücken fallen, wobei er ihr zwei Rippen brach. Anschließend erwürgte er sie mit ihrem eigenen Schal, und selbst das tat er mit unfassbarer Brutalität. Er zerquetschte ihr die Luftröhre, und selbst die Blutgefäße in ihrem Hals wurden zerrissen. Ich wiederhole: Wenn Sie Yousef kennen würden, wüssten Sie, dass er dazu nicht fähig ist.«

Catherine Merels Miene hatte sich verdüstert, während er sprach. So oft sie die Geschichte auch gehört hatte, sie laugte immer noch ihren Willen und ihre Energie aus.

»Danke, dass Sie uns davon erzählt haben«, sagte Dan. »Und das mit den Adressen von Sylvie und Yousef wissen wir wirklich zu schätzen. Könnten Sie vielleicht dort anrufen und unseren Besuch ankündigen?«

»Natürlich, wenn es Ihnen hilft.«

»Eines interessiert mich noch. Hat Sabine je irgendwelche amerikanischen Freunde erwähnt? Oder überhaupt Beziehungen zu Amerika?«

Catherine Merel blickte mit einer gewissen Empörung auf. »Sie glauben, sie wurde von einem Amerikaner ermordet? Einer wichtigen Persönlichkeit etwa?«

Inger fragte: »Wie kommen Sie auf ›wichtig‹?«

Die Antwort klang vorwurfsvoll. »Sie haben gesagt, die Sache sei zu weitreichend für die französische Polizei. Und jetzt fragen Sie nach Amerikanern. Sie verschweigen uns etwas.«

Dan warf rasch ein: »Es gibt leider nur wenig, das wir mit Sicherheit wissen. Wir wollen Ihnen keine falschen Hoffnungen machen. Dafür steht zu viel auf dem Spiel.«

Sie nickte widerstrebend und schien zu akzeptieren, dass es tatsächlich um sehr viel ging. Mit einem brüchigen Lächeln wandte sie sich zu Inger. »Ich habe noch ein paar Fotos. Möchten Sie sie vielleicht ansehen?«

»Sehr gern«, erwiderte diese.

Madame Merel erhob sich, um ein Fotoalbum aus dem Regal zu holen.

Ihr Mann lächelte und meinte: »Dan, warum überlassen wir das nicht den Damen? Wenn Sie mich in mein Arbeitszimmer begleiten, können wir uns dort weiter unterhalten und ich gebe Ihnen die Adressen.«

Dan konnte sich gut vorstellen, wie Inger das gefallen würde. Die Damen blieben im Salon zurück, und die Herren der Schöpfung besprachen derweil Geschäfte. Gleichzeitig war er erleichtert, die Fotos nicht selbst ansehen zu müssen. Er folgte Merel in dessen Büro und stand stumm neben dem Schreibtisch, während dieser die Namen, Adressen und Telefonnummern notierte.

Merel blickte auf. »Wir haben auch einen Verbindungsbeamten bei der Polizei, aber in der Hinsicht brauchen Sie keine Hilfe, nehme ich an.«

»Allerdings.« Ein solcher Kontakt konnte zwar prinzipiell brauchbar sein, andererseits war es unwahrscheinlich, dass man den Merels damals jemanden zur Seite gestellt hatte, der Dan viel nützte. Merel reichte ihm das Blatt, und Dan sagte: »Danke. Ich hoffe, wir sind morgen rechtzeitig zurück in Paris, um sie noch zu besuchen.«

»Ich rufe heute Abend an und kündige Sie an.« Merel warf einen Blick zur Tür. »Sie können sich gar nicht vorstellen, wie wichtig das für uns ist, für die ganze Familie. Aber vor allem für meine Frau. Es ist eine richtige … Obsession geworden. Den Mörder zu finden.«

»Ich verstehe.«

Merel nickte abwesend, als hätte er ihn gar nicht gehört.

»Manchmal frage ich mich, was wohl aus uns wird, wenn er tatsächlich gefasst wird. Dann steht nichts mehr zwischen uns und unserem Verlust – wir wären ihm wehrlos ausgeliefert.«

»Auch das verstehe ich.«

»Ja, das glaube ich Ihnen, Dan. Man liest ständig Berichte über Mordfälle, und in der Zeitung klingt es so banal. Hier wird ein Mann ermordet, dort eine Frau, abgehandelt in ein paar Zeilen, so schnell vergessen. Aber es ist komplizierter, nicht wahr? Für uns, die wir zurückbleiben, ist es ein Rätsel, das wir niemals lösen können, egal, wie viel wir erfahren.«

»Trotzdem will man Bescheid wissen.«

»Natürlich«, entgegnete Merel. Er schien noch etwas hinzufügen zu wollen, stattdessen wiederholte er nur traurig: »Natürlich.«

Dan konnte die Trauer des Ehepaars nicht annähernd ermessen. Doch er verstand, wie dieses ungelöste Verbrechen, der Wunsch, den Mörder zu finden, der ihnen die Tochter genommen hatte, zum alles bestimmenden Faktor in ihrem Leben geworden war. Und falls der Mörder erwischt wurde, ging die Tortur von vorne los. Jeden Morgen mit der trostlosen Gewissheit aufzuwachen, dass nichts sich geändert hatte, dass Sabine trotzdem für immer verloren war.

Und dennoch wünschte sich Dan, während er da in Merels Büro stand und gedämpft die Stimme von Catherine Merel durch die Tür drang, nichts mehr, als diesem anständigen und würdevollen Paar die Antworten zu geben, nach denen es sich sehnte. Wenn es ihm im selben Zug gelang, seine eigene Zukunft zu sichern, war das ein Bonus. Ansonsten hätte er im Leben zumindest eine unbestreitbar gute Tat begangen und zu Ende gebracht, was ein besserer Mann als er selbst begonnen hatte.

Kapitel 22

Sie nahmen ein Taxi zurück zum Hotel. In den Straßen herrschte frühabendlicher Trubel. Inger wirkte bedrückt, und Dan wusste nicht, was er sagen sollte. Sein Energielevel war im Keller, und sie saßen schweigend nebeneinander.

Sie gingen auf ihre Zimmer und ließen offen, ob sie später unten im Restaurant zu Abend essen würden. Dan steckte gerade den Zettel mit den Adressen in seine Reisetasche, als er eine Tür hörte. Er drehte sich um und sah Inger mit überraschter Miene dastehen.

»Tut mir leid, ich hatte keine Ahnung – ich dachte, es wäre nur …« Zwischen ihren Zimmern gab es eine Verbindungstür, die Dan bisher übersehen hatte. Inger lachte verhalten mit gesenktem Blick, und ein Teil von ihm fragte sich, ob sie die Tür absichtlich geöffnet hatte, weil sie Gesellschaft brauchte.

»Alles in Ordnung?«

Sie nickte nicht übermäßig überzeugend und sagte dann: »Es ist nur … Ich meine, ich habe nie jemanden verloren. Gut, eine Schulfreundin ist mit vierzehn an einer seltenen Art von Krebs gestorben. Aber keine Angehörigen. Jedenfalls nicht so, wie Sie es erlebt haben oder die Merels. Es war schwierig für mich. Es sind reizende Menschen, nicht wahr?«

»Ja, ich mag sie auch. Es ist hart für sie. Und es muss schlimm gewesen sein, die Fotos anzusehen.«

Sie ließ den Kopf hängen, als wäre es unmöglich zu beschreiben, *wie* schwer es gewesen war: die Bilder von Sabines kurzer Lebensspanne, verbunden mit glücklichen Assoziationen und doch überlagert von einer schrecklichen Traurigkeit, einem Sepiafarbton, den nur die sehen konnten, die Bescheid wussten.

»Ich musste dabei an Sie und Ihren Sohn denken.«

Flüchtig bedauerte er, ihr von Luca erzählt zu haben, denn er verdiente ihr Mitgefühl nicht. Gleichzeitig konnte er nicht leugnen, dass es ihm gutgetan hatte, endlich mit jemandem darüber zu sprechen. Besonders weil sie diejenige gewesen war.

Trotzdem sagte er: »Was Luca zugestoßen ist … Ich meine, mein Verlust ist mit dem der Merels gar nicht vergleichbar. Ich kann mir nicht einmal ansatzweise vorstellen, was sie durchgemacht haben müssen.«

Sie nickte. Das Licht im Raum war so weich, dass es einen Augenblick dauerte, bis er sah, dass sie weinte. Unsicher trat er näher und legte ihr die Hand auf die Schulter.

Sie schüttelte den Kopf: »Wie dumm von mir!« Aber sie hielt sich dennoch an ihm fest. Er spürte ihren warmen Atem an seinem Hals, als sie sagte: »Sie war so voller Leben. Es war unerträglich, und ihre Mutter blieb die ganze Zeit so würdevoll und gefasst. Ich wusste, dass es schrecklich sein würde.«

»Ich weiß, dass Sie nicht hinwollten. Ich hätte …«

»Nein, es liegt an mir. Das Leben hat mich verwöhnt.«

Ein paar Sekunden sagte keiner etwas, doch er hielt sie weiter im Arm und wurde sich zunehmend der Wärme ihres weichen Körpers bewusst. Und noch etwas wurde ihm klar, nämlich wie viel Zuneigung er für sie entwickelt hatte. Ohne nachzudenken, drückte er ihr einen Kuss auf den Scheitel. Sofort wusste er, dass er einen Fehler begangen hatte.

Sie wich zurück, löste sich jedoch nicht ganz von ihm und starrte ihn mit einem Ausdruck an, aus dem er nicht schlau wurde – anklagend, vorwurfsvoll?

»Tut mir leid, ich wollte nicht …«

Er verstummte. Die Atmosphäre zwischen ihnen knisterte, und er fühlte eine seltsame Nervosität. Er konnte die Situation nicht recht interpretieren, also rührte er sich nicht. Dann küsste sie ihn, zaghaft zunächst, doch zunehmend entspannt und selbstbewusst. Er spürte einen Adrenalinstoß, und seine Gedanken wirbelten unkontrolliert, als sie begann, an seiner Kleidung zu zupfen.

Bald zogen sie sich gegenseitig aus, und da er geglaubt hatte, sie wäre für ihn unerreichbar, kam er sich beinahe wieder wie ein Teenager vor. Eine Welle der Erregung und des wachsenden Begehrens durchfuhr ihn bei jeder neuen Entdeckung, Bauch, Brüste, Schenkel. Er bekam gar nicht genug von ihr und konnte kaum fassen, dass es ihr ebenso zu ergehen schien.

Ein paar Mal, während sie sich liebten, wunderte er sich über ihren Wandel, denn sie wirkte entspannt und erfahren und selbstsicher. War sie bisexuell? Hatte sie schon mal etwas mit einem Mann? Er sagte jedoch nichts, denn ein selbstsüchtiger Teil von ihm wollte den Zauber nicht brechen.

Erst als sie danach in seinem Bett lagen, fragte er: »Äh, warst du … schon immer lesbisch?«

Sie lachte laut heraus, rollte sich zu ihm herum und legte ein Bein über ihn. Er stimmte mit ein, war allerdings nicht sicher, was so lustig war.

Sie ließ sich auf den Rücken zurückfallen und sagte: »Ich bin nicht lesbisch.«

Er hätte am liebsten die Siegerfaust in die Luft gereckt, doch er war neugierig und wollte wissen: »Warum hast du es mir dann erzählt?«

Sie antwortete nicht gleich, deshalb drehte er sich zu ihr herum und sah sie an. Sie wirkte verlegen. »Um zu vermeiden, dass das hier passiert.«

»Du hättest einfach behaupten können, dass du einen Freund hast.«

Sie wandte sich zu ihm und sah ihm in die Augen. »Ich dachte nicht, dass du die Art Mann bist, der sich davon abschrecken lässt.« Er suchte noch nach einer Erwiderung, als sie hinzufügte: »Ich habe mich getäuscht. Eigentlich bist du ziemlich anständig und süß.«

»So hat mich schon lange niemand mehr genannt.«

»Anständig oder süß?« Sie neckte ihn nur und wartete nicht auf eine Antwort. »Weißt du, ich glaube, du kennst dich mit dem Körper einer Frau gut aus, aber nicht mit der Art, wie sie denkt. Es ist beinahe so, als wäre ein Teil von dir in all den Jahren des Abenteuers und des unsteten Lebens irgendwie …«

»Unreif geblieben?«

»Ich wollte verkümmert sagen.«

Er lachte, erklärte jedoch: »Dieser Mensch möchte ich nicht sein, und ich versuche, einen Weg zu finden, um mich zu verändern. Es ist nur nicht so leicht.«

»Hast du überhaupt eine Chance dazu? Ist es nicht genau das, was deine Kollegen versucht haben, als die Vergangenheit sie einholte?«

Da hatte sie recht.

»Ich werde es bald herausfinden. Es zu wollen, ist immerhin ein Anfang, oder?«

Sie nickte und beugte sich über ihn, um ihn zu küssen. Diese schwer definierbare Sehnsucht nach einer Art von normalem Leben schien sich plötzlich zu verstärken, weil er merkte, dass auch sie es sich für ihn wünschte. Dadurch wurde es greifbarer. Sie mochte sich nicht als Teil seiner Zukunft sehen – warum denn auch? –, doch ihr lag etwas an seinem Schicksal. Das war ein so seltenes Ereignis in seinem Leben, dass er es festhalten wollte.

Kapitel 23

Am nächsten Morgen wachten sie früh auf, genossen aber noch ein wenig die Gemütlichkeit des Betts, und ehe sie es sich versahen, war es neun Uhr.

Inger sprang auf und sagte: »Wir müssen uns beeilen, wenn wir den Zug erwischen wollen.«

Er sah ihr lächelnd nach, während sie ihre Kleider auflas und durch die Verbindungstür in ihr Zimmer huschte, lehnte sich jedoch selbst wieder zurück in die Kissen. Er war nicht sicher, was die letzte Nacht zu bedeuten hatte, ob es eine einmalige Sache gewesen war oder mehr dahintersteckte.

An diesem Punkt liefen seine Gedanken ins Leere. Trotz allem Gerede darüber, sich weiterzuentwickeln, hatte er keine Ahnung, was die kommenden Monate für ihn bereithielten. Und sosehr sie ihm ein besseres Leben zu wünschen schien, er konnte sich kaum vorstellen, dass sie es mit ihm teilen wollte.

Er hörte, dass sie ins Bad gegangen war, denn das Duschwasser rauschte. Also stand er endlich auch auf und ging in sein eigenes Badezimmer. Er war seit ein paar Minuten unter der Dusche, als eine Tür klappte, jedenfalls klang es wie eine ins Schloss fallende Tür. Er dachte sich nichts Besonderes dabei, wurde aber immerhin so wachsam, dass er auf weitere Geräusche achtete.

Es blieb still, bis er das Wasser abdrehte und aus der Kabine trat. Als er anfing, sich abzutrocknen, ertönte Ingers Stimme: »Dan?«

Es klang leise, als würde sie aus ihrem eigenen Zimmer rufen.

»Ja, was ist los?«

»Könntest du bitte mal herauskommen?«

Ihr seltsamer Tonfall rief ihm die sich schließende Tür wieder ins Gedächtnis. Er wickelte sich das Handtuch um die Hüften und sah sich rasch um – hier gab es nichts, was als Waffe dienen konnte, falls sie da draußen Gesellschaft hatte. Mangels anderer Möglichkeiten griff er nach einem zweiten Handtuch, denn zusammengeknüllt als Wurfgeschoss verschaffte es ihm im Notfall vielleicht einen kleinen Vorteil.

Er öffnete die Tür und sah sie in Unterwäsche am Fußende seines Bettes sitzen. Obwohl er wusste, dass etwas nicht stimmte, zog ihn ihre schlichte Schönheit sofort wieder in ihren Bann. Dann fiel sein Blick auf das, was sie anstarrte. Zwischen der Zimmertür und der Tür zu seinem Bad lag ein Mann zusammengesunken auf dem Boden.

Dan ließ sich neben ihm auf ein Knie nieder. Er sah eine Pistole da liegen und stieß sie außer Reichweite, bevor er sich den Burschen genauer ansah. Er war durchschnittlich groß, aber stämmig, und trug eine Art Skijacke. Seine Haare waren dunkel und kurz geschnitten. Dan entdeckte ein wenig Blut an der Schädelbasis und einen Bereich, der eingedrückt zu sein schien.

Er war mindestens bewusstlos. Dan drückte die Finger gegen seinen warmen Hals, ließ sie ein paar Sekunden lang dort ruhen und wälzte ihn anschließend unzeremoniell auf die Seite. Er durchsuchte seine Taschen, fand jedoch nichts.

Er erhob sich und sah Inger an. Jetzt erst bemerkte er, dass eine der schweren metallenen Nachttischlampen neben dem Bett auf dem Fußboden lag.

Er zeigte darauf. »Hast du ihn damit niedergeschlagen?«

Sie hob den Kopf mit leerem Blick zu ihm und betrachtete dann die Lampe, als müsste sie sich erst wieder erinnern. Sie nickte. Er ging zu ihr, kauerte vor ihr nieder und ergriff ihre Hände.

»Dan, er hatte eine Waffe. Er war auf dem Weg zu deinem Badezimmer und …« Sie wirkte geistesabwesend, doch einen Moment später traf sie der Schock der Erkenntnis. »Ist er tot?«

»Ja, er ist tot. Muss ein Glückstreffer gewesen sein.«

»Glück?«

»Ja, Glück. Du hättest ihn auch nur verletzen können, und dann wäre er richtig wütend geworden.«

Sie bejahte und gewann nach und nach die Fassung zurück. »Ich weiß, dass mir nichts anderes übrig geblieben ist. Er hätte dich umgebracht, oder uns beide. Es ist nur … ich habe noch nie einen Menschen getötet.«

Er nickte und ließ ihre Hände nicht los. »Ich werde nicht so tun, als wäre das eine Kleinigkeit. Aber du hast das einzig Richtige getan. Und es muss dir klar gewesen sein, dass dieser Tag kommen könnte, als du in den Geheimdienst eingetreten bist.«

»Den *schwedischen* Geheimdienst«, sagte sie mit schwachem Lächeln.

»Da hast du auch wieder recht.«

Sie richtete den Blick auf die Leiche und fragte: »Kennst du ihn? Ich hoffe bei Gott, dass er nicht von der CIA war.«

Dan wandte den Kopf, obwohl er von hier aus das Gesicht nicht deutlich sehen konnte. »Er kommt mir nicht bekannt vor. Und ich bin ziemlich sicher, dass er nicht zur CIA gehört. Er wirkt anders.«

Er sprach es nicht aus, vermutete aber, dass Bill Brabham zu vorsichtig war, seine eigenen Leute einzusetzen, seit Dan und Charlie zurückgeschlagen hatten und er Verluste einstecken musste. Also engagierte er freie Mitarbeiter, doch dank Bill Brabham selbst waren viele der besseren Selbstständigen inzwischen tot.

»Woher wusste er, dass du hier bist?«

»Keine Ahnung. Entweder es gibt ein Leck bei Patrick White oder in deinem Büro. Ich habe ja keines.«

»Es kann nur Patrick sein. Wir müssen es ihm sagen. Der Mann hat erwartet, du würdest allein sein, glaube ich. Das heißt, er ist dir gefolgt, nicht mir.«

Sie hatte recht und ihr Verstand arbeitete klar. Das war gut.

»Das ist vermutlich richtig, aber wir werden Patrick trotzdem nicht Bescheid sagen. Erst einmal bleiben wir in Bewegung. Wahrscheinlich hat Brabham auch in Paris seine Leute, deshalb müssen wir wachsam sein.«

»Und die Leiche?«

Die Leiche.

»Okay, hinten am Ende des Korridors ist ein Treppenhaus, ein Notausgang, der so aussieht, als würde er nie benutzt. Dort werde ich ihn hinunterwerfen. Du musst dich anziehen.«

Eine Sekunde lang wirkte sie verwirrt, und er befürchtete schon, sie würde Einwände erheben und vorschlagen, die Polizei zu rufen oder mit ihren Vorgesetzten zu sprechen.

Aber sie kam gleich wieder zu sich und fragte: »Brauchst du Hilfe?«

»Ich glaube nicht. Du könntest höchstens Schmiere stehen.«

Sie nickte und ging in ihr Zimmer, während Dan die Lampe im Bad abwischte und sich vergewisserte, dass sie keine offensichtlichen Schäden hatte. Dann untersuchte er die Umgebung der Leiche. Glücklicherweise hatte die Verletzung nicht stark geblutet, als wäre die Haut nicht vollständig aufgeplatzt. Auf dem Boden selbst befand sich gar kein Blut.

Er zog sich an, packte und wartete auf Inger. Sie trat ein paar Minuten später fertig angekleidet durch die Zwischentür. Sie lächelte angestrengt – sie hielt sich gut, doch er wusste, dass sie diese Erfahrung nie ganz abschütteln würde, dass sie jetzt ein Teil von ihr war.

Er hob die Leiche probeweise an. Aber der Mann war so schwer, dass er ihn nur schleifen konnte.

»Okay, geh bitte den Gang entlang, um zu sehen, ob die Luft rein ist oder die Zimmermädchen schon unterwegs sind. Wenn alles in Ordnung ist, klopf im Vorbeigehen an die Tür und behalte anschließend die Haupttreppe im Auge.«

Sie nickte und ging hinaus.

Dan drehte den Mann auf den Bauch und wartete. Dann klopfte Inger an die Tür, und er stieß sie auf, hielt sie mit dem Fuß offen und hievte den Typen an den Armen hoch. In einem Zug schleifte er ihn durch die Tür und bis zur Brandtreppe am Ende des Korridors.

Inger musste inzwischen die Haupttreppe erreicht haben. Dan zögerte und vergewisserte sich, dass er allein war und sich kein Personal weiter unten im Treppenhaus aufhielt. Alles blieb still. Hier war es merklich kälter als im Rest des Hotels, was er für ein vielversprechendes Zeichen hielt.

Es war eine offene, umlaufende Treppe, sodass er einen ungehinderten Blick bis zum Betonboden an ihrem Fuß hatte. Er hievte die Leiche hoch, bis sie mit dem unteren Rücken auf dem Metallgeländer ruhte. Für einen lebenden Menschen wäre es eine sehr schmerzhafte Stellung gewesen.

Dann kippte er den Toten hinunter und folgte seinem Sturz mit den Augen. Er drehte sich in der Luft, und sein Kopf schlug in einer tieferen Etage heftig gegen das Geländer, bevor die Leiche in einem seltsam unförmigen Haufen unten landete. Das würde erst einmal für Verwirrung sorgen, vielleicht sogar auf Dauer.

Dan ging zurück und bedeutete Inger, dass es erledigt war. Gemeinsam suchten sie schweigend ihr Gepäck zusammen.

Als sie aufbruchbereit waren, ergriff er ihren Arm und sagte: »Tut mir leid, das hätte ich schon früher tun sollen: vielen Dank.« Sie wirkte verwirrt, und er fügte hinzu: »Du hast mir wahrscheinlich das Leben gerettet und auf jeden Fall den Rücken freigehalten.«

»Ganz so habe ich das nicht gesehen.«

»Das solltest du aber, denn das hier wirst du nicht mehr los. Immerhin kannst du sicher sein, dass du das Richtige aus den richtigen Gründen getan hast. Das ist ein Luxus, den die meisten von uns nicht haben.«

Sie lächelte ein wenig, dankbar für die gute Absicht. Er hätte sie gerne geküsst, glaubte jedoch, sie würde das irgendwie unpassend finden, also hielt er sich zurück. Vielleicht war es so am besten. Sie hatte gerade einen Menschen getötet, und Dan hätte sie am liebsten geküsst. Dieser Gegensatz drückte ironischerweise genau das aus, was vermutlich immer zwischen ihnen stehen würde.

Kapitel 24

Auf der Zugfahrt nach Paris dösten sie beide immer wieder ein und holten den Schlaf nach, den sie in der Nacht zuvor versäumt hatten. Inger war verständlicherweise deprimiert. Sie sah aus, als hätte sie gerne über die Ereignisse des Morgens gesprochen. Aber Dan hatte das Gefühl – vielleicht täuschte er sich auch damit –, dass sie nicht ausgerechnet mit ihm reden wollte. Mit einem kleinen Anflug von schlechtem Gewissen war er dafür dankbar.

Als sie vor dem Gare Montparnasse ein Taxi nahmen, sagte er: »Wir gehen ins Hotel Vergoncey, wenn etwas frei ist. Es ist hübsch – ich kenne es von früher.«

Sie stimmte gedankenlos zu, fragte jedoch einen Augenblick später: »Wozu brauchst du ein Hotel in Paris, wenn du doch eine Wohnung hast?«

»Das Apartment gehört mir erst seit anderthalb Jahren. Genau genommen habe ich sechs Wochen im Vergoncey gewohnt, während ich danach suchte.«

Darauf ging sie nicht weiter ein, sondern sagte nur besorgt: »Wir brauchen zwei Zimmer.«

»Natürlich«, erwiderte er. Es war lächerlich, aber er fühlte sich verletzt.

»Die letzte Nacht war wirklich schön. Ich … ich mag dich. Nur geht das zu schnell … es liegt nicht an dem, was heute Morgen passiert ist.«

Er schüttelte den Kopf und legte ihr beruhigend die Hand auf den Oberschenkel. Er bekam ein flaues Gefühl dabei, weil er an Sebastien Merel und seine Frau denken musste.

»Ich verstehe. Du hast recht. Du musst nichts erklären.« Er wartete einen Moment und fügte hinzu: »Verbindungstür?«

»Wenn sie so etwas haben. Schließlich hast du meinen Schutz nötig.«

Er lächelte, als sie einen Scherz darüber machte. Es war ein Anfang.

Sie checkten ein. Da es keine Zimmer mit Verbindungstür gab, wurden sie in gegenüberliegenden untergebracht. Dan rief mit dem Handy Sabine Merels alte Studienfreundin Sylvie an. Sie arbeitete zu Hause und nannte ihnen die Adresse ihrer Wohnung im 17. Arrondissement.

Sie hatten nicht besprochen, wie es weitergehen sollte, daher fragte Inger im Taxi. »Wen besuchen wir heute sonst noch?«

»Nach Sylvie kommt Yousef dran.«

»Hast du ihn angerufen?«

»Nein. Ich werde Sylvie bitten, ob ich es von ihr aus tun darf. Danach muss ich mich noch mit einem Kontaktmann treffen, den Patrick mir genannt hat. Das mache ich alleine.«

Sie musterte ihn und war augenblicklich misstrauisch: »Warum allein?«

»Du kannst mitkommen, wenn du möchtest, nur glaube ich, dass er mit mir offener sprechen wird. Er ist vom französischen Nachrichtendienst und das Gespräch ist inoffiziell.«

Sie sah nicht überzeugt aus, erklärte sich jedoch notgedrungen einverstanden. »Und dann?«

»Ich hoffe, was wir von diesen drei Personen erfahren, hilft uns weiter, denn sonst steht niemand mehr auf unserer Liste.« Das Taxi hielt an, und er sagte: »Wir sind da.«

Sie stiegen aus und sahen an der Fassade des Gebäudes empor. Inger meinte: »Ein hübsches Haus in einer hübschen Umgebung.«

»Ja, stimmt. Meine Wohnung liegt nur ein paar Ecken weiter in dieser Richtung.«

»Oh.« Sie wirkte überrascht, und er fragte sich, was sie wohl gedacht hatte, in welcher Gegend er wohnte. »Vielleicht …« Sie biss sich auf die Lippen, bevor der Gedanke sich voll ausgeformt hatte. Wahrscheinlich hatte sie eingesehen, dass es unmöglich war, Dans Wohnung zu besuchen. Es gefiel ihm aber, dass sie neugierig darauf zu sein schien.

»Richtig. Brabham würde in einer Million Jahren nicht erwarten, dass ich mich dort blicken lasse, trotzdem könnte ich mir vorstellen, dass er sie überwacht. Du wärst sowieso enttäuscht – ich bin ziemlich minimalistisch eingerichtet.«

Der Türsummer ertönte. Sylvie erwartete sie oben an der Wohnungstür. Sie war eine elegante Frau Mitte dreißig, nicht direkt hübsch, eher auffallend. Ihre Gesichtszüge ließen vermuten, dass sie auf einem Château auf dem Land und mit einer lebenslangen Liebe für Pferde aufgewachsen war.

Sie lächelte und sagte: »Sebastien hat Sie angekündigt. Freut mich, Sie kennenzulernen. Sie wissen ja, dass ich Sylvie bin, und Sie müssen Inger sein.« Sie begrüßte sie mit einem Küsschen auf beide Wangen. »Und Dan.«

»Danke, dass Sie uns empfangen.«

Sie winkte ab und bat sie herein. Sie mochten in derselben Gegend wohnen, aber da hörte die Ähnlichkeit zwischen Sylvies und Dans Wohnung auch schon auf.

Diese hier war riesig und exklusiv eingerichtet, mit einer Mischung aus antiken Möbeln und moderner Kunst. Hier und dort lagen ein paar Kinderspielzeuge herum, und auf einem Teppich im Wohnzimmer sahen sie ein aufgeschlagenes Bilderbuch. Dan erwartete, dass Sylvie es aufheben würde, doch sie schien es nicht einmal zu bemerken. Er konnte keinen Kinderlärm oder sonstige Geräusche hören.

»Darf ich Ihnen etwas zu trinken anbieten?«

Dan war in Versuchung, Ja zu sagen, um zu sehen, ob sie selbst die Getränke holen oder nach einem Dienstboten klingeln würde, aber er lehnte ab. »Nein danke, und wir werden Sie auch gar nicht lange aufhalten.«

»Wenn Sie über Sabine sprechen wollen, lassen Sie sich ruhig so viel Zeit, wie Sie möchten.« Sie trat zu einem Tischchen an der Wand und deutete: »Das ist von ihr.«

Sie betrachteten die Bronzeskulptur auf dem Tisch. Sie mochte abstrakt sein, in der Form wirkte sie jedoch vollkommen feminin, kurvenreich und fruchtbar. Inger streckte die Hand aus und strich ihr über den »Bauch«.

»Sie ist schön.«

Sylvie lächelte traurig und sagte: »Sie war unglaublich talentiert. Vor allem Frauen können nie widerstehen, diese Skulptur zu streicheln. Ein wunderbares Stück.« Sie machte eine einladende Handbewegung. »Bitte, setzen Sie sich doch.«

Sie nahm in bemerkenswert aufrechter Haltung auf einem Stuhl Platz und blickte sie erwartungsvoll an, als wollte sie ausdrücken, dass sie ganz zu ihrer Verfügung stand.

Dan kam gleich zur Sache. »Catherine Merel wirkte ein wenig durcheinander, als ich sie fragte, ob Sabines Zimmergenossinnen etwas Ungewöhnliches aufgefallen sei. Sie machte den Eindruck, als würde sie denken, dass Sie ihr damals nicht alles erzählt haben …«

Er rechnete damit, dass sie verneinte, aber sie sagte: »Wir haben es nur der Polizei gesagt. Es wurde nie publik gemacht, deshalb sahen wir keinen Grund, Sabines Eltern noch mehr Kummer zu bereiten.«

Inger setzte sich selbst gerader hin, als wollte sie Sylvies Haltung imitieren. »Es ist also etwas vorgefallen?«

»Ja. So ein Typ auf einer Party hatte versucht, sie zu vergewaltigen, ungefähr eine Woche vor ihrem Tod, vielleicht auch zehn Tage. Sie konnte ihn abwehren, war jedoch ziemlich erschüttert. Und dann hörte der Kerl nicht auf, sie zu belästigen. Er sagte ständig, dass es ihm leidtue, dass sie ihn missverstanden hätte, dass es nicht so gewesen wäre, wie es aussah. Sie wollte die Sache nur vergessen, und irgendwann drohte sie ihm, wenn er sie nicht endlich in Ruhe ließe, würde sie zur Polizei gehen und ihn anzeigen.«

»Sie hat es nicht getan?«

Sylvie blickte skeptisch drein. »Eine Frau, die zwei Wochen nach einer Party zur Polizei geht und behauptet, dass jemand versucht hätte, sie zu vergewaltigen, noch dazu vergeblich? Sabine war nicht dumm, sie sagte das nur, um ihn loszuwerden. Ich fürchte, er hat ihr geglaubt. Er machte ihr ziemlich Angst.«

Inger fragte ernst: »Und Sie haben es der Polizei erzählt, aber es kam nichts weiter dabei heraus?«

»Wir kannten seinen Namen nicht, und es gab keine Aufzeichnung von verdächtigen Telefonaten. Keine Beweise. Und der gesamte Fall – in den nächsten Monaten war es fast so, als würde er sich in Luft auflösen. Als hätte Sabine nie existiert.«

Dan begann: »Haben Sie nicht versucht …«

Sylvie brachte ihn mit erhobenem Finger zum Schweigen und sagte lächelnd: »Ich bin noch nicht fertig. Das habe ich übrigens noch nie jemandem erzählt. Es war eine deutliche Warnung, nichts weiter zu unternehmen.« Dan und Inger starrten sie gespannt an. »Nach diesem Sommer sind wir aus der Wohnung ausgezogen. Keiner von uns war dort noch besonders glücklich, nachdem das mit Sabine geschehen war. Wir hatten ein ungutes Gefühl. Sie halten mich sicher für überspannt, wenn ich von einem sechsten Sinn spreche, aber es ging uns beiden so. Und dann, als wir unsere Sachen packten, um auszuziehen, fanden wir zwei … elektronische Abhörgeräte, eines hinter einem Gemälde, das andere hinter einem Nachtschränkchen. Wir wussten damals nicht, um was es sich handelte. Ich zeigte sie einem Freund an der Universität, und der wusste sofort Bescheid. Ein Zufall? Denkbar. Doch ich bin sicher – das waren wir beide –, dass jemand unser Apartment verwanzt hatte. Und ich bin überzeugt, es ging dabei darum zu erfahren, ob wir den Namen des Mannes kannten, der Sabine zu vergewaltigen versucht hatte.«

Das war ein recht gewagter Schluss gewesen, allerdings konnte Dan ihn nachvollziehen. Und nach allem, was er inzwischen wusste, hatten sie wohl richtiggelegen.

Inger fragte: »Haben Sie der Polizei die Wanzen gezeigt?«

Sylvie blickte ein wenig bekümmert drein. »Wir waren zwanzig. Noch ziemlich naiv, aber so viel war uns klar. Wir hatten genügend gruselige Hollywoodfilme gesehen, um zu wissen, dass es am besten war, die Sache zu vergessen. Wir hätten damit weder Sabine geholfen, noch ihren Mörder gefunden, sondern uns nur selbst in Schwierigkeiten gebracht. Also nein, wir sind nicht noch einmal zur Polizei gegangen. Glauben Sie, das war falsch?«

Inger schwieg, doch da Sylvie auf eine Antwort zu warten schien, erwiderte Dan: »Nein, ich denke, Sie haben richtig gehandelt. Ich nehme an, Sie haben nie wieder etwas davon gehört, nachdem Sie aus der Wohnung ausgezogen waren?«

»Nicht das Geringste. Wenn die Wanzen allerdings aus dem Grund angebracht wurden, den ich vermute, müssen sie bis dahin schon herausgefunden haben, dass wir nichts über den Mann von der Party wussten. Es war uns ein Rätsel. Und später hätte ich es beinahe vergessen.«

Beinahe, dachte Dan, *aber nicht ganz.*

»Vielen Dank, Sylvie. Sie haben uns mehr geholfen, als Sie ahnen.«

Sie zuckte unverbindlich mit den Schultern und fragte: »Sie wollen auch noch zu Yousef?«

»Ja. Hätten Sie etwas dagegen, wenn ich ihn von hier aus anrufe?«

Sie stand auf. »Ich kann das für Sie erledigen und ihm sagen, dass Sie auf dem Weg sind.«

Als sie zum Telefon griff, deutete sie auf eine großflächige Leinwand gegenüber, ein abstraktes Gemälde in Orange, Braun und sandigen Gelbtönen. »Das ist von ihm. Er ist inzwischen sehr erfolgreich.«

Dan und Inger erhoben sich und betrachteten das Bild, während Sylvie im Hintergrund munter plauderte und erst einmal Neuigkeiten austauschte, bevor sie Yousef von ihren Besuchern erzählte.

Schließlich beendete sie das Gespräch und trat zu ihnen. Dan sagte: »Aus irgendeinem Grund dachte ich, er wäre Bildhauer, wahrscheinlich, weil er in jener Nacht zusammen mit Sabine im Atelier war.«

»Sie haben recht, er fing mit Skulpturen an, ging dann aber zur Malerei über und wurde zum Star.« Sie lächelte selbstzufrieden und fügte hinzu: »Ich habe es ziemlich billig bekommen, damals, als wir alle noch arm waren, und heute ist es vielleicht das wertvollste Stück meiner Sammlung.«

Dan lächelte auch. Er vermutete, dass Sylvie nie in dem Sinn arm gewesen war, wie die meisten Menschen den Begriff definierten. Sie hatte ihre Künstlerfreunde unterstützt und war ihnen über die Jahre hinweg treu geblieben. Sabine hätte ein Teil dieses Kreises sein können, wenn die Ereignisse vor vierzehn Jahren ihre Rolle nicht auf die einer nostalgischen Bronzeskulptur reduziert hätten, die sich gut anfühlte.

Auf dem Weg zur Tür zeigte Sylvie ihnen noch andere Gemälde, Keramiken, eine Bronzefigur. Dabei fiel Dan etwas ein. »Hat Sabine je irgendetwas von dem Mann erwähnt, der sie zu vergewaltigen versuchte? Sein Alter oder seine Nationalität?«

»Nein, nie. Ich ging allerdings davon aus, dass er Amerikaner war, wegen der Party. Das ist aber nur eine Vermutung.«

Inger kam Dan zuvor und fragte: »Wieso, wo fand die Party denn statt?«

Bis zu diesem Zeitpunkt hatte Dan wie vielleicht auch Inger angenommen, dass es sich um eine weinselige Studentenparty gehandelt hatte, doch Sylvie antwortete: »Eine dieser schrecklichen Veranstaltungen zur Festigung der kulturellen Beziehungen, zu der eine Menge junger und vielversprechender Künstler eingeladen werden. Ich weiß nicht genau, warum Sabine dort war. Schon möglich, dass ihr Tutor sie empfohlen hatte, es war damals jedenfalls nichts Ungewöhnliches – es gab ständig solche Partys. Und ja, der Mann könnte natürlich Franzose gewesen sein, schließlich waren viele Hundert Personen anwesend, doch die Party fand am Sitz des amerikanischen Botschafters statt.«

Sie zuckte die Schultern, als wollte sie sich dafür entschuldigen, dass sie eine so spekulative Andeutung machte. Es war unwahrscheinlich, dass sie den Ausdruck auf Ingers und Dans Gesichtern enträtseln konnte. Ihr war bestimmt nicht klar, dass keiner von beiden auch nur ansatzweise glaubte, die Fantasie wäre mit ihr durchgegangen.

Kapitel 25

Sie fanden gleich ein Taxi. Als Dan Inger die Tür aufhielt und sie einsteigen ließ, wanderte sein Blick die Straße entlang, und er bemerkte ein Auto mit zwei Männern darin. Er wusste sofort, dass es CIA-Leute waren, obwohl er nicht lange genug hinzusehen wagte, um vielleicht einen von ihnen erkennen zu können.

Inger war auf die andere Seite durchgerutscht. Er setzte sich neben sie und wandte sich ihr in einem leichten Winkel zu, als wären sie ins Gespräch vertieft. So sah er aus dem Augenwinkel, dass der Wagen sich hinter ihnen in den Verkehr einordnete.

Bevor er etwas sagen konnte, fragte Inger: »Wie alt ist Bill Brabham?«

Offensichtlich beschäftigte sie die Frage, seit sie den Veranstaltungsort der Party kannte.

»Ich glaube, um die sechzig. Also muss er damals etwa fünf- oder sechsundvierzig gewesen sein, auf dem Höhepunkt seiner Karriere, voll Überheblichkeit.« Zur Klarstellung fügte er hinzu: »Ich kenne den Mann überhaupt nicht, wohl aber seinen Typ, das kann ich dir versichern. Und ja, um deine Frage zu beantworten, es ist absolut denkbar, dass so jemand sich einbildet, eine liebenswürdige junge Bildhauerin auf einer Party wäre ernsthaft an ihm interessiert.«

Sie dachte eine Weile nach, seufzte tief und sagte: »Wir brauchen Beweise.«

Er ging nicht darauf ein, sondern stellte fest: »Übrigens, wir werden verfolgt. Zwei von Brabhams Männern.«

»Was …«

»Mein Fehler. Wir waren unvorsichtig. Sie wussten von unserer Fahrt nach Limoges, also konnten sie sich denken, dass wir auf dem Rückweg im Gare Montparnasse ankommen. Bei seinen Ressourcen war es für den Kerl kein Problem, uns abzufangen.«

»Glaubst du, sie folgen uns nur?«

»Fürs Erste. Ich habe zwar keine besonders hohe Meinung von Bill Brabham, aber so schlau dürfte er schon sein. Seinen Vorgesetzten würde es nicht gefallen, wenn er mich mitten am Tag auf einer belebten Pariser Straße niederschießen lässt. Und noch weniger, wenn eine Agentin des schwedischen Sicherheitsdienstes dabei ins Kreuzfeuer gerät.«

»Also habe ich dich schon wieder gerettet?«

Er lachte. »So kann man es ausdrücken. So wie ich ihn einschätze, werden seine Jungs an uns dranbleiben, und wenn er noch ein paar Freischaffende in Reserve hat, wird er die für den eigentlichen Anschlag einsetzen.«

Sie schien ehrlich schockiert zu sein von seinem lässigen Ton. »Machst du dir gar keine Sorgen?«

»Nicht besonders. Ich bin nicht James Bond. Ich habe heute Morgen zugelassen, dass der Typ zu nahe an mich herankam, und Brabham ist es gelungen, mich von Schweden über Limoges bis hierher zu verfolgen. Trotzdem, ich bin seit ziemlich langer Zeit in einer riskanten Branche, und ich lebe noch. Ich bin nicht unfehlbar, aber die auch nicht.«

Sie wirkte ein wenig beruhigter und beugte sich zu ihm, um ihm einen schnellen Kuss auf die Lippen zu drücken. »Da, jetzt haben sie etwas, das sie melden können.«

Yousefs Atelier befand sich in einer Art alten Fabrik, außen dunkle, verrußte Backsteine, innen jedoch hell und modern. Er war nicht allein. An einem Schreibtisch saß eine Frau und nahm Telefonate entgegen, und ein paar junge Frauen und ein Mann arbeiteten an Rahmen und grundierten Leinwände.

Yousef war Mitte dreißig, hatte aber einen Schopf weißen Haars. Nur seine Augenbrauen zeigten noch, wie dunkel es einmal gewesen war. Er begrüßte sie herzlich, und seine Aufmerksamkeit galt vom ersten Moment an nur Inger. Die intensive Art, wie er sie ansah, gefiel Dan und war ihm zugleich unangenehm.

Yousef bat die Frau am Schreibtisch, ihnen Kaffee zu bringen, und führte sie in einen Bereich am anderen Ende des Raums, wo ein paar nicht zusammenpassende Sofas und Sessel eine kleine Sitzgruppe bildeten. Auf dem Weg wies er sie auf im Entstehen befindliche Arbeiten hin und erklärte die Besonderheiten des Gebäudes, als wäre er es gewohnt, von Journalisten interviewt zu werden.

»Ich bin froh, dass Sie gekommen sind«, sagte er, als sie endlich saßen. »Es ist lange her, dass ich mit Sylvie gesprochen habe, mindestens ein Jahr, aber jetzt haben wir uns für nächste Woche zum Dinner verabredet.«

Inger bemerkte: »Sie hat uns Ihr Gemälde gezeigt – es ist wirklich schön.«

Er dankte ihr, allerdings ohne Worte und fast ohne einen Gesichtsmuskel zu bewegen. »Sie sind aus Schweden?«

Sie nickte, und sein durchdringender Blick schien ihr langsam unbehaglich zu werden. Falls das schon immer seine Art gewesen war, konnte Dan sich vorstellen, warum die Polizei ihn verhört hatte. Immerhin hatte er Geschmack, denn Inger war von geradezu atemberaubender Schönheit. Dan fühlte sich wohl, allein wenn er sie ansah, und es war nachvollziehbar, dass es Yousef ähnlich erging.

»Yousef, wären Sie damit einverstanden, dass wir Ihnen ein paar Fragen zu Sabine stellen?«

Er wandte sich zu Dan und sagte: »Der Kaffee.« Die Frau stellte ein Tablett auf den Tisch, und die nächsten ein oder zwei Minuten vergingen mit dem Ausschenken der Getränke. Dann lehnten sie sich wieder zurück und Yousef fuhr fort, als hätte es nie eine Unterbrechung gegeben. »Natürlich nicht, aber ich weiß sehr wenig, mit Sicherheit sehr viel weniger, als die Polizei damals glaubte.«

Selbst nach so langer Zeit schien es noch an ihm zu nagen. Das war verständlich.

»Sie waren in jener Nacht mit ihr im Atelier?«

Yousef lächelte in sich hinein, als hätte die Frage ihn zurückversetzt in das goldene Zeitalter seiner Jugend. »Und die zwei Wochen davor, beinahe jede Nacht, nur Sabine und ich. Wir waren immer die Letzten, die gingen. Wir hatten so viel zu tun, aber es war ein reines Vergnügen, weil wir gerne gemeinsam arbeiteten. Verrückt. Vielleicht würde ich mich gar nicht mehr an diese beiden Wochen erinnern, wenn sie noch am Leben wäre. So denke ich oft darüber nach.«

Inger fragte: »Hatten Sie ein Verhältnis, oder waren Sie nur befreundet?«

»Sie war wunderschön, genau wie Sie, allerdings von einer anderen Art von Schönheit.«

Inger wirkte verlegen, doch das schien Yousef nicht aufzufallen.

»Ja, sie war schön, aber es war nie etwas zwischen uns. Ich hatte damals viele Freundinnen, und ich glaube, Sabine war bei den Jungs ebenfalls beliebt. Zusammen waren wir eher wie Bruder und Schwester. Es war eine wunderbare Zeit.«

»War sie in der Nacht ihres Todes wie immer?«

»Hm, ja und nein. Sie war ganz normal, bis sie ein paar Mitteilungen auf dem Handy bekam, die sie wütend machten. Sie sagte mir nicht, worum es ging. Ich dachte, sie hätte Streit mit einem Freund. Und später … Ich war mir nicht sicher, obwohl mich die Polizei wieder und wieder fragte: ›Dieser Mann, den Sie zu sehen *behauptet* haben.‹ Als ob ich gelogen hätte – nein, ich war mir nicht sicher, aber als sie ging, glaubte ich, ein Stück die Straße hinunter einen Mann zu erkennen, der auf sie wartete, und …« Er verstummte, und es arbeitete in seinen Gesichtszügen, als würde er einen inneren Kampf ausfechten. »Es war dunkel, und ich konnte es doch nicht vorhersehen. Wie hätte ich das gekonnt?«

»Was haben Sie gesehen?«

»Wer weiß, ob ich wirklich das wahrgenommen habe, was ich meinte, oder ob es nur Einbildung war. Der Mann lauerte ihr auf, und als sie näher kam, vertrat er ihr den Weg. Ich bildete mir ein zu bemerken, wie sie zauderte, als wollte sie umkehren. Aber das tat sie nicht, und dann dachte ich nicht weiter darüber nach und ging wieder an die Arbeit. Ich war vielleicht der Letzte, der sie lebend gesehen hat.« Dann berichtigte er sich mit hilfloser Miene. »Der Vorletzte.«

Dan konnte sich gut vorstellen, dass dieses winzige Detail ihn seit damals verfolgte. Diesen Moment des Zögerns, den er in Sabines Schritten bemerkt zu haben glaubte, so leicht abzutun in diesem Augenblick. Was, wenn er ihr nach draußen gefolgt wäre? Was wäre, wenn?

»Sie konnten ihn nicht deutlich sehen«, hakte Inger nach.

»Nur einen Schatten, mehr nicht.«

»Sie meinen eine Silhouette?«

»Ja, natürlich.«

»An einer Silhouette kann man manchmal ablesen, wie ein Mann gekleidet ist, wie groß er ist, selbst sein Alter.«

»Die Polizei hat mich dasselbe gefragt.« Er lachte wie bei einem Witz, den nur er verstehen konnte. »Ich glaube, er war älter als wir, jedoch nur, weil … Ich sah lediglich, dass er einen langen, schweren Mantel anhatte, wie man ihn über einem Anzug trägt. Auf mich wirkte er dadurch wie ein Banker, jemand aus dem Finanzwesen oder etwas Ähnliches. Aber das sind nur Spekulationen, nicht wahr?«

»Es ist besser als nichts«, meinte Inger, was ihn zu freuen schien.

Als sie wenig später aufstanden, um sich zu verabschieden, machte er einen seltsam euphorischen Eindruck. Er deutete auf sie und sagte: »Sie kriegen den Kerl. Das weiß ich.«

Inger setzte zu einer Antwort an, doch Dan kam ihr zuvor: »Das werden wir, und er wird dafür bezahlen müssen.«

Sie verließen das Atelier und mussten ein paar Hundert Meter weit gehen, bevor sie ein Taxi fanden. Das war Dan ganz recht, denn es gab ihm die Möglichkeit, sich auf der Straße umzusehen. Ein Stück entfernt parkte der Wagen, den er bereits kannte, sonst war niemand zu sehen. Wie es aussah, ließen sie sich Zeit.

Im Taxi fragte Inger: »Glaubst du, im Hotel sind wir in Sicherheit?«

»Erst einmal schon. Nachdem der Typ in Limoges es nicht geschafft hat, weiß Brabham, dass ich darauf gefasst bin, und wird eher etwas anderes versuchen. Wahrscheinlich auf offener Straße.« Er dachte an Mike Naismith in Baltimore. »Ich sollte wohl aufpassen, wenn ich über die Straße gehe.«

»Wann triffst du heute Abend deinen Kontakt?«

Es war das einzige Meeting, auf das er keinen Einfluss gehabt hatte. Patricks Mann beim französischen Geheimdienst hatte Ort und Zeit bestimmt.

»Um neun. Das sind noch ein paar Stunden.«

Sie antwortete nicht, und als er sich zu ihr umdrehte, stellte er fest, dass sie ihn intensiv musterte. Es lag ein Ausdruck in ihren Augen, der deutlich sagte, wie sie diese paar Stunden zu verbringen gedachte. Er fand ihre Direktheit erfrischend und erregend. Er lächelte sie an und versuchte mit reiner Willenskraft, das Taxi dazu zu bringen, schneller zu fahren, und den Verkehr dazu, sich zu lichten. Er wünschte sich an einen Ort, wo es nur noch sie gab.

Kapitel 26

Danach war keine Zeit mehr zum Reden, so gerne er auch mit ihr im Bett liegen geblieben wäre. Es gab tausend Dinge, die er sie fragen und die er von ihr wissen wollte. Er verliebte sich gerade bis über beide Ohren in sie und befürchtete, dass sie nicht ebenso närrisch war wie er. Vermutlich sah sie in ihm nur eine nette Affäre, bestimmt nicht den Stoff, aus dem eine ernsthafte Beziehung gemacht war. Er kam sich albern vor, weil er hoffte, er würde sich irren.

Fertig angezogen und zum Aufbruch bereit, warf er einen Blick zurück. Sie verdrehte ihm den Kopf. Er ging zum Bett und küsste sie.

»Wie lange wirst du weg sein?«

Er zuckte die Schultern, schüttelte den Kopf und drückte damit aus, dass er es nicht wusste, die Antwort aber auf der Hand lag – er wollte so bald wie möglich wieder da sein. Abermals küsste er sie und nahm dann die Personaltreppe nach unten. Durch die Küche, wo ihn keiner zu beachten schien, gelangte er in eine Seitenstraße und von da aus in die City.

Die Bar, wo sie sich treffen wollten, lag in der Rue Delambre in Montparnasse. Zu Fuß war es eigentlich etwas weit, doch so konnte er besser auf Beschatter achten. In schnellem Gang durchschritt er die Straßen und behielt dabei den Verkehr und die Menschen um sich herum scharf im Auge.

Als er die Bar erreichte, war er so gut wie sicher, dass ihm niemand gefolgt war, und trat sofort ein. Es war ein kleines Lokal. Auf einer Seite lag eine Theke mit Barkeepern in weißen Jacketts, hinten gab es ein paar Nischen. Mehr als ein Dutzend Gäste waren nicht zu sehen, aber es war ja noch früh am Abend. Er war zum ersten Mal hier.

Gleich bei seinem Eintreten hob ein Mann im Hintergrund, der etwa in Patricks Alter war, grüßend die Hand. Dan nickte ihm zu und ging zu seinem Tisch. Er wirkte ein wenig kantiger als Patrick White und hatte störrische, leicht grau melierte Haare. Unter dem Sakko trug er ein Hemd ohne Krawatte und mit offenem Kragen, was ihm die Ausstrahlung eines alternden Filmstars verlieh. Er sah so aus, als wäre er in jungen Jahren ein gefährlicher Gegner gewesen, und das galt vermutlich auch heute noch.

»Dan Hendricks?«

»Georges Florian?«

Der Mann schüttelte ihm lächelnd die Hand und sagte: »Bitte, setzen Sie sich doch.« Auf dem Tisch standen eine Flasche Rotwein und ein bereits gefülltes Glas. Florian schenkte ein zweites ein, während Dan Platz nahm, und sie prosteten sich zu.

»Patrick spricht in höchsten Tönen von Ihnen«, meinte Florian. Er verengte abschätzend die Augen und fragte: »Waren Sie das mit Habibi?«

Jeder schien wissen zu wollen, ob er Habibi geschnappt hatte.

Dan lächelte. »Er ist in Paris verschwunden. Ich hatte angenommen, das wären Ihre Leute gewesen.«

»Ich wusste es!«, rief Florian aus und ignorierte die augenzwinkernde Verneinung. Er schüttelte selbstzufrieden den

Kopf, als hätte er gerade ein uraltes Rätsel gelöst. Dann wurde er ernst und sagte: »Ich weiß, dass Sie ein Freund von Benoit Claudel waren. Ich habe erst durch Patrick von seinem Tod erfahren.«

»Sie kannten ihn?«

»Ich bin ihm ein paar Mal begegnet. Wir haben nicht zusammen gedient – er war ein ganzes Stück jünger als ich. Aber wir waren ein paarmal einen trinken. Er war ein guter Mann.«

Dan nickte. Ein guter Mann, der versucht hatte, sich häuslich niederzulassen und ein neues Leben zu beginnen. Das hatte ihn zum leichten Ziel gemacht und sein Schicksal besiegelt.

»Der Mann, der ihn umgebracht hat, ist tot«, bemerkte Dan. Florian zeigte eine Art grimmige Befriedigung. »Ich bin hinter demjenigen her, der seine Ermordung angeordnet hat.«

»Derselbe Mann, der auch Ihren Tod will? Bill Brabham?« Dan bejahte. »Patrick sagte, dass Sie sich mit mir über Jack Redford und die Ereignisse vor vierzehn Jahren unterhalten wollen?«

»Das ist richtig. Was können Sie mir darüber erzählen, Georges?«

»Überhaupt nichts. Sie und ich, wir sind uns nie begegnet.« Er lächelte und trank einen großen Schluck Wein. »Es gibt eine ausländische Bank, der ein Gebäude jenseits des Eingangs zu der Gasse gehört, in der Sabine Merel getötet wurde. Es wird rund um die Uhr bewacht und hat Videokameras. Der diensthabende Wachmann in der fraglichen Nacht hieß Gaston Bergeron. Zum Tatzeitpunkt machte er keine Beobachtungen, aber früh am nächsten Morgen wurde die Leiche gefunden, kurz bevor seine Schicht endete. Normalerweise wurden die Videobänder mehrfach verwendet, außer es gab ein verdächtiges Ereignis. Wie gesagt, Gaston war nichts Ungewöhnliches aufgefallen, doch wegen der Entdeckung der Leiche steckte er die Bänder ins Schließfach und legte frische ein. Vielleicht hätte er sie nie angesehen, wären nicht zwei Tage später zwei Leute von der US-Botschaft gekommen, um sich nach den Überwachungsvideos jener Nacht zu erkundigen. Ihnen wurde mitgeteilt, dass es nichts darauf zu sehen gab und sie bereits überspielt worden waren. Natürlich wurde Gaston misstrauisch. Was wollten die Amerikaner mit den Videos? Also sah er sie sich an, und wir glauben, dass der Mann zu erkennen war, der mit Sabine Merel in die Gasse ging, in der sie starb. Selbstverständlich erwog Gaston, zur Polizei zu gehen, doch das Interesse der Amerikaner fand er verdächtig. Der Schwiegervater seines Neffen, Jean Sainval, bekleidete damals eine ziemlich hohe Position beim Geheimdienst, darum schickte er ihm die Bänder mit der Post.«

»Jean Sainval, der Name kommt mir bekannt vor. Vielleicht aus meiner Anfangszeit.«

»Genau, Sie waren ja eine Weile beim SIS. Ja, vermutlich haben Sie von seinem Tod gehört, aber ich greife voraus. Sainval sah sich die Videos an und verständigte einen Freund beim Innenministerium, mit dem er sich am nächsten Tag treffen wollte. Wie es scheint, wurde das Gespräch abgehört. Noch in derselben Nacht kam Sainval bei einem Verkehrsunfall ums Leben.«

»Und die Bänder?«

Florian warf ihm ein spitzbübisches Lächeln zu. »Da liegt der Hase im Pfeffer! Konnte es dem großen Jack Redford gelingen, mit nur einem Tag Vorbereitung bei ›La Piscine‹ einzubrechen und sie zu stehlen?« Er nickte fasziniert, selbst in der Erinnerung. »Die Videos verschwanden, und wir brauchten mehrere Tage, um festzustellen, dass Redford in das Gebäude eingedrungen war. Aber die Leiche in der Seine – damit hatten wir nichts zu tun.«

»Das war sowieso nicht Redford.«

»Das wissen wir jetzt. Vierzehn Jahre lang haben wir es allerdings geglaubt.«

»Ob er das Video also selbst gesehen hat oder nicht, er kannte den Inhalt und wusste, dass Brabham deswegen hinter ihm her sein würde.«

»Vielleicht haben sie versucht, ihn bei der Übergabe der Bänder aus dem Weg zu räumen. Wer weiß, warum er die Flucht ergriffen hat. Möglicherweise hatte er einfach das Gefühl, dass es langsam Zeit wurde auszusteigen … er hatte sein Glück lange genug strapaziert.«

»Und der Wachmann, dieser Gaston …?«

»Bergeron. Gaston Bergeron.«

»Hat einer Ihrer Kollegen mit ihm gesprochen?«

»Ich glaube schon, doch er konnte wohl nichts beitragen – oder wollte nicht. Er wusste von Jean Sainvals Tod und fand die Umstände verdächtig.«

Dan trank von seinem Wein, und Florian schenkte nach.

»Wir können also so viele Theorien aufstellen, wie wir möchten, wer Sabine Merel getötet hat und warum Jack Redford Hals über Kopf untertauchte. Es gibt keine Beweise, keine Zeugen …«

»Abgesehen von Gaston Bergeron.«

»Der von nichts wusste.«

»Der nichts sagte. Ich weiß nicht einmal, ob er noch am Leben ist – er müsste inzwischen ziemlich alt sein. Alte Menschen reden manchmal offener als junge.«

»Wissen Sie, wie ich mit ihm Kontakt aufnehmen kann, falls er noch lebt?«

»Mal sehen.« Er zog sein Telefon heraus, stand auf und ging zum anderen Ende der Bar.

Er führte ein kurzes Gespräch, dann legte er das Handy auf die Theke und unterhielt sich angeregt mit den zwei Barkeepern. Sie lachten und machten Witze miteinander. Entweder war er hier Stammgast oder einfach einer dieser charmanten

Plauderer, die in jeder Kneipe auf der Welt sofort neue Freunde fanden.

Selbst aus der Entfernung konnte Dan sehen, wie das Telefon ein paar Minuten später aufleuchtete. Florian nahm ab und gab dem Barmann ein Zeichen, der ihm rasch einen Stift und ein Stück Papier hinschob.

Als Florian an den Tisch zurückkam, überreichte er Dan lächelnd den Zettel und sagte: »Er lebt. Setzte sich in seinem Heimatort zur Ruhe, einem Dorf in Burgund, nicht weit von Auxerre.«

»Danke, ich fahre morgen hin.«

»Und wenn er Ihnen nicht helfen kann oder will?«

Dan dachte kurz nach. Ihm war klar, dass ihnen langsam die Fährten ausgingen. Er konnte nur hoffen, dass er Erfolg haben würde.

»Solange Brabham noch im Umlauf ist, trage ich eine Zielscheibe am Rücken. Sofern ich Patrick dabei unterstützen kann, ihn unter Kontrolle zu bringen, gut. Falls nicht … ich werde nicht einfach aufgeben.«

»Ihr Stil gefällt mir. Der Grund meiner Frage ist, dass es vielleicht auch eine gute Idee wäre, mit Eliot Carter zu sprechen, wenn Sie das noch nicht getan haben.«

»Eliot Carter? Nie von ihm gehört. Wer ist er?«

Florian warf ihm einen hochmütigen Blick zu, in den sich Enttäuschung mischte. »Ein Amerikaner, der hier in Paris lebt, in Le Marais. Er war vor langer Zeit bei der CIA, doch sein Spezialgebiet waren Fälschungen. Dokumente, Pässe. Er hat oft für Redford gearbeitet, aber sie waren gleichzeitig gute Freunde.«

Dan sah auf die Uhr. Er war sich nur allzu bewusst, dass seine Zeit ablief. »Glauben Sie, ich könnte heute noch mit ihm sprechen, heute Nacht?«

Florian lächelte, zückte sein Telefon und wählte. Diesmal blieb er am Tisch sitzen, und Dan fragte sich, warum er versucht hatte, den anderen Anruf vor ihm geheimzuhalten. Nach einer kurzen Unterhaltung beendete er das Gespräch.

»Er erwartet Sie.«

»Gut, vielen Dank. Wie ist die Adresse?«

»Sie steht hinten auf dem Zettel, den ich Ihnen gegeben habe. Fast wie in alten Tagen, was?« Er wirkte einen Moment lang versunken und schien in die eigene Vergangenheit zu blicken, bevor er wieder zu sich kam. »Ist Habibi tot oder steckt er in Guantanamo?«

»Er ist tot. Herzversagen beim Verhör. In Rumänien.«

Florian zuckte die Schultern und meinte: »Reine Neugier. Er war kein Franzose. Es interessierte mich nur, weil er damals in Paris verschwand.«

»Eine Menge Menschen verschwinden anscheinend in Paris.«

»Das ist wahr. Und Dan, falls die Sache schiefgeht, sollten Sie es genauso machen.«

Er hatte sein ganzes Leben damit zugebracht zu verschwinden. Und jetzt trieb ihn der Gedanke zur Verzweiflung, als hätte er etwas zu verlieren. Es lag nicht einmal daran, dass er insgeheim von einer Beziehung mit Inger träumte. Der Grund, warum er plötzlich sein Leben so dringend ändern wollte, war das *Wissen*, dass es nur ein Traum war.

Kapitel 27

Nicht weit von der Bar entfernt sprang er in ein Taxi und fuhr zu Eliot Carters Wohnung. Er war sich schmerzhaft bewusst, dass er Inger jetzt schon viel zu lange allein gelassen hatte und sie in Gefahr schweben konnte. Der Türsummer ließ ihn ins Haus, aber er musste an der Wohnungstür in der dritten Etage noch einmal klingen. Von innen drang eine Art nordafrikanische Musik heraus.

Ein junger und sehniger, arabisch aussehender Mann in einem T-Shirt, das drei Nummern zu eng aussah, öffnete ihm. Er trug weiße Jeans mit tiefem Bund, der einen Streifen Bauch sehen ließ. Seine Züge wirkten unglaublich zart und feminin, und Dan brauchte eine Weile, um festzustellen, dass das dem geschickten Einsatz von Make-up und Eyeliner zu verdanken war.

Erst glaubte er, er hätte sich in der Tür geirrt, doch nachdem der junge Kerl ihn von Kopf bis Fuß gemustert hatte, grinste er und fragte: »Sind Sie Eliots Freund?«

Dan vermutete, dass die richtige Antwort Ja lautete, also nickte er und wurde hereingebeten. Eliot hatte es sich in einem Wohnzimmer im marokkanischen Stil zwischen Kissen bequem gemacht, als wollte er sein Leben im Exil nach dem Vorbild des

Schriftstellers Paul Bowles gestalten. Er sprach mit übertrieben amerikanischem Akzent.

»Wie geht es Ihnen, Mr Hendricks? Bitte entschuldigen Sie, wenn ich nicht aufstehe. Georges sagte, dass Sie mit mir über Jack reden möchten?«

»Allerdings. Ich will Sie nicht lange aufhalten.« Carter schien etwas einwenden zu wollen, doch Dan fügte rasch hinzu: »Ich vermute, dieselben Leute, die es damals auf Jack abgesehen hatten, sind jetzt hinter mir her.«

Carter quittierte diese Feststellung damit, dass er sich gerade hinsetzte und die Kissen hinter seinem Rücken aufschüttelte. Er sah zur Tür, doch der junge Bursche hatte sie allein gelassen.

»Nicht einmal Zeit für einen Drink?«

»Tut mir leid, ich fürchte nein.«

Carter stieß ein müdes Auflachen aus. »Jack war genauso, immer auf dem Sprung, aber ein sehr anständiger Mensch. Wirklich eine Schande, wie alles gekommen ist.« Dan sank das Herz, als ihm klar wurde, dass Carter über die jüngsten Entwicklungen nicht informiert war und wahrscheinlich noch annahm, Redford wäre vor Jahren gestorben. »Sie wollen sich nach diesem letzten Auftrag erkundigen?«

»Ja, hat er Ihnen davon erzählt?«

»Am Rande. Er brauchte Papiere, und zwar schnell.« Mit großer Geste fügte er hinzu: »Selbstverständlich entsprach ich seinem Wunsch.«

»Hat er Ihnen gesagt, worum es bei dem Job ging?«

»Sicher, angesichts dessen, was er von mir wollte. Ich wusste, dass es um das Hauptquartier des französischen Auslandsnachrichtendienstes ging – es wird ›La Piscine‹ genannt, das Schwimmbad. Ich erinnere mich noch, ihn zu seinem waghalsigen Plan beglückwünscht zu haben. Aber ich konnte ihm ansehen … Ich meine, ich spürte instinktiv, dass etwas nicht stimmte. Verstehen Sie, er war nicht mehr er selbst, gewissermaßen. Er machte sich Sorgen.«

»Wegen des Auftrags?«

»Schwer zu sagen. Ich glaube nicht, dass er je in seinem Leben Furcht empfunden hat. Doch wenn an dem Job etwas faul war, halte ich es für denkbar, dass ihm das klar war. Natürlich ist es auch absolut vorstellbar, dass ich im Rückblick einen völlig falschen Eindruck vermittle. Wie gesagt, seine Aufträge machten ihm nie große Sorgen, andere Dinge schon eher.«

Dan wartete, dass er weitersprach, aber Carter starrte ihn einfach mit hochgezogenen Augenbrauen an und lud Dan ein, mitzuspielen.

Dan tat ihm den Gefallen und fragte: »Was meinen Sie damit? Welche anderen Dinge?«

»Er hatte gerade Post aus Beirut bekommen – im Jahr zuvor hatte er dort sechs Monate Urlaub verbracht und mal ausgespannt. Ob es sich um einen Liebesbrief handelte oder nicht, keine Ahnung. Als er ihn erhielt, ließ er durchblicken, dass er ihm irgendwie auf der Seele lag. Sehen Sie, Mr Hendricks: Was ich sagen will, ist, dass diese Aura der Sorge vielleicht gar nichts mit dem Job zu tun hatte, sondern mit diesem Brief. Niemand schreibt heute mehr Briefe, was? Was für eine Schande.«

»Er hat also nichts über den Inhalt gesagt. Aber wenn Sie an Beirut zurückdenken, haben Sie eine Idee, wer der Absender gewesen sein könnte?«

»Ich war in Beirut nicht dabei. Hassan!« Er blickte zur Tür, und als der junge Mann auftauchte, lächelte er ihm zu und bat: »Würdest du mir bitte meine Rolodex-Kartei und etwas zum Schreiben bringen? Danke.« Er wandte sich wieder zu Dan. »Ich gebe Ihnen Adresse und Telefonnummer von Tom Crossley in Genf. Er war damals im Libanon, und sie waren gut befreundet aus irgendeiner Einheit bei der Armee. Vielleicht hat er eine Ahnung.«

»Vielen Dank. Ich muss mich zunächst um ein paar andere Dinge kümmern, aber ich werde ihn bestimmt aufsuchen.«

Carter wirkte enthusiastisch und sagte: »Und ich hoffe sehr, dass Sie bei Ihrem nächsten Besuch ein bisschen mehr Zeit mitbringen und berichten können. Sind Sie oft in Paris?«

»Nicht so oft, wie mir lieb wäre, doch ich nehme Ihre Einladung gerne an.«

Dan wusste, dass es wohl nicht viel bringen würde, wenn er Tom Crossley besuchte und herausfand, was sich damals in Beirut zugetragen hatte. Die Suche nach Jacques Fillons Geheimnissen hatte zwei konkrete Ziele: Patrick zu ermöglichen, Brabham an die Leine zu legen, und Dan damit Brabham vom Hals zu schaffen. Das Puzzle bis in die letzten Einzelteile zu enträtseln, dürfte darauf keinen großen Einfluss haben.

Trotzdem wollte er es wissen. Er wollte herausfinden, was genau auf dem Video zu sehen war, nicht nur um seiner selbst willen, sondern auch für Sabine Merel, ihre Freunde, ihre Familie. Und er wollte erfahren, aus welchem Grund Jack Redford die Flucht ergriffen hatte und zu Jacques Fillon geworden war.

Diesen Tom Crossley würde er aufsuchen, wenn alles andere erledigt war. Falls er dann noch dazu in der Lage war. Redfords Geschichte war ihm wichtig. Vor allem deshalb, weil es so leicht auch Dans eigene Geschichte hätte sein können und in gewisser Hinsicht noch werden konnte.

Kapitel 28

Er ließ sich vom Taxifahrer ein paar Ecken vor dem Vergoncey absetzen und näherte sich dem Hotel mit einer Mischung aus lässigem Schlendern und vollkommener Wachsamkeit. Er wollte sich davon überzeugen, wie weit die Sanduhr seit seinem Weggang abgelaufen war.

Er entdeckte dieselben zwei CIA-Leute wie zuvor in ihrem geparkten Wagen etwa hundert Meter vor dem Hotel. Aber er bemerkte auch den Mann in der Lederjacke, der neben dem Beifahrerfenster kauerte und mit ihnen sprach. Er gehörte gewiss nicht zur CIA, und wenn sie Söldner engagiert hatten, konnte das bedeuten, dass sie Dan heute Nacht ausschalten wollten.

Er machte kehrt und ging um den Block, sodass er sich dem Hotel über eine Seitenstraße näherte. Dort lag ein kleiner, kaum benutzter Eingang, der nachts ab einer bestimmten Zeit verschlossen war. Gerade als er die Tür erreichte, sah er einen weiteren Typen, der an der nächsten Straßenecke stand und ihm den Rücken zukehrte. Er trug legere Kleidung, doch sie wirkte falsch, unpassend in dieser Straße, genauso wie seine Haltung, seine gesamte Ausstrahlung.

Also suchten sie die Entscheidung und brachten alle verfügbaren Kräfte in Stellung. Dan und Inger mussten hier schleunigst verschwinden. Er ging schnell ins Hotel und bog vor der Lobby ab, um die Treppe zu nehmen, denn er wollte nicht auf den Aufzug warten.

Der Korridor auf ihrer Etage war leer und trügerisch ruhig. Er blieb einen Moment zwischen ihren beiden Zimmertüren stehen und versuchte, die Qualität der Stille zu ergründen. Schließlich klopfte er an Ingers Tür. Es kam keine Antwort, und er hörte auch keinen Laut. Er sah auf die Uhr und klopfte fester. Vielleicht schlief sie ja oder war im Bad.

Abermals sah er nach der Zeit, dann zog er die Pistole und montierte den Schalldämpfer. Ein taubes Gefühl breitete sich in seinem Magen aus. Er war in Versuchung, ein weiteres Mal zu klopfen, wusste aber, dass es sinnlos war. Über die möglichen Ursachen der Stille wollte er lieber nicht so genau nachdenken.

Stattdessen öffnete er mit schussbereiter Waffe seine eigene Tür. Doch das Zimmer war leer, sogar leerer als zu dem Zeitpunkt, an dem er es verlassen hatte. Er hatte noch nicht ausgepackt gehabt und den Koffer einfach neben der Tür stehen gelassen. Jetzt war er verschwunden.

Er trat ein, richtete die Pistole in alle Ecken und Winkel, kontrollierte das Badezimmer und selbst den Schrank, während er unaufhörlich versuchte, sich ein harmloses Szenario vorzustellen, das das spurlose Verschwinden von Inger und seinem Gepäck erklärte.

Erst als er hundertprozentig sicher war, dass keine Gefahr bestand, bemerkte er das Blatt Notizpapier auf dem Tisch. Er ging hin und las es, ohne es anzufassen. Es waren nur ein paar diagonal hingekritzelte Zeilen:

Verschwinde aus dem Hotel!! Schalte dein Telefon ein!!

Die Nachricht war nicht unterzeichnet, doch trotz des Inhalts lächelte er erleichtert – Inger war freiwillig gegangen. Mit einem Anflug von Erstaunen nahm er zur Kenntnis, dass sie ihm tatsächlich einen Schritt voraus gewesen war.

Er trat ans Fenster und schaltete das Handy ein. Die zwei Typen aus dem Wagen waren ausgestiegen und palaverten mit mehreren weiteren Männern. Derjenige, der zuvor neben dem Auto gekauert hatte, war verschwunden. Nach Dans Rechnung bedeutete das, dass sie mindestens zu sechst waren.

Das Telefon summte in seiner Hand, und er sah auf das Display – drei entgangene Anrufe von Inger. Er erwiderte einen davon und hielt das Gerät ans Ohr.

Sie meldete sich augenblicklich und fragte: »Wo bist du?«

Die Männer, die bei dem Wagen unten herumstanden, strahlten Entschlossenheit aus, fand er, als würden sie sich bereit machen, statt nur auf weitere Befehle zu warten.

»Du hast eine Nachricht hinterlassen«, sagte er.

»Dan, du musst verschwinden. Mehr sage ich dir später, aber du musst sofort abhauen.«

Ihre Stimme klang ruhig, doch es schwang ein Nachdruck mit, der ihm Angst machte.

»Gut, ich rufe wieder an.«

»Nein, warte! Hast du einen Stift?«

»Sicher.« Er ging zum Tisch, griff nach dem Zettelblock und kritzelte die Nummer hin, die sie ihm durchgab. »Danke. Bis bald.«

»Dan …«

Sie zögerte, anscheinend hin- und hergerissen zwischen dem, was sie sagen wollte, und dem Wunsch, den professionellen Schein aufrechtzuerhalten.

»Zwanzig Minuten maximal. Ich rufe zurück.«

Er beendete das Gespräch und schaltete das Telefon aus, während er zum Fenster zurückging. Er ließ den Blick über die Straße schweifen, und sein Puls beschleunigte sich, als ihm klar wurde, dass keiner mehr da war – nur der Wagen stand noch da. Die Männer waren alle verschwunden.

Er handelte unverzüglich, schlüpfte aus dem Zimmer und eilte den Gang entlang und die Treppe hinunter. Er war noch nicht weit gekommen, als er eine amerikanische Stimme hörte, die ihm entgegenkam. Sie klang leise, aber klar verständlich in der trockenen Akustik des Treppenhauses.

»Erreiche jetzt den zweiten. Position halten …«

Dan wich zurück, huschte die Stufen wieder hinauf und durch den Korridor, bis er die Tür zur Personaltreppe erreichte. Er stieß sie auf und rannte mehrere Stufen auf einmal nehmend hinab. Erst am letzten Absatz hielt er inne, um zu Atem zu kommen und zu lauschen.

Sechs – sie waren mindestens zu sechst. Ein paar mussten die Ausgänge bewachen, ein paar durchkämmten das Hotel. Zu seinem Glück war es ziemlich groß, sodass sie getrennt vorgehen mussten.

Er trat durch die Tür und gelangte in den Korridor zum Seiteneingang. Er hatte noch kaum die halbe Entfernung zurückgelegt, als er bemerkte, dass dort jetzt ein Wagen geparkt stand. Während er sich fragte, ob er zu den Angreifern gehörte, kam ein Mann in Sicht. Er sprach in ein Handy. Vermutlich war es derjenige, den er zuvor an der Straßenecke gesehen hatte.

Dan machte auf dem Absatz kehrt und versuchte es in der anderen Richtung. Er wusste, dass er diesem Gang nicht bis zur Lobby folgen durfte. Das Hotel war zwar groß, und es gab eine Menge Versteckmöglichkeiten, doch er wurde bereits in die Enge getrieben. Er verfluchte seine Nachlässigkeit und dass er so viel Zeit mit Florian und Carter verschwendet hatte.

Er schlüpfte in einen weiteren Personalkorridor und ging auf das Geklapper aus der Küche zu. Sie wimmelte von Köchen und Küchenhelfern, sodass er sich seinen Weg hindurchbahnen musste. Einige warfen erstaunte Blicke in seine Richtung, hielten ihn aber nicht auf.

Er stieß die Doppeltür auf der anderen Seite auf. Sie führte in eine schmale Gasse hinter dem Hotel, gesäumt von Müllcontainern und weggeworfenen Verpackungen. Er wandte sich zur Hauptstraße, sah sich jedoch unvermittelt jemandem gegenüber.

Dan erkannte ihn sofort. Es war der Typ mit der Lederjacke, der neben dem Wagen gekauert und sich mit dessen Insassen unterhalten hatte. Dan marschierte direkt auf ihn zu, und der Typ starrte ihn an, als wollte er abwarten, bis er ihn besser sehen konnte. Ein Ausdruck von Feindseligkeit stand in seinen Augen.

Endlich schien er Dan zu erkennen, ein Augenblick voll Adrenalin und Panik, ein Griff nach der Waffe. Dan schoss ihm mitten ins Gesicht und ging schneller, erreichte die Straße und entfernte sich rasch.

Ein paar Hundert Meter weiter fand er ein Münztelefon und rief die Nummer an, die Inger ihm gegeben hatte. Erst da merkte er, dass er schwer atmete und sein Herz einen leichten Galopp einlegte.

»Ich bin es«, meldete er sich, als sie abhob.

»Bist du raus aus dem Hotel?«

»Ich bin draußen.«

Er glaubte, einen Seufzer der Erleichterung zu hören, auf den er instinktiv mit einem dankbaren Lächeln reagierte.

»Komm ins Hotel Bernet, Zimmer 422.«

»Okay, bis gleich.« Er wollte schon auflegen, als seine Gedanken begannen, wieder mit den Ereignissen auf gleiche Höhe zu kommen. Der fehlende Koffer, Ingers Verschwinden, ihre Nachricht. »Bist du alleine?«

»Nein. Ein Kollege ist bei mir.« Sie legte eine Pause ein und fügte hinzu: »Er ist in Ordnung. Er ist vermutlich der Grund, warum wir noch am Leben sind.«

Dan beendete das Telefonat und warf einen Blick zurück. Er rekapitulierte seine Flucht aus dem Vergoncey und fragte sich, ob er ohne den Vorteil überlebt hätte, den Ingers unbekannter Kollege ihm verschafft hatte. Es war nicht zu Ende, ab jetzt lauerte hinter jeder Straßenecke eine neue Bedrohung. Dans einzige echte Chance bestand darin, an Brabham heranzukommen, bevor dessen Männer ihn erledigten.

Kapitel 29

Das Hotel Bernet lag ein paar Ecken entfernt von der Champs-Élysées in einer belebten Straße, angenehm, wenn auch anonym. Dan ging direkt durch die Lobby hinauf zu dem Zimmer, das Inger ihm genannt hatte. Vor der Tür blieb er stehen und lauschte, hörte Inger und einen Mann auf Schwedisch miteinander sprechen. Nach Ton und Lautstärke war es eine normale Unterhaltung.

Er klopfte, und das Gespräch brach abrupt ab. Er vernahm einige hastige Bewegungen. Dann kam Inger an die Tür und machte auf.

Noch während sie beiseitetrat, sagte sie etwas, und Dan sah, dass der Mann hinter ihr seine Pistole wegsteckte. Dan lächelte Inger zu, und sie lachte erleichtert auf, bevor sie die Tür hinter ihnen schloss.

Erst jetzt konnte er sich den Mann genauer ansehen. Er hatte mausbraune Haare, einen kurz geschnittenen Bart und wirkte jugendlich und sportlich.

Inger stellte vor: »Dan, das ist Ville. Dan Hendricks.«

Sie schüttelten sich die Hand, und Ville sagte: »Freut mich, Sie kennenzulernen.«

»Gleichfalls.« Er sah seinen Koffer neben dem Bett stehen. »Also, was ist los?«

Ville warf Inger einen unsicheren Blick zu. Sie nickte und begann: »Ein Tohuwabohu. Unsere Leute hatten gehört, dass Brabham dich zur Zielperson Nummer eins erklärt hat und sie dich heute Nacht schnappen wollten. Der Befehl lautete, mich abzuziehen und herauszuholen.«

Sie warf Ville ein Lächeln zu, das dieser erwiderte. Er sagte: »Inger und ich kennen uns schon lange, daher weiß ich, dass sie immer bekommt, was sie will. Das ist das Tohuwabohu, das sie meint. Wie es scheint, hatten Sie und Inger das Hotel bereits verlassen, als ich es erreichte, sodass ich nichts mehr machen konnte. Das ist der einzige Weg, wie Inger an der Sache dranbleiben kann.«

Dan nickte. »Ich muss morgen sowieso hier weg, raus aus Paris. Ich habe eine Spur.« Er betrachtete Inger nachdenklich, während er sprach. »Vielleicht wäre es besser, wenn du wirklich …«

Sie schüttelte den Kopf fast unmerklich, jedoch unmissverständlich. Sie gehörte jetzt dazu, egal, was Brabham vorhatte.

In die sich anschließende Pause hinein fragte Ville: »Sind Sie problemlos rausgekommen?«

Dan sah ihn an und antwortete: »Sie drangen gerade ein. Fünf Minuten später, und ich hätte in echten Schwierigkeiten gesteckt. Aber nein, ich bin gut herausgekommen, danke. Nur einen Mann hinter dem Hotel musste ich töten, keinen von der CIA, einen Freiberufler.«

»Ah, sicher. Verstehe.« Ville wirkte konsterniert, dass Dans Vorstellung von einem problemlosen Auschecken einschloss, jemanden zu töten. »Wie dem auch sei, Sie sollten für eine Weile in Sicherheit sein.«

Dan sah sich im Zimmer um, doch Inger warf ein: »Nicht hier. Ich habe uns in einem Hotel für Geschäftsreisende eingecheckt. Das ist besser, weil Ville dann nicht weiß, wo wir sind. Wir machen uns sofort auf den Weg.«

Dan reichte Ville die Hand. »Ich weiß es zu schätzen, was Sie für uns getan haben. Ihre Kanäle haben nicht zufällig noch etwas aufgeschnappt, was uns in Bezug auf Brabham weiterhelfen könnte?«

Ville lächelte. »Ich spiele ungern den Überbringer schlechter Nachrichten, aber ich fürchte, der führende Experte für Bill Brabham sind mittlerweile Sie.«

Dan nickte und nahm es als Scherz. Hoffentlich brachte wenigstens der Besuch bei Bergeron am nächsten Tag ein brauchbares Ergebnis.

Sie ließen Ville zurück und fuhren ein Stück stadtauswärts zu dem Hotel, das Inger gebucht hatte. Im Auto hielt sie die ganze Zeit schweigend seine Hand, und der Druck ihrer Finger schien mehr zu sagen, als Worte es vermocht hätten.

Als sie endlich miteinander sprachen, ging es dabei nicht um Brabham, und erst viel später, als sie zusammen im Bett lagen, fragte sie: »Wohin fahren wir morgen? Du hast eine neue Spur?«

Eigentlich wollte er gar nicht über den nächsten Tag nachdenken, nicht einmal über diesen, von dem kaum noch etwas übrig war. Er hätte sich am liebsten hier eingeigelt und die Welt da draußen ausgesperrt. Doch wie lange konnte das gut gehen? Die einfache Antwort lautete: nicht lange genug.

»Es existierte ein Überwachungsvideo von einer Bank, deren Kamera zufällig auf den Eingang der Gasse gerichtet war, in der Sabine ermordet wurde. Der Wachmann war mit jemandem vom französischen Nachrichtendienst verwandt und schickte ihm das Band …«

»Dann ist es wahr, dass Jack Redford ins Hauptquartier des Geheimdienstes eingedrungen ist?«

»Nicht nur das. Der Verwandte des Wachmanns hatte einen Bekannten vom Innenministerium alarmiert und für den nächsten Tag ein Treffen mit ihm vereinbart. Er starb jedoch noch in derselben Nacht bei einem Verkehrsunfall.«

»Und Redford tauchte unter. Aber ohne das Band?«

»Vermutlich. Was wir in seinem Bunker vorgefunden haben, deutet darauf hin, dass er sich bemühte, den Fall zu rekonstruieren. Mit dem Video wäre das nicht nötig gewesen.«

Sie nickte gereizt, wie verärgert, weil sie nicht selbst draufgekommen war. »Also hat er das Band übergeben, und dabei versuchten sie, ihn zu töten. Oder er schöpfte schon vorher Verdacht und flüchtete.«

Dan bejahte. Er rekapitulierte, was er in der letzten Nacht gehört hatte. »Ich habe mit jemandem gesprochen, der behauptet, Redford hätte einen Brief von einem Freund in Beirut erhalten, und sich deswegen Sorgen gemacht. Das spielte eventuell auch eine Rolle bei seinem Verschwinden. Es gibt eine Möglichkeit, mehr darüber zu erfahren, doch das ist jetzt nicht die Hauptsache.« Er schwieg eine Sekunde. »Das Video mag verloren sein, aber soweit wir wissen, ist noch einer am Leben, der es gesehen hat – der Wachmann. Er lebt in der Nähe von Auxerre, ungefähr anderthalb Stunden Fahrt von Paris. Das ist unser morgiges Ziel.«

»Wieso hat man ihn am Leben gelassen?«

Dan zuckte mit den Schultern. »Wer weiß? Vielleicht wurde Brabham nachlässig, oder er dachte sich, dass ein toter Wachmann größeren Verdacht erregen würde als ein Irrer, der absurde Anschuldigungen erhob. Oder er kannte das Band und wusste, dass es gar nichts bewies. Wie dem auch sei, morgen Abend werden wir klüger sein.«

»Auxerre«, sagte sie, als würde ihr der Klang des Wortes gefallen.

»In der Nähe von Auxerre«, berichtigte er.

»Dazu brauchen wir ein Auto.«

»Ich habe eines hier in Paris. Vielleicht wissen Brabhams Leute nichts davon, aber selbst wenn, wäre ein Mietwagen vermutlich auch kein kleineres Risiko.«

Sie sah ihn an, als hätte er etwas Bemerkenswertes gesagt.

»Du hast einen Wagen, hier in Paris?« Er nickte. »Was für einen?«

»Einen Mercedes. Ein SUV. Ich bin seit Ewigkeiten nicht mehr selbst gefahren – es wird schön sein, wieder mal am Steuer zu sitzen.« Ein leicht spöttisches Lächeln spielte um ihre Lippen. »Was ist?«, fragte er.

»Weißt du, was ich mir schon öfter gedacht habe? Du bist Jack Redford ziemlich ähnlich. Und jetzt stelle ich fest, dass du ebenfalls ein SUV besitzt, das du kaum fährst. Eine weitere Parallele.«

»Ja? Wahrscheinlich sollte ich gleich nach Schweden ziehen. Wenn schon, denn schon.« Es war ein voreiliger Gedanke, und dennoch meinte er ihn nur halb im Scherz. Er musterte ihr Gesicht und versuchte, ihren Ausdruck zu deuten. Sie gab sich ungerührt, und doch glaubte er ein gewisses Interesse in ihren Augen aufblitzen zu sehen, vielleicht sogar Freude. »Ich könnte zunächst einmal ein Haus mieten. Nicht oben im Norden wie Jack, aber in einer hübschen Gegend von Stockholm. Wie ist denn dein Viertel?«

Sie sah aus wie jemand, der sich um keinen Preis aufziehen lassen will, und antwortete unvorsichtig: »Du kennst es. Wir haben uns dort zum Kaffee getroffen.«

Er hatte also recht gehabt, das Café lag in der Nähe ihrer Wohnung. Er stellte sich vor, dort zu leben, sie besser kennenzulernen und herauszufinden, ob mehr zwischen ihnen entstehen könnte.

»Es war eine nette Umgebung, soweit ich mich erinnere. Ich sollte einfach meine Wohnung hier verkaufen und mir gleich dort etwas suchen.«

Sie meinte missbilligend: »Du bist vielleicht an leichtgläubige Frauen gewöhnt, aber ich gehöre nicht dazu.«

Er wollte ihr sagen, dass ihm allein bei dem Gedanken daran das Herz höher schlug, so albern das klang.

Stattdessen sagte er: »Sofern ich mir Brabham nicht vom Hals schaffen kann, würde ich dir nicht bis auf tausend Kilometer nahe kommen wollen.«

»Und wenn es dir gelingt?«

Er küsste sie. »Ich bin weder dumm noch verrückt. Ich weiß, dass wir uns erst seit ein paar Tagen kennen, und auch das unter ziemlich ungewöhnlichen Umständen.« Er verstummte und lächelte. »Darum würde ich mir eine eigene Wohnung mieten, um zu sehen, wie das ist. Zu leben wie richtige Menschen. Und ich würde nichts ohne deine Zustimmung tun. Aber im Moment kann ich mir nichts vorstellen, was ich lieber täte, als nach Stockholm zu ziehen.«

Sie nickte und erwiderte leise: »Das würde mir gefallen.«

»Wirklich?«

Sie sah, dass der Zweifel und die Überraschung in seiner Stimme echt waren. Sie lachte, wälzte sich auf ihn drauf, nahm sein Gesicht in beide Hände und sagte: »Ja, wirklich.«

So einfach könnte das sein, dachte er. So einfach, ein neues Leben mit jemandem wie ihr an der Seite zu beginnen, gemeinsam, als Teil eines Ganzen. Wenn Brabham aus dem Spiel war. An dieser Stelle fiel ein dunkler Schatten auf den Traum. Es würde keine Zukunft für Dan geben, solange dieser Schatten auf ihm lastete.

Kapitel 30

Am nächsten Morgen riefen sie sich ein Taxi. Sie waren so vorsichtig, sich einen Block vor der Tiefgarage absetzen zu lassen, in der Dans Auto stand, um sicherzugehen, dass sie nicht überwacht wurde. Es sah aus, als wäre die Luft rein. Auch wenn *er* das Gefühl hatte, dass die Schlinge sich immer enger um ihn zuzog – Brabham musste den Eindruck haben, Dan wäre einfach nicht zu fassen.

Sie gingen hinunter in die Garage, und Dan holte im Büro den Zweitschlüssel. Er nahm eine Taschenlampe aus dem Handschuhfach, untersuchte den Unterboden des Wagens gründlich und richtete sich erst wieder auf, als er zufrieden war.

»Suchst du nach einem Tracker?«

»Oder einer Bombe«, antwortete er. Sie lachte ein wenig, nicht ganz sicher, ob er Spaß machte, was keineswegs der Fall war

In der ersten halben Stunde behielt er ständig den Rückspiegel im Blick. Als sie den zähen Stadtverkehr von Paris hinter sich hatten und auf der Landstraße schneller fahren konnten, entspannte er sich sichtlich. Niemand schien ihnen zu folgen. Immerhin.

Die Tage wurden schon merklich kürzer, und der Winter nahte, doch im prallen Sonnenschein wirkte das volle, tiefe Grün der Landschaft so, als wäre der Sommer noch einmal zurückgekehrt. Inger genoss den schönen Tag und machte immer wieder Bemerkungen darüber.

Die Straßen wurden schmaler, und als schließlich auf einer kleinen Kuppe vor ihnen ein Ort in Sicht kam, sprach sie erst ein paar Worte Schwedisch, bevor sie sagte: »Was für ein hübsches Dorf.«

»Das ist vermutlich der Grund, warum Gaston Bergeron sich hierher zurückgezogen hat.«

»Wir sind da?«

»Wir sind da.«

Bergeron wohnte in einer idyllischen alten Mühle einsam mitten im Wald. Sonnenstrahlen fielen durch die Baumwipfel und glitzerten auf einem Wasserlauf.

Als sie ausstiegen, atmete Inger durch und schloss kurz die Augen. »Ist das nicht der schönste Flecken Erde, den du je gesehen hast?«

»Es ist schön hier, kein Zweifel. Warum verstecken sich nur alle im tiefen Wald?«

Sie lächelte, doch bevor sie weitersprechen konnte, flog eine Tür mit einem Knall auf, und ein Spaniel kam auf sie zugehechelt. Er schnüffelte herum, als würde er nach Drogen suchen.

Eine Stimme rief auf Französisch: »Was wollen Sie?«

Es klang nicht freundlich, und als Dan zur Mühle sah, erblickte er einen erstaunlich fit wirkenden älteren Mann, der beiläufig eine Schrotflinte auf sie richtete. Bergeron war pensioniert und musste um die siebzig sein, war aber immer noch breitschultrig und hielt sich sehr gerade. Nur um die Hüften war er etwas füllig, ohne dass man es einen richtigen Bauch nennen konnte.

Sie blieben neben dem Wagen stehen, und Dan rief: »Monsieur Bergeron, ich bin Dan Hendricks, und meine Begleiterin ist Inger Bengtsson. Wir kommen wegen Sabine Merel, dem Mädchen, das vor vierzehn Jahren in Paris ermordet …«

»Mir müssen Sie nicht erzählen, wer sie ist. Wer schickt Sie?«

Das schien schwieriger zu werden als gedacht. »Keiner schickt uns. Ich habe gestern Abend mit einem Mitarbeiter des französischen Geheimdienstes gesprochen. Er kannte Jean Sainval und hat uns Ihre Adresse gegeben.«

»Jean Sainval ist tot. Ich rede mit niemandem.«

Es sah aus, als wollte er sie einfach stehen lassen, doch Inger trat aus der Deckung der Autotür hervor und fragte: »Monsieur Bergeron, sprechen Sie Englisch?«

Er nickte zögernd, wirkte aber weiter entschlossen. »Woher kommen Sie, Schweden?«

»Ja, genau«, sagte sie erfreut, als wäre sie beeindruckt, dass er es sofort erkannt hatte. Sie folgte langsam dem Hund, der zu seinem Besitzer zurücktrottete. »Monsieur Bergeron, der Mann, der das Video vom Geheimdienst stahl, musste anschließend untertauchen, weil die Amerikaner ihn umbringen wollten. Er ging nach Schweden und versuchte vierzehn Jahre lang, einen Beweis für das zu finden, was er auf dem Band gesehen hatte. Er ist gestorben, ohne dass es ihm gelungen wäre. Mein Freund hier bemüht sich, es an seiner Stelle zu tun, und jetzt sind dieselben Amerikaner hinter ihm her. Die Amerikaner, die Jean Sainval ermordeten. Wir wollen sie stoppen, Monsieur Bergeron, doch wir suchen auch nach Gerechtigkeit für Sabine Merel. Wir waren vor zwei Tagen bei ihren Eltern, und wir haben ihnen versprochen, alles in unserer Macht Stehende dafür zu tun. Sabine wäre in zwei Wochen zweiunddreißig geworden.«

Er nickte, dachte einen Augenblick nach und fragte: »Haben die Merels noch andere Kinder?«

»Ja, aber …«

»Hm …« Er kraulte den Hund am Kopf, bevor er den Blick wieder zu Inger hob. »Vielleicht sollten Sie besser hereinkommen.« Er drehte sich um und trat ins Haus. Inger und Dan sahen einander an, und während er die Autotüren zuschlug, ging sie voran.

Aus irgendeinem Grund hatte Dan sich vorgestellt, Bergeron würde hier draußen alleine wohnen. Das Haus wirkte jedoch aufgeräumter und mit mehr Liebe eingerichtet, als man es von einem älteren Mann erwartet hätte, der ganz für sich lebte.

Doch als Dan die Küche erreichte, sagte Bergeron: »Tut mir leid. Ich kann Ihnen nur Kaffee anbieten. Meine Frau besucht gerade unsere Tochter in Toronto.«

»Kaffee klingt gut, vielen Dank.«

Bergeron bedeutete ihnen, an dem massiven Tisch Platz zu nehmen, und begann schon zu erzählen, während er Kaffeekanne und Tassen holte. »Ich habe natürlich viele Male darüber nachgedacht, aber man hat mich in Ruhe gelassen, und so war es einfacher. Meine eigene Tochter war nicht viel älter als Sabine Merel. Sie lebt jetzt in Kanada, wie gesagt. Unser Sohn ist hier im Dorf geblieben. Wenn man eigene Kinder hat, fragt man sich immer, was wäre, wenn es sie getroffen hätte. Ja, ich habe oft daran gedacht und ein schlechtes Gewissen gehabt, weil ich nicht mehr unternommen habe. Nur musste ich ja auch an meine eigene Familie denken.«

Er brachte den Kaffee und setzte sich zu ihnen. Dan wollte wissen: »Warum haben Sie sich an Jean Sainval gewandt statt an die Polizei?«

»Das war reines Glück. Ich hatte die Bänder von dieser Nacht aufgehoben, weil ich noch im Dienst war, als die Polizei gegenüber auftauchte, sie mir aber nicht angesehen. Ich steckte sie einfach für den Fall ins Schließfach, dass die Polizei sie haben wollte. Am nächsten Tag war ich krank, und als ich am übernächsten wieder zur Arbeit kam, hörte ich, dass zwei Amerikaner sich danach erkundigt hatten. Das machte mich misstrauisch. In jener Nacht sah ich mir die Videos an. Der Mann, der bei Sabine Merel war, war deutlich zu erkennen, und da … da konnte ich mir alles zusammenreimen. Es musste jemand von der amerikanischen Botschaft sein, das war gar nicht anders möglich, und deshalb waren die Amerikaner hinter den Aufzeichnungen her. Ich hielt es für sicherer, sie Jean zu schicken. Wie sich herausstellte, war es zwar sicherer für mich, aber nicht für ihn.«

»Hat die Polizei später noch mit Ihnen gesprochen?«

Er lachte auf. »Das wäre eine Untertreibung. Nicht nur die Polizei, absolut jeder wollte mit mir sprechen, auch die Amerikaner. Ich sagte immer das Gleiche, fast in derselben Version, die ich Ihnen berichtet habe. Nur dass ich damals behauptete, ich hätte die Bänder gar nicht angesehen, als ich hörte, dass die Amerikaner danach suchten, sondern sie sofort an Jean weitergeleitet, weil ich wusste, dass der Inhalt brisant sein musste.«

Inger fragte: »Und man hat Ihnen geglaubt?«

Bergeron zuckte mit den Schultern, als wäre seine fortgesetzte Anwesenheit auf dieser Welt Beweis genug. »Ich habe seit dieser Zeit nicht mehr darüber gesprochen. Einmal kam ein Journalist vorbei, zehn Jahre nach dem Mord. Ich sagte, er solle von meinem Grund und Boden verschwinden, sonst würde ich ihn erschießen.«

Dan lächelte. Das bezweifelte er keine Sekunde lang. Er konnte sich gut vorstellen, wie der Reporter in Panik in sein Auto zurückgesprungen war. Er fragte: »Warum haben Sie es bei uns nicht genauso gemacht?«

»Das hätte ich fast«, sagte er mit einem Lachen, das nicht nur die Lippen erreichte, sondern auch die Augen, und ihm eine verschmitzte Ausstrahlung verlieh. Dann wurde er nachdenklich und meinte: »Wiederum Glück, diesmal für Sie. Ich habe im Lauf der Jahre viele Male an die Tote gedacht und mich gefragt, ob ich vielleicht das Falsche getan hatte. Möglicherweise aus den richtigen Gründen, nur eben trotzdem das Falsche. Und jetzt, wo meine Frau weg ist … da kommt ein Mann ins Grübeln, und letzte Woche musste ich oft an Sabine Merel denken. Ich bin ihr nie begegnet, kannte nur dieses kleine Stück Film und die Fotos aus der Zeitung, aber ich kann mir nicht helfen … Ich fühle mich verantwortlich.«

»Es gibt nichts, was Sie hätten tun können.«

»Um sie zu retten, nein. Aber ihr Gerechtigkeit zu verschaffen, ihr und ihrer Familie, das wäre meine Aufgabe gewesen. Die Verantwortung, an die ich in dieser Woche so viel gedacht habe. Und dann tauchen Sie hier auf. Es ist einfach Schicksal.«

Zu Dans Überraschung sagte Inger: »Monsieur Bergeron, es hat bereits Anschläge auf Dans Leben gegeben, und die Mörder sind immer noch hinter uns her. Wenn Sie befürchten, es könnte Sie in Gefahr bringen, mit uns zu sprechen, sollten wir jetzt sofort gehen.«

Bergeron warf ihr ein herzliches Lächeln zu. »Was genau wollen Sie denn wissen?«

»Wir wüssten gerne, was Sie auf dem Video gesehen haben, nur, wie gesagt …«

Er hob um Schweigen bittend die Hand und sagte: »Ich will nicht darüber reden, was ich gesehen habe. Wie sollte Ihnen das helfen? Bis zum heutigen Tag weiß ich nicht, wer der Mann war, und jetzt bin ich alt und … Nein, ich will nicht mit Ihnen darüber reden. Aber es ist Zeit.« Er stand auf. »Ich kann etwas Besseres tun. Ich kann Ihnen das Video *zeigen*.«

Dan sprang auf. »Sie haben eine Kopie erstellt?« Das hätte natürlich eine der ersten Fragen sein sollen, und wahrscheinlich war sie Bergeron damals auch gestellt worden. Er wirkte so offen, ehrlich und arglos, dass Dan sich gut vorstellen konnte, warum Polizei und CIA ihm geglaubt und ihn all die Jahre in Ruhe gelassen hatten.

Inger erhob sich ebenfalls, während Bergeron hinzufügte: »Davon habe ich nicht einmal meiner Frau erzählt. Das konnte ich unmöglich.« Das verstand Dan nur allzu gut – wie sollte er seiner Frau erklären, dass sich ein Video in seinem Besitz befand, das sie beide in Lebensgefahr bringen konnte?

Kapitel 31

Bergeron führte sie in die erste Etage, über einen langen Treppenabsatz und noch eine Treppe höher, in ein kleines Zimmer im Obergeschoss, das als Arbeitszimmer eingerichtet war. Alle möglichen Haushaltsabrechnungen lagen herum, und es gab einen Computer. Die Regale bogen sich von Büchern, viele davon über das Leben auf dem Land, andere über Genealogie. Das war offensichtlich Bergerons Schlupfwinkel.

Er schaltete den Computer ein und streckte die Hand ohne hinzusehen nach einer Anzahl Bücher aus. Er nahm sie aus dem Regal, griff in den Zwischenraum und brachte eine CD zum Vorschein, bevor er die Bücher wieder zurückstellte.

»Es war damals eine Videokassette, aber ich habe sie digitalisiert. Das ist einfacher, als man denkt.« Er reichte Inger die CD und erklärte: »Jetzt gehört sie Ihnen.«

»Haben Sie noch eine Kopie?«

»Hier drauf«, antwortete er und wies auf den Computer, der inzwischen hochgefahren war. »Und eine weitere Kopie liegt bei … bei meinem Anwalt im Tresor.« Er setzte sich vor den Rechner, klickte sich durch ein paar Ordner und startete eine Datei. Sobald sie sich öffnete, drückte er auf Pause und sagte: »Es gibt noch eine zweite Datei, auf der die gesamten drei Stunden

Videomaterial liegen. Die hier zeigt nur die entscheidenden dreißig Minuten. Sie ist der Schlüssel.«

Sie nickten. Er ließ das Video weiterlaufen und kippte den Bildschirm so, dass sie gut sehen konnten, ohne sich bücken zu müssen. Es gab keinen Ton, nur eine unbewegte Einstellung, die vor allem den Bankeingang zeigte, aber auch undeutlich einen Teil der anderen Straßenseite mit dem Eingang der Gasse.

Eine ganze Minute lang blieb das Bild vollkommen statisch, während die Zeitmarke in der Ecke stetig weiterlief. Sie wandten kein Auge vom Bildschirm, nicht einmal Bergeron, der wusste, was kam. Dann tauchten auf der gegenüberliegenden Straßenseite zwei Personen auf und bewegten sich anscheinend miteinander streitend von links nach rechts durchs Bild.

Die Frau war Sabine Merel, wie sie sofort erkannten, als sie sich zu dem Mann umdrehte und dabei unwissentlich in die Kamera sah. Sie schien ihn anzuschreien. Dan hörte, wie Inger den Atem anhielt, und vermutete, dass ihr wieder die Fotografien eingefallen waren, die sie sich zusammen mit Sabines Mutter angesehen hatte.

Auf dem Bildschirm wandte Sabine sich brüsk ab, als wäre ihre letzte Bemerkung das Schlusswort des Streits gewesen, und ging schnell weiter. Sie entfernte sich von dem Mann und näherte sich der Einmündung der Gasse. Sie war offensichtlich zornig, vielleicht auch ein wenig besorgt, doch Dan bezweifelte, dass sie zu dem Zeitpunkt die geringste Ahnung gehabt hatte, was ihr bevorstand. Sie marschierte mit aller Entschlossenheit auf ihren eigenen Tod zu.

Inzwischen hatte sie die Gasse beinahe erreicht und wäre ein paar Sekunden später an ihr vorbei gewesen. Da rannte der Mann ihr nach. Sie drehte sich mit einer konfusen Mischung aus Zorn und Furcht zu ihm um, und Letztere gewann die Oberhand, als er sie am Arm packte und in die dunkle Einmündung der Gasse zerrte.

Es gab nur ein großes Problem, und während sie das abermals unbewegte und leere Bild anstarrten, sprach Dan es aus: »Man sieht sein Gesicht nicht.«

»Nur Geduld«, bat Bergeron und zog den Fortschrittsbalken mit der Maus weiter. »Das hier ist fast zwanzig Minuten später.«

Er drückte wieder auf Play. Einen Moment lang war nichts zu sehen, dann erkannte man eine leichte Veränderung in der Dichte der Schatten, und der Mann kam wieder in Sicht. Er verließ die Gasse eilig und lief aus dem Bild. Sie hatten ihn kaum erkennen können, doch Bergeron betätigte abermals die Pausentaste, spulte zurück und klickte auf Play. Als der Mann diesmal auftauchte, schaltete er auf Standbild, sodass das hagere Gesicht selbst von der anderen Straßenseite aus deutlich sichtbar war.

Inger sagte: »Aber …« Und verstummte.

»Mein Gott«, stieß Dan hervor. Er war nicht sicher, ob Inger selbst darauf gekommen war. Der Schock wirbelte seine Gedanken durcheinander. »Das ist nicht Brabham. Es ist sein Sohn Harry. Großer Gott!«

Bergeron fuhr auf seinem Stuhl herum, starrte Dan an und fragte: »Sie kennen ihn?«

Dan schüttelte ungläubig den Kopf. Er erinnerte sich, dass Charlie erwähnt hatte, ihn flüchtig gekannt zu haben. Ein anständiger Junge, hatte er gesagt. Das war also der Grund, warum Redford die ganze Familie aufs Korn genommen hatte. Die Gefahr ging zwar von Brabham aus, doch für den Mord war sein Sohn verantwortlich.

»Ich kenne ihn nicht persönlich, aber sein Name lautet Harry Brabham. Er ist heute Kongressabgeordneter in den USA.«

Bergeron sah Inger an, als suchte er nach einer Bestätigung, und sie nickte. Dan sah, dass sie in Gedanken versunken war. Die Sache war größer, als sie sich jemals hätten vorstellen können. Und wenn schon das Wissen darum eine große Gefahr gewesen war, so machte die Existenz dieser Aufzeichnung es noch viel schlimmer.

»Was werden Sie tun?«

Dan antwortete nicht sofort, aber er wusste, dass sie jetzt eine Rückversicherung brauchten. Die eine CD genügte nicht, deshalb sagte er: »Könnten Sie mir die Datei per E-Mail schicken?« Bergeron zuckte zustimmend die Schultern. Dan beugte sich vor und schrieb seine E-Mail-Adresse auf ein Stück Papier, das auf dem Schreibtisch lag.

Bergeron wandte sich wieder dem Computer zu und war eine Weile damit beschäftigt, die E-Mail zu senden. Inger und Dan sahen einfach schweigend zu. Beide waren noch zu geschockt, um viel weiter als an das Hier und Jetzt zu denken.

Dann verkündete Bergeron: »Erledigt.«

Dan blickte auf den Bildschirm, überprüfte die Details und sagte: »Danke. Und jetzt, Monsieur Bergeron, ist es, glaube ich, das Wichtigste, dass wir Sie allein lassen.«

Der ehemalige Wachmann stand auf. »Es ändert die Dinge, das Band?«

»Es ändert eine Menge. Niemand weiß, dass wir es haben, niemand weiß, dass Sie es haben. Trotzdem wäre es keine gute Idee, wenn wir zu lange hierbleiben.« Er deutete auf den Bildschirm, obwohl das Video nicht mehr zu sehen war. »Der Vater dieses Mannes ist ein sehr mächtiger CIA-Beamter, und er will meinen Tod. Sie sind auf der Suche nach mir. Je früher wir weg sind, desto besser.«

Inger hielt die CD in die Höhe und sagte: »Und je früher das hier in die richtigen Hände gelangt, desto eher kann sich Dan wieder ein wenig sicherer fühlen.«

Bergeron lächelte und meinte: »Dann wünsche ich Ihnen alles Gute. Und ich bin froh. Vierzehn Jahre lang hatte ich zu viel Angst, um das Richtige zu tun, aber nun ist es geschehen.«

Dan nickte. Er verstand, dass Bergeron das Video die ganze Zeit aus dem instinktiven Bedürfnis heraus versteckt hatte, seine Familie zu schützen. Sicher war Bill Brabham vom gleichen Motiv angetrieben worden, und dafür hätte Dan ihn beinahe respektieren können. Doch die Art, wie er dabei vorgegangen war, war ein Spiegelbild des Verhaltens des Sohnes. Das war es, was Redford unaufhörlich zu beweisen versucht hatte – die Brabhams waren eine kriminelle Familie, die sich für unantastbar hielt.

Kapitel 32

Schweigend fuhren sie davon, und erst als sie auf dem Rückweg wieder durch das Dorf kamen, fragte Inger: »Wie groß ist die Gefahr?«

»Sie wissen nicht, dass wir die CD haben.« Er schüttelte verwundert den Kopf und sagte: »Mein Gott, dank Bergeron ahnt nicht einmal jemand etwas von ihrer Existenz. Ich denke, sie erklärt, warum Brabham so unerbittlich hinter mir her ist und auch Patrick White ermorden lassen wollte. Die Sache ist ihm so wichtig, dass er ein paar ehemalige CIA-Mitarbeiter ausschalten lässt, ohne mit der Wimper zu zucken.«

»Also müssen wir die CD zu Patrick schaffen. Eine andere Möglichkeit gibt es nicht.«

Dan nickte. »Ich hatte seit Tagen keinen Kontakt mehr zu ihm. Weißt du, wo er sich aufhält?«

»Er war in London, hat mir aber gesagt, dass er nach Paris kommt. Ich glaube, entweder heute oder morgen«, erwiderte sie. »Wir können nur das Beste hoffen.«

»Ja.«

Er bog links ab und stellte erst ein paar Hundert Meter später fest, dass er die falsche Richtung eingeschlagen hatte. Sie befanden sich auf einer schmalen Straße, die auf der einen Seite durch dichtes Gehölz wie von einer Hecke begrenzt wurde. Auf der anderen erstreckten sich weitläufige Felder bis zu einigen Waldstücken und einem Dorf in der Ferne. Er wollte gerade wenden, als er im Rückspiegel ein Motorrad entdeckte. Es war eine Geländemaschine, deren Fahrer hoch im Sattel saß. Also fuhr er weiter und bemerkte: »Vielleicht täusche ich mich ja, aber es wäre möglich, dass uns jemand verfolgt. Ein Typ auf einem Motorrad.«

»Wie kann das sein?«

Dan schüttelte den Kopf und versuchte nachzudenken. Er sah noch einmal in den Spiegel, um sicherzugehen. Ja, der Kerl hatte etwas an sich, das ihm sagte, dass er nicht zufällig dieselbe Straße benutzte. Er dachte daran, welchen Wagen sie fuhren. Er wusste, dass er ihn nicht so sorgfältig untersucht hatte, wie es nötig gewesen wäre. »Wir müssen einen Peilsender am Auto haben.«

Sie warf einen raschen Blick über die Schulter und meinte: »Dann ist der Typ bestimmt nicht allein, oder?«

»Kaum.« Der Motorradfahrer holte jetzt schnell auf. Innerhalb von Sekunden hing er dicht hinter ihnen und füllte den Rückspiegel. Der Mann griff unter die Jacke. »Festhalten!«

Dan stieg hart auf die Bremse, genau in dem Moment, als der Typ die Waffe herauszog und seine Aufmerksamkeit eine Winzigkeit abgelenkt war. Es reichte, um ihn zu überraschen.

Motorrad und Fahrer prallten mit einem wüsten Gepolter gegen das SUV, als wären sie in einen schweren Steinschlag geraten. Das Rückfenster bekam einen Sprung, hielt jedoch stand. Dan gab kurz Gas und sah den Kerl auf der Straße liegen, ein Stück weiter hinten sein Motorrad. Er legte den Rückwärtsgang ein und überfuhr den Mann. Der Aufprall schleuderte sie aus den Sitzen hoch, dann gab es einen weicheren, übelkeitserregenderen Schlag, als Dan wieder vorwärtsfuhr und schließlich anhielt.

Inger sagte unterdrückt etwas auf Schwedisch. Er sah sie rasch von der Seite an, bevor sein Blick erneut zum Rückspiegel glitt. Der Mann rührte sich nicht, doch ein schwarzer Wagen war in der Ferne hinter ihnen aufgetaucht.

Als hätte sie es gespürt, drehte Inger sich danach um. »CIA?«

»Ich weiß nicht, ob das eine große Rolle spielt, vor allem hier, mitten in der Prärie.« Irgendwo hörte er ein zweites Motorrad, dann sah er, wie es aus dem Dorf ein Stück rechts vor ihnen gedonnert kam. Die Straße, auf der sie sich befanden, schwang im Bogen nach rechts, aber er erkannte davor eine Abzweigung links in die Wälder.

Er fuhr weiter, bis sie sie erreichten. Eine Forststraße verlief schnurgerade durch den Wald, so weit das Auge reichte, und er war ziemlich sicher, ganz am Ende, gerade so eben sichtbar, noch ein Fahrzeug zu erkennen.

Trotzdem bog er links ab. Inger drehte sich wieder um und fragte: »Glaubst du nicht, dass sie genau das wollen? Sie nehmen uns in die Zange.«

Er antwortete nicht direkt, sondern sagte: »Hinten liegt ein Rucksack. Steck hinein, was du brauchst, einschließlich der CD. Dann öffne meine Reisetasche. Darin findest du noch einen Rucksack – er enthält alles, was ich benötige.«

Die letzte Äußerung schien sie zu sprachlos zu machen. Vielleicht überlegte sie, ob er tatsächlich in ständiger Fluchtbereitschaft lebte, doch sie sagte nichts dazu und kletterte auf den Rücksitz. Er fuhr langsam weiter in der Fahrspur. Das Fahrzeug vor ihnen näherte sich, allerdings ebenfalls im Kriechtempo. Das erste Auto und das Motorrad waren in dem sonnenbeschienenen Einschnitt hinter ihnen aufgetaucht. Fünf Männer insgesamt, schätzte er.

»Okay, ich bin fertig.«

Sie wollte wieder nach vorne klettern, aber er wehrte ab: »Nein, nicht nötig.« Er hielt an und stellte den Motor ab. »Schade, es war ein schönes Auto.«

Er wandte sich zu ihr um, und sie fragte: »Ist das dein Plan? Durch den Wald zu flüchten? Wohin denn?«

»Mein Plan lautet, uns im Wald zu verstecken, fünf Killer zu töten, falls ich kann, und dann zu fliehen.«

»Wenn wir alle fünf umbringen, können wir uns das Auto zurückholen.«

»Der Peilsender klebt nicht an uns, also muss er im Wagen versteckt sein, und wir haben keine Zeit, ihn zu suchen. Wir schlagen uns irgendwie bis Auxerre durch und nehmen den Zug zurück nach Paris.«

Sie dachte kurz nach. »Okay, das klingt wie ein Plan. Ich weiß nicht, ob er etwas taugt. Aber legen wir los.«

Im Rückspiegel sah er, dass die zwei Männer aus dem Wagen hinter ihnen ausgestiegen waren, und selbst aus der Entfernung erkannte er, dass einer ein Gewehr trug. »Wir versuchen es rechts, den Pfad da entlang. Los!«

Inger sprang zur rechten Hintertür hinaus, Dan aus der Fahrertür. Er wusste, dass sie auf ihn zuerst schießen würden, und das sollte Inger genügend Vorsprung verschaffen, um in die Wälder zu entkommen. Doch er war zu schnell, und falls ein Schuss auf ihn abgefeuert wurde, als er ihr nachrannte, so hörte er ihn nicht.

Sie liefen gut fünfzig Meter mit vollem Tempo in den Wald hinein. Dann bogen sie auf einen anderen Pfad ab, der ungefähr parallel zum Waldweg auf den Wagen zuführte, der vor ihnen gestanden hatte. Schließlich hielten sie an und kauerten sich hin, abgeschirmt von dichtem und stellenweise undurchdringlichem Unterholz.

Zunächst konnte Dan nichts hören, während sie wieder zu Atem zu kommen versuchten. Doch bald vernahm er in der Stille Stimmen, eine vor ihnen zwischen den Bäumen, die andere weiter entfernt und zur Linken. Er hatte den Eindruck, dass sie über Handys miteinander in Kontakt blieben.

Sie lauschten noch, als ein Schuss knallte und durch die Äste peitschte. Ein paar Vögel flatterten erschrocken auf.

Dan flüsterte: »Sie schießen blindlings drauflos, um uns aufzuscheuchen.« Er stellte seinen Rucksack auf den Boden, brachte den Schalldämpfer an der Pistole an und fügte hinzu: »Du bleibst hier. Achte darauf, ob jemand sich von links nähert. Ich bin gleich zurück.«

Sie schien widersprechen zu wollen, doch er war bereits unterwegs und schlängelte sich auf kaum sichtbaren Wildwechseln durchs Unterholz, bis er die beiden Typen umgangen hatte, die ursprünglich vor ihnen gewesen waren.

Er nahm hinter einem Baum Deckung, so gut es ging, und hielt Ausschau. Der Wagen parkte mit dem Heck zu ihm. Der Mann, der Dan am nächsten stand, rauchte und trat von einem Bein aufs andere. Der zweite Typ, der mit dem Telefon, befand sich vor dem Fahrzeug.

Er kannte die zwei nicht. Der Raucher war von massivem Körperbau, der mit dem Handy eher sehnig, doch man konnte sie sich beide als Türsteher vor einem Nachtklub vorstellen. Sie waren dunkelhaarig, obwohl der Größere beinahe als Skinhead durchging. Eine weiße Narbe auf seinem Schädel leuchtete durch die Haarstoppeln. Der mit dem Telefon redete in einer slawischen Sprache, was zu ihrem Aussehen passte.

Zwischen Dan und den Männern standen zu viele Bäume, als dass er sie mit einiger Sicherheit von seinem Standort aus hätte erledigen können. Er spähte durchs Unterholz und entdeckte einen Wildwechsel, der ihn bis zu dem Waldweg brachte. Leider kam er gut zwanzig Meter hinter dem Auto heraus, zu weit, um einen Angriff zu starten.

Natürlich konnte er durchs Unterholz weiterschleichen. Es bestand größtenteils aus Farnkraut, wenn er jedoch auf ein Dorngebüsch stieß, steckte er im Schlamassel. Für einen Moment wandten ihm beide Typen gleichzeitig den Rücken zu, und er nützte die Chance, einen Baum näher heranzuhuschen, dann einen zweiten. Zum Glück traf er wirklich nur auf Farn. Inzwischen war er nah genug, dass er notfalls einen Schuss riskieren konnte.

Plötzlich endete das Telefongespräch abrupt, und Dan hörte, wie das Motorrad in der Ferne wieder ansprang. Es hatte lange gedauert, aber sie hatten sich endlich auf die weitere Vorgehensweise geeinigt. Der massige Bursche trat seine Zigarette aus und ging auf seinen Partner zu.

Dan schlüpfte hinter dem Baum hervor und schob sich durch das Farnkraut noch näher. Er hatte die Männer fast erreicht, als unmittelbar vor ihm wildes Geraschel ertönte und ein größerer Vogel in einem Wirbel aus Federn und Zweigen aufflog.

Die beiden Typen fuhren herum. Der Bulligere griff nach der Waffe, während der Zweite durch das Telefon in seiner Hand leicht behindert war. Dan schoss und traf den großen Kerl in die Brust. Er taumelte rücklings gegen das Auto, und Dan feuerte auf den anderen. Er erwischte ihn an der Schulter. Der Mann ließ das Handy fallen und sprang hinter der Front des Fahrzeugs in Deckung.

Der massige Mann atmete pfeifend und versuchte, seinen Schussarm wieder unter Kontrolle zu bekommen. Dan jagte ihm eine Kugel in den Kopf und warf sich ins Farnkraut, sodass er dicht neben dem Rand des Waldwegs zu liegen kam. Von hier aus konnte er unter dem Wagen hindurchspähen und sah die Beine des kleineren Manns, der sich hinter die Motorhaube duckte. Dan feuerte zwei Schüsse ab. Beide trafen, und der Typ sackte zusammen.

Ein Geschoss aus einem Scharfschützengewehr zerschmetterte die Windschutzscheibe mit gewaltiger Wucht, und ein Schauer von Glassplittern regnete nieder. Ein oder zwei Sekunden später durchlöcherte ein zweites Projektil einen der Vorderreifen. Der Typ war verdammt gut, das musste man ihm lassen, wenn er aus dieser Entfernung so zielsicher traf, wobei auch noch Dans SUV im Weg stand.

Damit schied die Möglichkeit aus, sich das Auto zu schnappen. Dan nahm sich nicht die Zeit nachzusehen, ob der kleinere Mann tot war – er war zumindest schwer verletzt. Er rappelte sich hoch und rannte zurück zu Inger. Ohne richtig sagen zu können, aus welcher Richtung es kam, hörte er dabei ununterbrochen das Geräusch des Motorrads.

Inger hob die Waffe, als er den Pfad entlanggetrampelt kam, und senkte sie wieder, als sie ihn erkannte. Er nickte anerkennend, weil sie kein Risiko einging.

Er ließ sich neben ihr zu Boden fallen und sagte: »Ich konnte zwei von ihnen ausschalten. Einer ist tot, der andere wahrscheinlich auch. Aber der Scharfschütze ist ziemlich gut.«

»Hat er auf den Wagen geschossen?«

»Ja, er hat die Windschutzscheibe und einen der Vorderreifen erwischt.«

Der Motor des Motorrads heulte auf, und es entstand eine seltsame Art von Dopplereffekt, als es plötzlich direkt auf sie zu brauste. Sie starrten in den Wald hinein, ohne etwas sehen zu können.

Inger deutete auf den Pfad, auf dem Dan zurückgekommen war. »Entweder wir bleiben hier und versuchen, die anderen drei zu erwischen, oder wir folgen diesem Weg, bis wir aus dem Wald herauskommen.«

»Ich glaube, das wäre die richtige Seite, wenn wir nach Auxerre wollen.«

Wieder veränderte sich das Geräusch der Maschine, als würde sie kreuz und quer durch den Wald knattern, um sie aufzuscheuchen.

Dan drehte lauschend den Kopf. »Wir könnten sie sicher ausschalten. Aber ich weiß nicht, wie lange das dauern würde und wie viele Leute sie noch in Reserve haben.«

»Also versuchen wir es?«

Er nickte, rührte sich allerdings nicht und sagte: »Das Problem ist der Scharfschütze. Solange wir zwischen den Bäumen bleiben, hat er es schwer, und das Motorrad ist uns gegenüber nicht groß im Vorteil. Doch sobald wir aus dem Wald herauskommen, gelangen wir auf offenes Gelände.«

Sie schien abzuwägen, während das Geräusch der Maschine deutlich hörbar wieder die Richtung wechselte und sich entfernte. Anschließend sprang ein Auto an, fuhr rückwärts, wendete und verklang schließlich.

Inger starrte in den Wald hinein. »Was haben sie vor? Wollen sie uns zu unserem Wagen zurücklocken?«

»Kann sein. Dass sie ihn nicht auch zusammengeschossen haben, deutet darauf hin, dass tatsächlich ein Peilsender daran angebracht ist. Oder sie haben sich ausgerechnet, welche Möglichkeiten uns bleiben, und wollen uns in den Rücken fallen.«

»Spielt keine Rolle. Wir marschieren jetzt los, und wenn wir den Waldrand erreichen, entscheiden wir, was die beste Strategie ist.«

Er lächelte angesichts ihres ernsthaften Gesichtsausdrucks, der Klarheit ihrer Augen und dem Leuchten ihrer Haut in den Flecken von Sonnenlicht. Er fühlte sich von einer seltsamen Zufriedenheit durchdrungen. Stille hatte sich über den Wald gelegt, und er hätte ihr gerne gesagt, dass er, egal, wie es weiterging, in diesem Moment wahrscheinlich so glücklich war wie seit vielen Jahren nicht.

Doch er wusste, dass er das nicht in die richtigen Worte kleiden konnte und es irgendwie falsch klingen würde. Also beugte er sich nur vor, gab ihr einen raschen Kuss und sagte: »Gehen wir.«

Sie rannten nicht, schlugen aber einen schnellen, gleichmäßigen Schritt an, bei dem sie noch hören konnten, was im Wald um sie herum vorging. Das Zwitschern der Vögel, das Geräusch eines Traktors in der Ferne. Einmal dachte Dan, er hätte wieder das Motorrad gehört, doch vermutlich hatte er sich getäuscht.

Dann erblickten sie den Waldrand vor sich. Im Gegenlicht verschwammen die Silhouetten der Bäume miteinander. Sie gingen langsamer und näherten sich der Straße mit erhöhter Wachsamkeit.

Sie blieben im Unterholz und kauerten sich hinein, sodass sie vollständig verborgen waren. Dan zog einen Feldstecher aus dem Rucksack und suchte das offene Gelände ab.

Er sah eine Straße, die durch flache Felder zum nächsten Dorf verlief, und falls er nicht die Orientierung verloren hatte, lag Auxerre noch ein Stückchen weiter. Wenn sie die Stadt erreichen wollten, mussten sie den Wald verlassen, und sobald sie das getan hatten, gab es herzlich wenig Deckung.

Sein Blick fiel auf eine Baumgruppe etwa auf halbem Weg zwischen ihnen und dem Ort. Dahinter sah man gerade noch die Schnauze eines schwarzen Autos hervorragen. Dan hatte kaum einen Zweifel, was es da zu suchen hatte. Flüchtig fragte er sich, ob es nicht ein Fehler gewesen war, den eigenen Wagen zurückzulassen. Jedenfalls sah es so aus, als bräuchten sie einen neuen Plan.

Kapitel 33

Dan senkte das Fernglas und sagte: »Siehst du die Bäume da drüben? Dahinter steht ein Wagen. Ich bin nicht sicher, ob es derselbe ist, aber ich bezweifle, dass es sich um Vogelkundler handelt.«

Inger sah nicht direkt hin, meinte jedoch: »Dann sollten wir uns ein Stückchen zurückziehen.«

Sie schoben sich langsam rückwärts, tiefer ins Gestrüpp hinein. Dan bezweifelte, dass der Typ da drüben sich die Mühe machen würde, den Waldrand zu beobachten – er wusste, dass Dan und Inger früher oder später aus der Deckung kommen mussten.

Während sie da kauerten und keiner von ihnen einen genialen Einfall hatte, was sie tun sollten, hörte er wieder das Motorrad. Es kam von rechts, auf der schmalen Straße gleich vor ihrer Nase. Die Maschine schien nicht besonders schnell zu sein, was darauf hindeutete, dass der Fahrer den Wald absuchte.

Dan blickte über die Schulter zu dem Trampelpfad, den sie gekommen waren, und fragte: »Kannst du Motorrad fahren?«

»Nein. Du?«

»Das letzte Mal, als ich fünfzehn war. Im Prinzip ja.« Es war keine Zeit für Diskussionen. »Bleib hier. Mit etwas Glück landet das Ding genau vor dir auf der Straße. Zieh es ins Gestrüpp und schieb es den Pfad zurück, wenn du kannst.«

Er sprang auf, rannte ungefähr zehn Schritte nach rechts und duckte sich wieder. Das näher kommende Motorrad grollte gefährlich. Dan blieb völlig regungslos, bis der Mann direkt an ihm vorbeifuhr. Das war ein Risiko, weil die Jungs im Auto vermutlich den Motorradfahrer im Auge behielten, doch es war einen Versuch wert.

Dann war der Fahrer vorbei. Dan schnellte hoch, trat hervor und feuerte ein paar Schüsse in rascher Folge auf das größte Ziel ab, seinen Rücken, bevor er den letzten etwas höher setzte. Der Mann kippte augenblicklich zur Seite, der Motor jaulte auf und die Maschine rutschte unter ihm weg.

Mehr bekam Dan nicht mit, da er sich sofort wieder zurück ins Unterholz warf und davonrobbte. Selbst so entkam er nur um Haaresbreite, denn eine Kugel krachte ganz in der Nähe ins Geäst. Er wartet nicht länger, sondern rannte Inger hinterher.

Sie hatte das Motorrad ins Gebüsch gezerrt und schob es bereits auf den schmalen Pfad zu, auf dem sie gekommen waren. Sie hatte ihren Rucksack übergestreift und sein eigener hing am Lenker.

Er schnappte ihn sich und griff gleichzeitig nach dem Motorrad. Ein weiterer Schuss peitschte durch die Luft, und Holzsplitter spritzten keine zwei Meter entfernt aus einem Baum.

»Lauf den Weg entlang. Ich hole dich ein.«

Sie sah ihn scharf an, um sich zu vergewissern, dass er tatsächlich folgen würde, und lief los. Er schmiss die Pistole in den Rucksack, warf ihn sich über die Schulter und schwang sich auf das Motorrad. Es dauerte keine Sekunde, bis ihm alles wieder einfiel. Unmittelbar bevor er den Kickstarter durchtrat, sprang in der Ferne ein Auto an.

Inger war schon ziemlich weit und blieb stehen, als sie ihn kommen hörte. Sie schwang sich hinter Dan auf die Maschine und schlang ihre Arme um seine Taille. Selbst in diesem Augenblick höchster Anspannung durchfuhr ihn ihre Berührung wie ein Stromstoß und mischte sich mit dem Rausch der Jagd.

Er fuhr rasch und ließ sich dabei von seinem Instinkt leiten. Die anderen mussten das Waldstück umrunden, waren aber viel schneller. Dan stieß auf eine Feuerschneise und bog rechts ab. Jetzt konnte er mehr Gas geben und wurde erst wieder langsamer, als sie die Sperre zu der Forststraße erreichten, auf der sie das Auto zurückgelassen hatten. Er umkurvte vorsichtig die Schranke, und als er aufblickte, sah er sein SUV immer noch da stehen. Er beachtete es nicht weiter, sondern donnerte auf die Straße am Waldrand zu.

An der Einmündung hielt er kurz an und musterte den Teil der Straße, der sich zu dem Dorf in der Ferne hinschwang. Dann bog er in die andere Richtung ab, die, aus der sie ursprünglich gekommen waren. Vor sich sah er den toten Motorradfahrer auf dem hellen Straßenbelag liegen.

Er wollte schon an ihm vorbeifahren, zögerte jedoch und warf einen Blick zum Waldrand. Das Gestrüpp wirkte gar nicht so undurchdringlich, wie er anfangs geglaubt hatte.

Er blieb stehen und sagte: »Lass uns hier absteigen.«

Sie sprang ab, er schwang sich aus dem Sattel, und sie schoben die Maschine zwischen die Bäume. Sobald sie weit genug von der Straße entfernt und nicht mehr sichtbar war, schlichen sie zurück zum Waldrand. Das Auto kam mit hoher Geschwindigkeit aus der anderen Richtung vom Dorf her angefahren und zog eine helle Staubwolke hinter sich her.

Er deutete darauf. Inger sah ihn verwirrt an und fragte: »Ist das ein anderer Wagen? Er kommt aus der falschen Richtung.«

»Nein, das Waldstück hat nur eine unregelmäßige Form. Er weiß, dass die Forststraße durch das Auto seines Kumpans und mein SUV blockiert ist, darum musste er den ganzen Weg herumfahren. Er hat es eilig. Menschen machen Fehler, wenn sie hektisch werden.«

Er zog seine Pistole aus dem Rucksack, und sie tat es ihm nach, obwohl sie hoffte, sie nicht benutzen zu müssen. Er hörte, wie der Wagen ein wenig langsamer wurde, als er eine Kurve nahm, und dann wieder beschleunigte. Er war bereits undeutlich sichtbar, ein dunkler Schatten, der durch die Bäume zu ihrer Linken flackerte.

Vor ihrem Versteck bremste er. Es gab zwar keinen Graben zwischen der Straße und dem freien Feld, aber das Gelände war so uneben, dass er den gestürzten Motorradfahrer nur vorsichtig umkurven konnte.

Dan rannte einige Schritte weit ins Freie. Der Wagen schlingerte leicht, als der Fahrer ihn sah und fester auf die Bremse stieg. Dan zielte durch die Windschutzscheibe direkt auf seine Brust und gab drei Schüsse in rascher Folge ab. Dann sprang er zurück, als das Fahrzeug ausbrach und in den toten Motorradfahrer hineinschleuderte.

Mit einem seltsamen Gefühl der Entrücktheit erkannte Dan den Mann auf dem Beifahrersitz. Es war ein Ukrainer, den er ein paar Mal gesehen hatte, an dessen Namen er sich jedoch nicht erinnerte. Er hielt die Waffe in der Hand und versuchte, trotz des unkontrollierten Schlingerns die Scheibe herunterzufahren und einen Schuss anzubringen.

Das Fenster war erst einen Spalt weit geöffnet, als es mit einem heftigen Knall explodierte. Inger war neben ihm zwischen den Bäumen hervorgetreten und hatte auf den Beifahrer gefeuert. Er war verletzt. Dennoch hob er den Arm und zielte, selbst dann noch, als der Wagen von der Straße abkam und durch das Feld pflügte, sodass er nicht den richtigen Schusswinkel fand.

Dan rannte hinter dem Wagen her. Der Lärm von Ingers Schuss dröhnte ihm noch in den Ohren. Nach zwanzig Metern kam das Auto zum Stillstand, die Beifahrertür sprang auf und der Beifahrer warf sich heraus wie ein Stuntman. Sein Gesicht war blutverschmiert, und trotzdem versuchte er, auf Dan zu schießen. Er musste ihn für seine Hartnäckigkeit bewundern.

Er feuerte eine Kugel ab, die den Mann mit solcher Wucht in die Schädeldecke traf, dass sein Kopf noch im Fallen nach hinten geschleudert wurde, bevor er mit dem Gesicht auf die Erde knallte. Dan machte sich wieder schussbereit, doch es war nicht mehr nötig.

Rasch überprüfte er den Fahrer – auch ihn kannte er flüchtig, einen bulgarischen Scharfschützen mit gutem Ruf, was seine Treffsicherheit erklärte. Er trabte zu Inger zurück, während er sich das Ohr hielt.

Als er sie erreichte, fragte er: »Hast du bald Geburtstag?«

Sie blickte ihn verblüfft an. »Warum?«

»Ich schenke dir einen Schalldämpfer.« Sie lachte auf, und er fügte hinzu: »Okay, Scherz beiseite, den Schuss muss man weit und breit gehört haben. Holen wir das Motorrad und sehen zu, dass wir hier wegkommen.«

»Hast du sie gekannt?«

»Ja. Einer war Ukrainer, der andere Bulgare. Ich kannte sie nur vom Sehen.«

»Hoffentlich waren es die Letzten.«

»Das bezweifle ich, und Brabham hat noch nicht einmal …«

»Nein, ich meine, wenn wir Patrick die CD übergeben haben.«

»Ach so, ich verstehe.«

Doch er war keineswegs überzeugt, dass es so einfach sein würde.

Die CD versetzte Patrick White und das ODNI in die Lage, Bill Brabham unter Kontrolle zu bringen, vielleicht sogar seine Abteilung zu schließen. Dan war sich allerdings bewusst, dass seine eigene langfristige Sicherheit nicht unbedingt Teil des Deals sein musste. Er hoffte es, aber Hoffnung allein zählte nicht viel.

Kapitel 34

Sie fuhren mit dem Motorrad nach Auxerre, ließen es in einer Seitenstraße stehen und gingen zum Bahnhof. Nachdem sie den Fahrplan studiert hatten, rief Dan Patrick White an.

Als er sich meldete, hörte Dan einen seltsamen Tonfall aus seiner Stimme heraus. Er sagte: »Ich bin es, Dan. Wo sind Sie?«

»In Washington.«

»Habe ich Sie geweckt?«

Patrick wirkte irritiert. »Ich wünschte, es wäre so. Ich sitze hinten in einem Wagen auf dem Weg zu einem Frühstücksmeeting. Wenn ich mitgenommen klinge, liegt das an dem Bericht, den ich gerade lese. Aber egal. Gut, Ihre Stimme zu hören, Dan.«

»Nun ja, bei mir gibt es bis jetzt sieben Tote, die mich daran zu hindern versuchten, diesen Anruf zu tätigen. So ist die Lage. Wir brauchen Sie hier in Paris.«

»Bills Leute oder Söldner?«

»Söldner. Osteuropäer, denke ich.«

Patrick schwieg, doch Dan wusste, dass er erleichtert war.

Er klang emotionslos, als er sagte: »Tut mir leid, dass ich diesen Trip nicht verschieben konnte. Ich bin spätestens übermorgen zurück, wenn möglich schon früher.« Er legte eine kurze Pause ein, bevor er fortfuhr: »Was haben Sie herausgefunden?«

»Eine Menge. Genug, damit Sie tun können, was Sie tun müssen. Hoffentlich auch so viel, um Ihre Seite des Handels einzuhalten und dafür zu sorgen, dass man mich und Charlie in Ruhe lässt. Herrgott noch mal, diese Kerle stellen sich an wegen der Dinge, die wir für sie erledigt haben, aber diese Woche haben sie ein paar Gangster aus der untersten Schublade auf uns gehetzt!«

Wieder trat eine Gesprächspause ein, nur eine oder zwei Sekunden lang, doch irgendwie wusste Dan, dass sie nichts Gutes ankündigte. Ein taubes Gefühl breitete sich in seinem Magen aus.

Er hatte schlechte Neuigkeiten erwartet, dennoch glaubte er, sich verhört zu haben, als Patrick sagte: »Dan. Charlie ist tot. Seine Leiche wurde gestern gefunden. Es war in Kroatien. Ich weiß nicht, wie sie ihn da aufspüren konnten.«

Dan dachte sofort an Tito, den Arzt aus Innsbruck. Er hatte ihm nie getraut und war ziemlich sicher, dass der Mann eine Rolle dabei gespielt hatte, Charlie zu verraten und zu verkaufen.

Dass Charlie auf der Suche nach Darija und der Erinnerung an einen schönen Sommer nach Kroatien gegangen war, machte ihn krank. Er hatte einen Traum geträumt, und das war das Ergebnis.

Dan fühlte sich schrecklich leer. Er hatte in den letzten Wochen mehrere Freunde verloren, aber mit Charlie war ein Fixpunkt aus seinem Leben verschwunden. Er war immer da gewesen, wenn er ihn brauchte, bis zum Ende, als er die Kugel auffing, die für Dan bestimmt war. Sie alle waren zu dem ein oder anderen Zeitpunkt füreinander da gewesen, doch jetzt gab es auch Charlie nicht mehr, und Dan stand ganz allein da.

»War es Brabham?«

»Seine Männer, ja. Vielleicht auch Freischaffende, allerdings weiß ich, dass die meisten von denen Ihnen auf der Spur sind.«

»Wie wurde er getötet?«

Er musste es einfach wissen. Es war wichtig.

»Erschossen.«

»Aber wie? Im Stil einer Hinrichtung? Eine Schießerei? War es ein Heckenschütze? Wie?«

»Dan, spielt das wirklich eine Rolle? Charlie war ein guter Mann, und er wurde erschossen. Punkt.«

Patrick verheimlichte ihm etwas, das merkte Dan. Er sagte: »Patrick, berichten Sie mir, wie es passiert ist. Ich werde es ohnehin herausfinden, und dann werde ich nicht besonders glücklich sein, falls Sie mir etwas vorenthalten haben.«

Wieder trat eine Pause ein, doch Dan ließ zu, dass sie sich ausdehnte, und nach einer Weile gab Patrick seufzend nach. »Er hatte multiple Schuss- und Messerverletzungen. Es sieht so aus, als hätten sie ihn gefoltert.«

»Um Informationen über mich zu bekommen?«

»Schon möglich. Wenn es Brabhams eigene Leute waren, eventuell auch als … als Vergeltung für Jack Carlton und Rob Foster.«

Endlich strömte etwas in die Leere, die Dan empfand. Er hatte Jack Carlton gemocht, genau wie Jack Benoit Claudel gemocht hatte, und vielleicht hatte keiner von ihnen allzu viel Menschlichkeit besessen. Doch sie alle hatten nach den gleichen ungeschriebenen Gesetzen gelebt und einander auf gewisse Weise respektiert. Der Zorn, den er jetzt fühlte, galt nicht so sehr dem Tod von Charlie Hamsun, seinem Verlust, sondern der Art, wie er gestorben war.

Zum ersten Mal in den vergangenen zwei Wochen sah Dan seinen Weg ganz klar vor sich liegen. Er wusste, was zu tun war. Bisher hatte er nur an seine eigene Zukunft gedacht, aber nun musste er auch für Charlie und Benoit, Mike Naismith und Karl Wittmann und die anderen in die Bresche springen.

Ja, sie hatten schlimme Dinge getan, und dennoch waren sie gute Männer gewesen. Sie hatten im Namen der CIA jener

Regierung gedient, die sie jetzt ermorden ließ. Wie Jack Redford waren sie von den eigenen Leuten aufs Korn genommen worden. Dan fühlte sich nicht berechtigt, einen moralischen Standpunkt einzunehmen, doch er war als Letzter noch übrig. Jetzt lag es an ihm, und er würde sie bezahlen lassen.

»Dan …?«

»Patrick, wenn Sie in Paris ankommen, setzen Sie sich mit der schwedischen Botschaft in Verbindung. Dort wird Inger auf Sie warten und Ihnen Beweise für das liefern, was ich Ihnen nun sagen werde: Vor vierzehn Jahren hat Harry Brabham – das ist der heutige Kongressabgeordnete Harry Brabham – in Paris Sabine Merel ermordet. Sein Vater ordnete daraufhin Verbrechen gegen die französische Regierung an, darunter die Ermordung von Jean Sainval vom Auslandsnachrichtendienst. Seitdem hat er alles in seiner Macht Stehende getan, um die Geschichte unter den Teppich zu kehren. Aber es ging schief. Jack Redford wusste Bescheid, und aus diesem Grund wusste Brabham auch genau, wer Jacques Fillon war.«

»*Harry* Brabham?« Die Überraschung in Patricks Stimme war unüberhörbar. Er hatte also auch geglaubt, der Vater wäre der Täter. »Und Sie haben Beweise dafür?«

»Die haben wir. Und falls irgendjemand das hier abhören und sich einbilden sollte, Bengtsson abfangen zu können, sparen Sie sich die Mühe. Wir besitzen mehr als eine Kopie. Wir haben das Überwachungsvideo, Patrick, das Band, das Brabham durch Jack Redford aus dem Hauptquartier des französischen Nachrichtendienstes stehlen ließ.«

Wieder trat kurz Stille ein, dann sagte Patrick: »Ich bin morgen Abend da. Sobald ich ankomme, nehme ich mit Ihnen und Inger Kontakt auf.«

»Rufen Sie Inger in der schwedischen Botschaft an. Ich werde nicht mehr in Paris sein – ich muss etwas erledigen.«

»Ja, ich kann mich mit Inger in Verbindung setzen«, meinte Patrick, ohne sein Unbehagen zu verbergen. »Dan, ich hoffe, Ihre anderen Pläne haben nichts mit dem zu tun, was ich Ihnen gerade erzählt habe.«

»Nur ein paar persönliche Angelegenheiten, das ist alles. Aber wir sollten uns bald einmal verabreden, Patrick – ich bin sicher, es gibt viel zu berichten.«

Er beendete das Telefonat und gab Patrick keine Gelegenheit, gegen eine Entscheidung zu protestieren, die bereits gefallen war.

Als Dan sich zu Inger wandte, las er dieselbe Sorge in ihren Augen: »Was soll ich in der schwedischen Botschaft? Und du wirst nicht dort sein? Warum?«

»In der Botschaft bist du sicher, sicherer als an jedem anderen Ort, an dem du dich mit Patrick treffen könntest. Und nein, ich werde nicht dort sein. Wie gesagt, ich habe noch ein paar Dinge zu erledigen.«

»Aber …«

»Sie haben meinen Freund Charlie getötet. Nicht einfach umgebracht. Zu Tode gefoltert.«

»Oh mein Gott.« Sie legte ihm die Hand auf den Arm. »Es tut mir so leid, Dan.«

Er nickte und sagte: »Da kommt unser Zug.«

Sie versuchte etwas zu sagen, verstummte jedoch. Das wusste er zu schätzen, denn was gab es noch zu sagen? Also warteten sie einfach, während der Zug am Bahnsteig entlangglitt, und stiegen schweigend ein.

Erst als sie wieder anfuhren, fragte sie: »Wann gehst du? Können wir heute Nacht zusammen sein?«

Er dachte daran, wie leicht es wäre, Ja zu sagen, wie sehr er sich wünschte, die Nacht mit ihr zu verbringen. Aber im Augenblick, zumindest solange es in ihm so rumorte, musste er in Bewegung bleiben und durchziehen, was er als die einzig logische Schlussfolgerung ansah.

»Ich bin heute Nacht nicht in Paris. Ich fahre gleich weiter.«

»Ich komme mit.« Als er lediglich lächelte, fügte sie hinzu: »Wir sind ein ziemlich gutes Team, oder nicht?«

Er nickte.

»Ich will dich nicht bei mir haben«, sagte er. Sie wirkte verletzt, und er fügte hinzu: »Nein, nicht so. Im Gegenteil. Ich möchte nicht, dass du in die Dinge verwickelt wirst, die ich jetzt tun muss.«

»Du musst sie vielleicht gar nicht tun. Du könntest …«

»In den tiefen Wald in Nordschweden ziehen und dort leben?« Das brachte sie zum Lächeln, doch sie strahlte eine Traurigkeit aus, die er nur schwer ertrug. »Es geht nicht nur um mich. Auch um Charlie, die anderen, alles, was wir getan haben. Und Sabine Merel …«

»Wir haben das Video.«

Er musste ihr nicht erklären, dass das Band zu besitzen und es im Fernsehen zu sehen zwei vollkommen verschiedene Dinge waren. Patrick würde es als Druckmittel einsetzen und dafür sorgen, dass Budgets umgeschichtet und Agenten neu zugeordnet wurden. Das waren bürokratische Veränderungen, die rein gar nichts mit dem zu tun hatten, was Dan und Inger interessierte. Nichts mit dem, was die Merels und Bergerons wollten, was Jack Redfords Ziel gewesen war.

Inger schien zur Einsicht zu kommen, und am Ende sagte sie nur: »Ich fürchte, du weißt nicht, auf was du dich da einlässt, selbst bei deiner Vergangenheit.«

»Ich habe eine ziemlich gute Vorstellung davon.« Er hätte beinahe hinzugefügt, dass es nichts gab, womit er nicht zurechtkam. Aber Inger sah nicht so aus, als wäre sie so leicht zu beschwichtigen. Und unter den gegebenen Umständen hatte er ohnehin das Gefühl, das Schicksal herauszufordern.

Kapitel 35

Sie nahmen sich gemeinsam ein Taxi, und Dan setzte Inger an der schwedischen Botschaft ab.

Ein letztes Mal fragte sie: »Und ich kann dich nicht umstimmen?«

»Ich verspreche dir, dass es das allerletzte Mal ist. Aber nein, das kannst du nicht.«

»Wann sehe ich dich wieder?«

»Bald. In Stockholm. Verlass dich darauf.«

Sie schüttelte den Kopf, als hätte sie einen lahmen Witz gehört, und klang verzweifelt und besorgt, als sie flehte: »Bitte sei vorsichtig.«

»Ich komme nach Stockholm. So leicht wirst du mich nicht los.«

Sie beugte sich zu ihm und küsste ihn. Er hielt sie fest, bis die unübersehbare Ungeduld des Fahrers sie trennte. Er sah ihr nach, bis sie in der Botschaft verschwunden war, und wandte sich erst ab, als der Fahrer ihn fragte, wohin er wollte. Dan gab ihm die Adresse seiner Wohnung im 17. Arrondissement und lehnte sich zurück.

Er war jetzt so in Fahrt, dass er sich beinahe wünschte, in der Umgebung des Apartments auf Brabhams Leute zu stoßen.

Doch er sah niemanden und wunderte sich, wo sie alle geblieben waren. Eine Handvoll Leute hatten sie nach Auxerre verfolgt, und die waren tot. Ein Mann war im Hotel Vergoncey gestorben. Und ein ganzes Team war nach Kroatien gefahren, um sich um Charlie zu kümmern.

Seine Gedanken blieben wieder einmal bei Charlies Tod hängen. Er riss sich davon los und überlegte, was seine logistischen Erkenntnisse über Brabhams Team aussagten. Wie viele Leute und Ressourcen standen ihm noch zur Verfügung? Seiner Erfahrung nach schätzte er, dass etwa zwölf Männer direkt für ihn arbeiteten, die meisten von ihnen als Feldagenten.

An Söldnern bestand natürlich ein endloser Nachschub, doch deren Qualität schwankte, wie sich bereits an den Männern gezeigt hatte, mit denen Dan und Inger sich hatten herumschlagen müssen. Und in seinem Büro in Berlin würde Brabham keine Freischaffenden haben wollen. Das erfüllte Dan mit Zuversicht und einer gewissen Hoffnung. Vielleicht konnte er sogar überleben.

Als er die Tür der Wohnung hinter sich schloss, spürte er sofort, dass niemand da war. Das war allerdings keine Kunst. Während er durch die spärlich möblierten Zimmer schritt, dachte er, dass hier immer ein Mensch gefehlt hatte, der sie mit Leben füllte.

Er verglich das Apartment mit Sylvies Wohnung. Sie hatte ihr einen ganz eigenen Stempel aufgedrückt, und er fragte sich, ob er zu so etwas überhaupt fähig war. So zu leben, wirklich zu leben. Dummerweise wanderten seine Gedanken an diesem Punkt schnurstracks nach Stockholm, zu einem Fantasiedomizil, das er mit Inger teilte. Es war fast peinlich, wie verlockend ihm die Idee erschien, mit einer Frau zusammenzuleben, die er kaum kannte und die ihn ebenso wenig kannte.

Derartige Träume konnte er sich nicht leisten. Was immer die Zukunft bereithielt, erst musste er mit seinem alten Leben abschließen, und dazu brauchte er seine ganze Konzentration.

Er warf einige Klamotten in eine Reisetasche, betrat dann den sicheren Raum und packte eine weitere Tasche. Anschließend konsultierte er den Zugfahrplan und verließ das Apartment. Diesmal gab es keinen Patrick, der ihn durch die Sicherheitskontrollen am Flughafen schleusen konnte.

Er nahm am späten Nachmittag einen Zug nach Köln und stieg dort in den Nachtzug nach Berlin um. So konnte er noch ein paar Stunden schlafen, bevor er kurz vor fünf Uhr morgens ankam. Es gab ein Boutique-Hotel gleich gegenüber der Adresse, die er von Brabhams Büro besaß, daher hatte er einen frühen Check-in vereinbart.

Es war noch dunkel, als er eintraf, und bitterkalt. Er sah sofort, warum Brabham diese Basis gewählt hatte. Es handelte sich um eine kleine anonyme Straße mit Kopfsteinpflaster in Charlottenburg, eine Mischung aus Büro- und Wohngebäuden, dazwischen der eine oder andere Laden oder eine Bar. Niemand würde hier Verdacht schöpfen.

In der Tat war die Umgebung so gewöhnlich, dass das Hotel, eine kleine und ausgesprochen stilvolle Anlage, so wirkte, als hätte man es von einem anderen Ort hierher teleportiert. Dan bekam ein Zimmer nach vorne hinaus, doch der Blick auf Brabhams Büro war verdeckt durch die Bäume, die die Straße auf beiden Seiten säumten und noch nicht alle Blätter verloren hatten.

Also ging er wieder hinaus und unternahm einen Spaziergang, um sich das Gebäude genauer anzusehen. Es war ein unscheinbares Haus, das vermutlich aus den Fünfzigern stammte. Auf Straßenebene befand sich eine Apotheke, und links führte eine Tür ins Treppenhaus, von dem aus man in die zwei oberen Stockwerke gelangte.

Um diese Zeit war die Straße menschenleer, also trat er näher. Die Tür war mit einem Tastenschloss gesichert, und die Namensschilder waren unbeschriftet – vielleicht hatte Brabham beide Etagen gemietet. Er drehte sich um und betrachtete das Gebäude auf der anderen Straßenseite. Es war älter, oder zumindest sah es so aus, hatte etwas von Jahrhundertwende an sich, mit kleinen Balustraden vor den Fenstern in den Obergeschossen. Dan sah, dass es leer stand, und ging hinüber, um durch den Briefschlitz zu spähen. Werbepost türmte sich auf dem Boden hinter der Eingangstür.

Er kehrte ins Hotel zurück und holte eine seiner Taschen. Mit dem Inhalt knackte er die Tür des verlassenen Hauses, stieg ins oberste Stockwerk hinauf und suchte sich ein passendes Zimmer aus. Es war offensichtlich einmal ein Büro gewesen, was er den vielen Telefonanschlüssen entnahm. Er ließ die Jalousien so weit herunter, dass er unsichtbar war, falls einer von Brabhams Leuten aus dem Fenster blickte.

Dann wartete er. Sie waren seit Wochen hinter ihm her, und da er die Denkweise dieser Menschen kannte, wusste er, dass sie ihn nicht direkt gegenüber vermuteten.

Bestimmt hatten sie die Sicherheitsvorkehrungen erhöht, trotzdem würden sie nicht ernsthaft damit rechnen, dass er hier auftauchte. Und trotz allem, was sie über seine Vergangenheit wussten, konnten sie einfach nicht begreifen, dass es nicht in seiner Natur lag, die Rolle zu spielen, die sie ihm gerne zugewiesen hätten. Denn jetzt waren sie die Gejagten, und er war der Jäger.

Kapitel 36

Der erste Mitarbeiter traf kurz vor acht ein. Es war schon hell, doch eine kränkliche Blässe überzog die Straße, als wäre mit echtem Sonnenschein heute nicht zu rechnen. Der Typ sah aus wie Ende zwanzig, trug Anzug und Mantel und hatte einen Kaffee und Frühstück in einer Papiertüte bei sich. Er verlagerte die Tüte in die Hand mit dem Kaffee und tippte achtlos die Zahlen ins Tastenfeld.

Dan beobachtete ihn durch das Fernglas und notierte sich die Nummer. Danach wartete er eine Weile, bis die Lichter hinter den Fenstern im obersten Stock flackernd zum Leben erwachten. Durch die Jalousien konnte man trotzdem nichts erkennen.

Die nächsten beiden trafen etwa zwanzig Minuten später ein. Der eine trug einen Geschäftsanzug, der andere sah aus, als würde er bei einem Internet-Start-up arbeiten. Dan hatte keinen freien Blick auf die Tastatur, als der förmlich Gekleidete den Code eintippte. Doch das Muster schien identisch zu sein mit den Ziffern, die er aufgeschrieben hatte.

Kurz darauf kamen ein Mann und eine Frau an, beide in Bürokleidung, und Dan fiel auf, dass das gesamte Team eher jung war. Als Letzter tauchte ein Typ auf, der einen dicken Pullover mit gefütterter Jacke und einen Schal um den Hals trug. Ein Schlüsselband hing ihm aus der Jackentasche – also mussten sie vermutlich an der inneren Tür eine Karte durchziehen.

Selbst aus der Entfernung sah Dan, dass der Mann schlimm erkältet war. Er nieste zwei oder drei Mal in rascher Folge, bevor es ihm endlich gelang, die Codezahl einzugeben. Er war ziemlich langsam, und diesmal hatte Dan wieder gute Sicht und war sicher, die richtigen Ziffern notiert zu haben.

Bis neun Uhr traf niemand mehr ein, und Dan entspannte sich ein wenig. Er bezweifelte, dass er in den nächsten paar Stunden viel Neues zu sehen bekommen würde. Ihm war klar, dass es sich hier nicht um die volle Mannschaft handeln konnte. Das waren nur die Büroheinis, auch wenn sie deswegen nicht auf seine Gnade hoffen durften.

Gegen Mittag kam Bewegung in die Sache. Der Mann und die Frau, die gemeinsam eingetroffen waren, traten aus der Tür und schlenderten davon. Dreißig Minuten später kamen sie wieder, anscheinend mit dem Mittagessen für alle.

Der Mann hatte eine durchschnittliche Figur und sah aus wie der nette Junge von nebenan. Diese Zeit lag allerdings hinter ihm – er fing langsam an, teigig zu wirken und eine Glatze zu bekommen.

Die Frau war mit ihren dunklen, zurückgebundenen Haaren ziemlich attraktiv, möglicherweise lateinamerikanischer Herkunft. Von den beiden war sie die Wachsamere. Sie musterte sogar das Haus, in dem Dan sich verbarg, auch wenn ihr Blick nicht bis zum Obergeschoss glitt.

Kurz nach dem Mittagessen bog ein schwarzer BMW mit zwei Insassen in die Straße ein. Er hielt vor dem Gebäude, als würde der Fahrer nach einem Parkplatz suchen. Dann setzte er zurück und bog in eine schmale Einfahrt ein, die zu den Hinterhöfen führte.

Einen Hintereingang gab es offenbar nicht, denn ein paar Minuten später kamen die Typen aus derselben Zufahrt wieder heraus und gingen zur Vordertür. Dan erkannte sie auf Anhieb. Es waren die Männer, die vor dem Vergoncey geparkt hatten.

Der eine war blond und noch keine dreißig, der andere ein wenig dunkler und eher in Dans Alter. Sie trugen eine Art unterdrückte Selbstgefälligkeit zur Schau, die sie von den sonstigen Büromitarbeitern unterschied.

Dan behielt seinen Beobachtungsposten noch eine Weile bei. Nach einer Stunde rechnete er allerdings nicht mehr damit, dass die Männer wieder herauskommen würden. Er fragte sich, ob sie jeden Tag im Büro verbrachten oder als zusätzliche Wachmannschaft geschickt worden waren. Inzwischen musste Brabham erfahren haben, dass es im Vergoncey einen Toten und bei Auxerre auf dem Land ein regelrechtes Blutbad gegeben hatte. Möglicherweise wusste er auch, dass Dan sich nicht mehr in Paris aufhielt. Wenn es sich um eine Vorsichtsmaßnahme handelte, war sie halbherzig.

Dan hielt die Beschattung den ganzen Nachmittag lang aufrecht, und als die Dunkelheit sich über die Straße senkte, sah er zu, wie sie einer nach dem anderen nach Hause gingen. Sie verließen das Büro in derselben Reihenfolge, in der sie angekommen waren, bis auf die zwei Typen mit dem BMW, die die Frau begleiteten und ihr Bestes taten, um Eindruck zu schinden, bevor sie sich von ihr verabschiedeten und zu ihrem Wagen abbogen.

Jetzt war nur noch einer übrig, und als Dan die Lichter erlöschen sah, machte er sich auf den Weg nach unten. Der Typ nieste schon, als er aus der Tür kam, und wirkte kränker als am Morgen. Einen Augenblick lang verharrte er vor dem erleuchteten Schaufenster der Apotheke, doch dann sah er auf die Uhr, überlegte es sich anders und ging weiter.

Dan folgte ihm und beschleunigte seine Schritte, als er sah, dass der Mann eine Straßenbahn bestieg. Dan nahm den Waggon hinter ihm, zog einen Fahrschein am Automaten und behielt den Typen unauffällig im Auge. Er war so mit seiner Erkältung beschäftigt, dass ihm vermutlich nicht einmal dann etwas aufgefallen wäre, wenn Dan direkt neben ihm gestanden hätte.

Wenige Haltestellen später stiegen sie aus, und nach ein paar Ecken erreichten sie ein stilles Viertel voller Wohnblocks. Die Straße war menschenleer. Dan sah auf die Uhr – es war erst kurz nach sechs, aber schon schneidend kalt. Er folgte dem Mann in ein kleineres Wohngebäude, nicht besonders alt, doch bereits von der Zeit überholt.

Der Mann warf einen Blick zur Treppe, und an einem besseren Tag hätte er sie vielleicht genommen. Heute schlurfte er resigniert zum Aufzug und drückte den Knopf. Erst als er einstieg, bemerkte er, dass jemand hinter ihm war.

Er zuckte ein wenig zusammen, schöpfte jedoch keinen Verdacht und setzte sogar zu der Frage an, in welchen Stock Dan wollte. Er brauchte eine Sekunde, um zu begreifen, dass Dan kein Nachbar war, sondern er sein Foto aus dem Büro kannte. Doch da hatte Dan schon die Pistole auf ihn gerichtet.

Keiner sagte etwas. Der Aufzug stoppte und die Türen glitten rumpelnd auf.

»Ich bin bloß ein Techniker.«

Dan gab ihm einen Wink mit der Waffe. Der Mann stieg aus und ging durch den kurzen Korridor bis zu seiner Wohnungstür. Er griff in die Tasche und zitterte sichtlich, als er sie aufsperrte. Dan folgte ihm auf dem Fuß und schloss die Tür hinter sich.

In dem kleinen Wohnzimmer sah es aus wie in einer Studentenbude. Überall lagen leere Pizzakartons herum, eine Spielkonsole, DVDs und Magazine.

»Ziehen Sie das Schlüsselband heraus und legen Sie es auf den Tisch.« Der Mann gehorchte. »Wohnen Sie hier allein?«

Der Typ nickte heftig. »Ich bin echt bloß ein Techniker, sonst nichts. Ich meine … ich sage Ihnen alles, alles, was Sie wissen wollen.«

Dan konnte sehen, dass er es ehrlich meinte – schade.

»Ich brauche nur eines von Ihnen, und zwar vierundzwanzig Stunden Stillschweigen.«

Er schoss ihm in die Brust. Der Mann brachte noch ein wenig überzeugendes »Nein, bitte nicht« heraus, bevor die Beine unter ihm nachgaben und er rückwärts in einen Stuhl sank. Ein paar Sekunden lang zuckte er unkontrolliert, dann wurde er still, die Augen starr auf den Fernseher gerichtet, als hätte er dort gerade etwas ganz Erstaunliches gesehen.

Dan griff nach dem Schlüsselband und betrachtete die Karte, die bis auf den Magnetstreifen leer war – Abstreitbarkeit ging über alles. Er durchsuchte die Taschen des Mannes, und in der Jeans fand er Handy und Brieftasche. Er hieß Adam und war siebenundzwanzig. Eigentlich wirkte er älter als dreißig, aber das konnte an der Erkältung gelegen haben.

Dan ging die Textnachrichten durch, und unter den gesendeten entdeckte er eine an jemanden namens Josh mit dem Wortlaut: »Fühle mich echt nicht gut, bin nicht sicher, ob ich es heute schaffe.«

Sie war früh am Morgen abgeschickt worden. Ein Jammer, dachte Dan, denn dass er es doch noch geschafft hatte, hatte ihn das Leben gekostet.

Kapitel 37

Dan kehrte ins Hotel zurück und aß zu Abend. Dann schlief er eine Weile und ging erst wieder aus dem Haus, als die Straße still und leer dalag. Er sah, dass in den Büros kein Licht brannte, also tippte er den Code ein und trat ein.

Im Eingangsbereich bemerkte er keine Kameras. Es gab einen Aufzug, doch den wollte er morgen nicht benutzen. Um die Ecke fand er die Treppe und stieg bis ganz nach oben.

Am letzten Treppenabsatz gab es nur die Aufzugtür und eine massive Bürotür mit einer Kombination aus Tastenfeld und Magnetkartenschloss. Er bezweifelte, dass sie denselben Code für beide Türen benutzten, und wollte kein Risiko eingehen, falls das System Fehlversuche aufzeichnete.

Stattdessen kehrte er in das verlassene Gebäude auf der anderen Straßenseite zurück, um seine Tasche zu holen. Er schnitt einen schmalen Schlitz in eine der Styroporplatten an der Decke und installierte darin eine kleine Kamera. Er überprüfte die richtige Einstellung am Laptopmonitor, indem er so tat, als würde er eine Zahl ins Tastenfeld an der Tür eingeben.

Zufrieden brachte er die Tasche zurück und ging wieder ins Hotel. Er stellte den Wecker auf sieben, fand aber nur schwer

Schlaf und stand schon früh auf. Nach einem schnellen Frühstück verließ er das Hotel.

Um acht Uhr schickte er Josh eine Textnachricht von Adams Handy aus: »Noch schlimmer geworden. Bleibe heute im Bett.«

Nur Minuten später antwortete Josh: »Ruh dich aus!«

Dan beobachtete das Büro. Der einzige Unterschied zum Tag zuvor war, dass die Jungs im Auto bereits vor neun Uhr ankamen. Das deutete darauf hin, dass er recht gehabt hatte und sie die Sicherheit verstärken sollten.

Während die Mitarbeiter nacheinander eintrafen, sah er jedes Mal wieder durchs Fernglas, um sicher zu sein, dass der Code nicht von Tag zu Tag geändert wurde. Seine Kamera funktionierte, und schon ein erster schneller Blick hatte ihm einen ziemlich genauen Eindruck von den Zahlen der inneren Tür vermittelt. Als alle da waren, sah er sich die Aufnahmen noch einmal gründlich an, um den Code zu bestätigen und nachzusehen, wie viel vom Büro zu erkennen war.

Es schien sich ein kleiner Empfangsbereich mit Sesseln gleich hinter der Tür anzuschließen, sodass die meisten Schreibtische rechts um die Ecke liegen mussten. Das konnte ihm notfalls Deckung verschaffen. Der entscheidende Punkt war, die beiden Typen vom Vergoncey als Erste zu erwischen. Er bezweifelte nicht, dass die anderen in der Lage waren, sich zu wehren, doch nicht auf demselben Niveau.

Um zwölf Uhr machte er sich fertig, und um halb eins saß er vor dem Monitor, der den Blickwinkel der Kamera direkt vor der Bürotür zeigte.

Nach fünfzehn Minuten ging die Tür auf, und dieselben zwei Personen wie gestern, der Mann und die Frau, kamen heraus, um das Mittagessen zu holen. Vielleicht standen sie in der Hierarchie ganz unten, oder sie wollten einfach gerne mal eine halbe Stunde rauskommen. Es verschaffte ihnen jedenfalls einen Aufschub vor ihrer Exekution.

Bevor sich die Tür wieder geschlossen hatte, wurde drinnen irgendetwas gesagt. Die Frau lachte wie über einen abgedroschenen Witz und drehte sich um, um etwas zu entgegnen. Die beiden Sicherheitsleute lümmelten in den Sesseln gleich hinter der Tür.

Dan trat ans Fenster und sah, wie der Mann und die Frau aus dem Haus kamen und davongingen. Er fragte sich, ob sie ein Paar waren. Doch irgendwie bezweifelte er das. Als die zwei anderen Typen sie am Vorabend angemacht hatten, hatte ihr Begleiter weder genervt noch besitzergreifend gewirkt.

Dan wartete fünfzehn Minuten. Mehr durfte er sich nicht erlauben, falls die beiden heute schneller waren oder in einem näher gelegenen Restaurant einkauften. Dann ging er hinüber, tippte den Code ein und stieg die Treppe hinauf. Er sah niemanden und war fast sicher, dass auch ihn keiner sehen konnte.

Er gab die Ziffernkombination für die obere Tür ein, zog Adams Schlüsselkarte durch und stieß die Tür auf. Den älteren Mann erschoss er zuerst. Er verpasste ihm einen Kopfschuss, während er noch grinsend aufblickte und zweifellos einen anzüglichen Kommentar für die Frau auf den Lippen hatte.

Der Blonde sprang auf und wollte gleichzeitig nach der Pistole greifen. Er hatte gute Reflexe, doch Dan traf ihn in die Brust, und der Mann wurde in den Sessel zurückgeworfen. Dan jagte ihm noch eine Kugel in den Kopf, bevor er aus der Deckung der Empfangsecke hervortrat.

Einer der Typen im Anzug saß am Computer und starrte ihn nur verblüfft an, als fragte er sich, was der Aufruhr sollte. Der zweite tastete in einer Schublade herum, vermutlich nach einer Waffe, die er besser am Körper getragen hätte. Dan erschoss ihn zuerst, anschließend den anderen, der sich nicht gerührt hatte.

Dann fingen die Schwierigkeiten an. Er konnte den leger gekleideten Typen nirgendwo sehen. Eine Tür führte zu den Toiletten, aber es gab auch einen Schreibtisch in der hinteren Ecke, der durch einen Raumteiler als eigener Arbeitsplatz abgetrennt war.

Dan trat zurück und ging am Eingang in Deckung. Er warf einen schnellen Blick um sich, der ihm bestätigte, was er bereits wusste. Nur Leichen umgaben ihn. Er wartete eine Sekunde und sagte: »Wenn Sie jetzt herauskommen, werde ich Ihnen nichts tun. Wenn Sie mich zwingen, Sie herauszuholen, dann schon.«

»Das würde ich an Ihrer Stelle lassen. Ich bin bewaffnet!«

Er versteckte sich hinter dem Raumteiler.

»Falsche Antwort. Falls Sie bewaffnet sind, muss ich Sie töten.«

Er hörte den Mann in sich hineinmurmeln: »Oh Gott, oh Gott.« Er schien in Panik zu geraten. Wegen der weniger förmlichen Kleidung, die er trug, hielt Dan ihn für den anderen Techniker, vermutlich jener Josh, mit dem Adam Textnachrichten ausgetauscht hatte.

Dan hatte vorgehabt, sie alle umzubringen, doch der Wunsch nach Rache hatte sich erstaunlich schnell verflüchtigt oder war zumindest in den Hintergrund getreten. Die zweite Hälfte des Teams würde er trotzdem umlegen, egal, wo sie sich aufhielt, wahrscheinlich in Brabhams Haus. Das waren die Kerle, die seine Freunde umgebracht und es auch bei ihm versucht hatten. Aber es gab nichts zu gewinnen, wenn er den Typen hier tötete.

Der Mann erhob die Stimme und wog offensichtlich verzweifelt seine Chancen ab, während er sagte: »Wenn ich herauskomme …«

»Werfen Sie erst die Waffe heraus. Falls Sie mit einer Waffe herauskommen, schieße ich.«

»Wie soll ich wissen, dass Sie mich nicht sowieso erschießen?«

»Wenn ich schießen wollte, glauben Sie, ein Raumteiler oder eine Pistole oder was auch immer könnte mich aufhalten?«

Stille trat ein. Dan wurde langsam ungeduldig. Die anderen mussten jeden Moment mit dem Mittagessen zurück sein. Doch da kam die Waffe schon hinter dem Raumteiler hervorgeschlittert.

»Okay, ich komme raus. Bitte nicht schießen. Nicht schießen.« Er stand mit erhobenen Händen auf. Er hatte ziemlich lange Haare, einen spärlichen Bart und ein junges Gesicht, eher wie ein Student, der eigentlich Folksänger hatte werden wollen und nur durch Zufall hier hereingeraten war. »Ehrlich, ich bin bloß ein Techniker.«

»Sind Sie Josh?« Er nickte. »Aha. Das war ich, der die Nachricht von Adams Telefon geschickt hat. Adam ist tot.«

»Oh Gott.«

Dan zog Handschellen heraus und warf sie ihm zu.

Josh fing sie auf, und Dan sagte: »Kommen Sie raus und legen Sie sie an, die Hände nach vorne gestreckt.« Als der Mann zögerte und ihn flehend ansah, fügte er hinzu: »Sie sind noch am Leben. Es gibt keinen Grund, warum das nicht so bleiben sollte, es sei denn, Sie machen Dummheiten.«

»Das werde ich nicht. Versprochen.«

Er trat hervor, wobei er alles zu vermeiden suchte, was man als plötzliche Bewegung hätte interpretieren können, und legte sich die Handschellen an.

»Okay, kommen Sie her und setzen Sie sich auf die Tischecke, da, wo ich Sie sehen kann.«

Josh gehorchte. Dan war ziemlich sicher, dass er nichts Unüberlegtes tun würde, behielt ihn aber trotzdem im Auge, während er die beiden Leichen aus den Sesseln wegschleifte. Er zerrte sie hinter einen der Schreibtische. Auf einem der Sessel befand sich eine Menge Blut aus der Kopfwunde, daher drapierte er einen Mantel von der Garderobe darüber. Es sah normal genug aus, um nicht gleich Verdacht zu erregen.

Zu Josh sagte er: »Ihre Kollegen müssen jede Minute zurück sein. Ich will ehrlich sein, ich hatte eigentlich vor, euch alle hier zu töten, nach dem Motto Auge um Auge.« Josh wollte etwas einwenden und vermutlich seine Unschuld beteuern, doch Dan brachte ihn mit erhobenem Zeigefinger zum Schweigen. Er zeigte auf die Leichen: »Diese zwei hätte ich sowieso umgebracht, aber ich möchte hier kein größeres Massaker anrichten als nötig. Verstehen Sie?«

»Ich denke schon.« Er verstand gar nichts, doch das spielte keine Rolle.

»Damit will ich sagen, dass ich Ihren Kollegen, die Mittagessen holen gegangen sind, nicht wehtun möchte. Sollten Sie allerdings versuchen, sie zu warnen, habe ich keine Wahl, als Sie alle drei zu erschießen.«

»Es … Man hat immer eine Wahl.« Dan zog die Augenbrauen hoch. Sein Gesichtsausdruck reichte aus, dass Josh es sich noch einmal überlegte, ob er wirklich darüber diskutieren wollte. »Ich sage kein Wort.«

»Gut. Ist der Rest des Teams bei Brabham?«

Er nickte und sagte: »Wir machen hier nur die logistische Arbeit, wir … nur …« Der Ausdruck in Dans Augen ließ ihn verstummen.

Sie saßen ein paar Sekunden schweigend da. Josh schien noch mehr sagen zu wollen und machte schon den Mund auf, aber da lief die Aufzugmaschinerie an. Er verstummte.

Dan deutete auf die Schreibtischkante. »Setzen Sie sich dahin.« Josh gehorchte eilig, und Dan trat auf die andere Seite der Eingangstür, von wo aus er alles im Blick hatte.

Er hörte das Pärchen munter miteinander plaudern, als es aus dem Aufzug kam, und dann gab es Bewegung auf der anderen Seite der Tür. Das Schloss klickte, und sie stießen sie auf.

Beim Eintreten lachte die Frau gerade auf, und der Mann sagte: »Ehrlich, genauso war es.«

Die Tür fiel hinter ihnen zu, bevor sie sich umdrehten und Josh auf dem Schreibtisch sitzen sahen. Die Leichen lagen nicht in ihrem Blickfeld, doch sie erstarrten und versuchten zu ergründen, was da nicht stimmte. Vermutlich wären sie nach ein oder zwei Sekunden von selbst draufgekommen. Dan ließ ihnen keine Zeit dazu.

»Wenn sich einer von Ihnen bewegt, töte ich Sie beide.«

Sie waren schon vorher stocksteif dagestanden, aber jetzt erreichte ihre Reglosigkeit eine neue Qualität.

Die Frau sagte: »Josh?«

»Alle anderen sind tot. Er wird uns nicht umbringen, wenn wir tun, was er sagt.«

Der Mann begann: »Mr Hendricks, Dan …«

»Treten Sie vor, ganz langsam, stellen Sie das Essen auf den Tisch vor sich, und dann drehen Sie sich um, sodass ich Ihre Hände sehen kann. Josh sagt die Wahrheit, doch wenn Sie Dummheiten machen, schieße ich.«

Sie gehorchten, allerdings sah er, dass der Mann den Kopf um eine Winzigkeit drehte, als wollte er der Frau etwas mitteilen. Entweder bemerkte sie es nicht, oder sie konnte sich besser verstellen. Sie legte ihre Tüten auf dem Schreibtisch ab. Er tat es ihr nach, stellte sich aber ungeschickt an, und eine davon fiel an der Seite herunter.

Er versuchte theatralisch, sie festzuhalten, doch Dan sah genau, was er wirklich vorhatte. Die Welt schaltete auf Zeitlupe. Dan war wütend auf den Kerl. Warum musste er es unbedingt versuchen, weshalb zwang er Dan abermals dazu?

Der Mann richtete sich auf und fuhr herum. Er zog die Waffe in einer einzigen flüssigen Bewegung, das musste man ihm lassen. Er war nur nicht schnell genug. Schon bevor seine Augen das Ziel erfasst hatten, feuerte Dan und traf ihn seitlich am Kopf.

Die Frau stieß einen leisen Schrei aus, hielt aber weiter die Hände in die Luft. Der Mann sackte zusammen, noch halb in seinem heroischen Showdown gefangen. Im Fallen knallte er gegen die Kante eines Schreibtisches. Er landete verdreht, den Arm unter sich verklemmt, und wirkte so noch im Tode angespannt.

Dan bemerkte, dass Josh den Kopf schüttelte. Seine Fassungslosigkeit schien weniger mit dem zu tun zu haben, was Dan getan hatte, als der überflüssigen Heldentat seines Kollegen. Die Frau reckte weiter die Hände hoch, doch sie atmete schwer und heftig wie im Fieber.

»Haben Sie eine Waffe?«

»Sie ist in der Handtasche neben meinem Schreibtisch.«

»Okay, drehen Sie sich langsam um.«

Sie gehorchte, und trotz ihrer abgehackten Atmung wirkte sie gefasst und begegnete mutig seinem Blick.

Dan sagte: »Das war nicht nötig.«

»Er wollte nach seiner Pistole greifen. Das kann ich Ihnen bestätigen.«

Es gefiel ihm nicht, dass sie versuchte, ihm nach dem Mund zu reden, und er schnappte: »Sie müssen mir gar nichts bestätigen.« Dann fand er seine Reaktion unnötig gereizt. Sie hatte Angst, das war alles und ja auch irgendwie verständlich. »Wie heißen Sie?«

»Callie Frost.«

»Oh.« Sie sah ihn fragend an, und er meinte: »Nein, ich dachte nur, Sie stammen aus Lateinamerika oder …«

»Spanien. Meine Mutter ist Spanierin.«

Er nickte. »Setzen Sie sich, Callie, auf den Stuhl da drüben bei Josh.« Sie ging hinüber und nahm Platz, während Dan einen weiteren Stuhl heranzog und Josh bedeutete, diesen zu nehmen.

Sobald die beiden saßen, lehnte Dan sich halb auf die Tischkante daneben und fragte: »Was ist Ihre Rolle im Team, Callie? Josh ist der Techniker. Was machen Sie?«

»Das wechselt. Ich habe die externen Agenten geführt.«

Dan lächelte. »Sehen Sie die Ironie? Sie haben externe Agenten angeheuert, von denen die meisten nicht besonders gut waren, um einige ehemalige externe Agenten zu töten, die jahrelang für die Firma gearbeitet hatten. Und einer von denen hat gerade Ihr Büro zerlegt.«

»Wir haben sie nur in der letzten Woche eingesetzt, seit Sie und Patrick White aktiv wurden. Bill wurde nervös, aber es ist nicht leicht, so kurzfristig gute Leute zu finden.«

»Was wiederum der Grund ist, warum Patrick White so gut war, denn er hat über Jahre hinweg ein zuverlässiges Team aufgebaut.« Sie antwortete nicht, und er fragte sich, was man ihnen über die Natur von Patricks Dienst weisgemacht hatte. »Wie viele Personen auf Ihrer Todesliste sind noch übrig?«

Sie schüttelte den Kopf, bemerkte jedoch seinen drohenden Gesichtsausdruck und gab nach: »Etwa ein Dutzend im Moment. Die Zielpersonen bekommen Priorität und werden laufend neu bewertet. Wenn sie Level eins erreicht haben, kommen sie auf die Liste. Sie stehen im Augenblick ganz oben.«

Dan musste grinsen, obwohl er nicht sicher war, womit er sich diesen Status verdient hatte. Es konnte an dem liegen, was er in den letzten Wochen getan hatte, oder daran, dass eine Menge bessere und daher gefährlichere Leute bereits tot waren.

Er sah Josh an. »Haben Sie die Beschreibung gehört? Wonach klingt das für Sie?« Er wartete die Antwort nicht ab, sondern wandte sich wieder zu Callie. »Für mich, Callie, klingt das wie eine Todesschwadron. Da fragt man sich doch, ob Brabham in den Siebzigern einmal eine Station in Südamerika geleitet hat.«

Sie hatte inzwischen die Fassung wiedergewonnen und antwortete: »Glauben Sie wirklich, Sie wären in einer Position, um den Moralapostel zu spielen, Mr Hendricks?«

Ihre Erwiderung schien Josh an den Rand einer Panik zu bringen. Anscheinend hielt er die Lage für explosiver, als sie tatsächlich war.

»Was Sie betrifft, sicher nicht. Aber Brabham gegenüber schon, denn selbst der übelste Abschaum ist Bill Brabham noch weit überlegen.« Sie runzelte die Stirn, und er fügte hinzu: »Sie müssen nicht auf mein Wort vertrauen – Sie werden den Beweis dafür schon bald mit eigenen Augen sehen können.«

Sie wollte etwas entgegnen, schreckte jedoch zusammen, als ein Handy auf der Schreibtischplatte hinter ihr klingelte und vibrierte.

»Das ist Erics Handy«, sagte sie. Dan bedeutete ihr, es aufzunehmen, und sie warf einen Blick auf das Display: »Es ist Bill.«

»Wenn man vom Teufel spricht. Gehen Sie ran. Aber schalten Sie auf Lautsprecher.«

»Was soll ich ihm sagen?«

»Die Wahrheit. Dass ich hier bin, alle anderen tot sind und ich damit drohe, auch Sie umzubringen.«

Sie nickte, sah jedoch verwirrt drein, als sie sich meldete. »Hi Bill, Callie hier.«

»Hallo Callie. Ist Eric nicht an seinem Schreibtisch?«

»Nein, Bill. Es hat … einen Zwischenfall gegeben.«

Ein mulmiges Schweigen dehnte sich aus. Dan konnte sich vorstellen, dass Brabham an seinem Ende der Leitung jemandem ein Zeichen gab.

Endlich wollte er wissen: »Welche Art von Vorfall, Callie?«

»Dan Hendricks. Er ist hier. Er hat alle außer mir und Josh getötet.« Dan gab ihr einen Wink mit der Pistole, und sie fügte hinzu: »Und er droht, auch uns umzubringen, Bill.« Noch eine Pause entstand, bis Callie schließlich wiederholte: »Bill?«

»Callie, hört Hendricks gerade zu?«

Sie blickte Dan fragend an, und als er ihr entspannt zunickte, antwortete sie: »Ja, er sitzt neben mir.«

»Wir kümmern uns darum.«

Sie brauchte einen Moment, um zu begreifen, dass Brabham aufgelegt hatte. Sie starrte das Telefon an, und Josh starrte sie an.

Es war Josh, der schließlich fragte: »Was jetzt?«

»Wir gehen, aber wir werden genau sehen können, wer kommt, um euch zu retten. Okay, Josh, stehen Sie auf, strecken Sie die Hände vor sich aus und kommen Sie her.«

Josh folgte seinen Anweisungen, und Dan legte ihm die Tüten mit dem bestellten Mittagessen in die Arme. So würde man nicht gleich sehen, dass er Handschellen trug, doch das war nicht der einzige Grund. Auch wenn im Moment keiner großen Appetit hatte, der Nachmittag war noch lang.

»Callie, stehen Sie auf und legen Sie Ihr Telefon auf den Tisch.«

»Ich habe es nicht bei mir. Es ist in meiner Handtasche.«

»Okay, dann kommen Sie hierher, greifen in Joshs Tasche, nehmen sein Handy und legen es auf den Tisch.« Sie gehorchte. »Gut, und jetzt los. Josh, Sie als Erster. Callie, wir bleiben nebeneinander.«

»Wohin gehen wir?«

»Ich weiß, dass Sie eine kluge Frau sind, sehr wachsam …«

Sie wirkte verärgert über sich selbst, weil es ihr nicht sofort aufgefallen war. »Sie waren in dem Gebäude auf der anderen Straßenseite.«

Eine Aura der Niederlage umgab sie, als wäre sie auf einen unbesiegbaren Gegner gestoßen. Er wollte ihr nicht sagen, dass die Wahrheit noch erstaunlicher war. Ihre eigene Selbstgefälligkeit hatte sie zu Fall gebracht. Sie hatten sich in Sicherheit gewähnt, ohne ein einziges Mal richtig nachzudenken.

Dan hatte einen speziellen Ruf dafür, Leute aufzuspüren, sie von der Straße weg zu entführen und verschwinden zu lassen. Dabei hatte er gelernt, dass das keiner übermenschlichen Fähigkeiten oder Talente bedurfte. Man musste lediglich besser sein als der Gegner, und der Gegner war normalerweise nicht allzu gut. Dan war bestenfalls ein wenig über dem Durchschnitt, und bis jetzt hatte das immer gereicht.

Kapitel 38

Sie befanden sich inzwischen seit fast vierzig Minuten auf Dans Beobachtungsposten und blickten wortlos über die Straße. Ein paar Mal war ein Auto vorbeigefahren, und Callie hatte den Kopf verdreht und hinuntergespäht, bevor sie sich resigniert wieder gerade hinsetzte. Josh hatte von Anfang an schicksalsergeben gewirkt und sich gegen die Wand gelehnt, ohne erkennbares Interesse daran zu zeigen, was aus seinen Kollegen oder dem Büro wurde.

Das Schweigen hatte sich so sehr ausgedehnt, dass Callie leicht zusammenfuhr, als Dans Stimme ertönte. »Brabham wohnt draußen in Zehlendorf, nicht wahr?«

»Ja, das stimmt.«

»Waren Sie je bei ihm?«

Sie nickte. »Es ist eine große Villa am Ufer des Wannsees.«

»Schön für ihn. Was würden Sie sagen, wie lange die Fahrt von dort dauert?«

»Ich weiß nicht. Eine halbe Stunde vielleicht, vierzig Minuten, je nach Verkehr.«

»Sie kommen nicht«, sagte Josh. Es klang wie in Trance.

Sie wusste es auch, wollte es aber nicht wahrhaben. »Sie haben angenommen, sie kämen zu spät, um uns zu retten.

Wahrscheinlich konzentrieren sie sich darauf, Bills Haus abzusichern. So hätte ich es jedenfalls gemacht.«

»Nein, hätten Sie nicht«, sagte Dan. »Ich kenne Sie erst seit etwa einer Stunde, Callie, und ich weiß trotzdem genau, dass Sie niemals zwei Ihrer Leute so im Stich gelassen hätten.« Sie wirkte immer noch widerspenstig, also fügte er hinzu: »Beantworten Sie mir nur eine Frage: Er wollte von Ihnen wissen, ob ich mithöre, bat jedoch nicht darum, mich zu sprechen, und fragte nicht nach meinen Bedingungen. Was glauben Sie, was der Grund dafür war?«

»Okay, ich hätte keine zwei Leute so zurückgelassen, aber ich kann verstehen, warum er es getan hat. Und ich werde kein Urteil fällen, bevor ich alle Fakten kenne.«

Er nickte und starrte sie eine Sekunde lang an. »Der Mann, mit dem Sie das Mittagessen holen gingen, war das Ihr Freund?« Sie blickte ihn anklagend an, als wollte sie fragen, was ihn das überhaupt anging. Er dachte an Inger, die ihm gesagt hatte, dass er Frauen nicht verstand, nicht wie sie dachten, und er musste ihr recht geben. »Ich wollte nicht neugierig sein. Ich meine nur … Es tut mir leid, dass ich ihn getötet habe. Mir blieb nichts anderes übrig.«

Sie lenkte ein wenig ein und sagte nach einer Weile: »Mitbewohner. Wir haben uns eine Wohnung geteilt, das war alles. Er war ein guter Kerl.«

»Was ist mit dem Team, das Brabham bei sich zu Hause hat?«

»Das Alphateam.«

Ungläubig fragte Dan: »Das *Alpha*team?«

»Bills Vorstellung von einem Scherz.«

»Wie viele sind es?«

»Neun. Nein, vier.«

»Das ist ein ziemlicher Unterschied. Neun, vier – was denn nun?«

»Ursprünglich waren es neun. Jack Carlton war der Leiter, doch er wurde erschossen, genauso wie Rob Foster. Dann übernahm Alex Robinson die Führung, aber er musste gestern ausgeflogen werden – er braucht eine Operation am Bein. Sie haben die zwei im Büro getötet. Damit bleiben noch vier.«

»Der Typ, der operiert werden muss, heißt Alex Robinson?«

Sie nickte. »Er wurde bei der Schießerei bei Charlie Hamsuns Haus getroffen.«

»Als sie in diesen Hinterhalt gerieten?« Sie nickte abermals, ein wenig verunsichert durch seinen Ton. »Der Hinterhalt bestand aus Charlie und mir. Und falls Sie mal das Pech haben, mit diesem Robinson im Einsatz zu sein, sollten Sie wissen, dass er sich einfach verdrückt hat. Er ist davongelaufen, sobald Jack in Schwierigkeiten kam, ohne eine einzige Kugel abgefeuert zu haben. Charlie hat ihn mit dem Scharfschützengewehr erwischt, als er durch den Wald rannte und Fersengeld gab.«

Josh erwachte wie aus einer Trance und klang zornig und verärgert, als er sagte: »Wusste ich es doch. Diese Geschichte war Bockmist!«

»Das Alphateam war es also auch, das in Kroatien hinter Charlie her war?«

»Natürlich. Nach dem, was Jack und Rob zugestoßen war, machten vier von ihnen auf ihn Jagd.«

»Gut. Was ich jetzt noch wissen muss, ist, ob auch alle vier daran beteiligt waren, ihn zu foltern, oder nur einige. Ich brauche Namen.«

Sie sah ihn an, als würde er Unmögliches verlangen. »Wir wissen nicht, wer was getan hat, nur, dass die Mission erfolgreich war. Und es ist erst ein paar Tage her. Da Sie gerade in Frankreich verrückt spielten, war es nicht ganz leicht, den Überblick zu behalten.«

»Reden Sie doch keinen Blödsinn. Diese Kerle erzählen gerne Kriegsgeschichten. Sie haben in allen Details gehört, wie

Jack Carlton und Rob Foster gestorben sind. Zwei von den Typen lungern seit gestern in Ihrem Büro herum, während der Rest sich in Brabhams Haus verschanzt hat. Und Sie wollen mir einreden, dass Sie keine Ahnung haben? Dass niemand geprahlt hat, wie sie den Kerl erledigt haben, der Jack Carlton auf dem Gewissen hatte?«

Sie gab keine Antwort, aber Josh wurde plötzlich hellhörig. Er starrte sie an und sagte: »Um Himmels willen, Callie, sag es ihm schon.« Er wartete nur einen Moment lang, und als sie ihr Schweigen nicht brach, wandte er sich zu Dan. »Alex Robinson hat große Töne gespuckt, wie er den großen Mistkerl in Stücke geschnitten und sechsmal auf ihn geschossen hat, bevor er ihn kaltmachte.«

Callie sagte immer noch kein Wort, doch er konnte an ihrer Miene ablesen, dass das die Wahrheit war. Er fühlte sich frustriert, denn das bedeutete, dass der Kerl, dem er am meisten ans Leder wollte, außer Gefahr in Amerika war. Aber er würde nicht für immer unerreichbar bleiben.

»Danke, dass Sie es mir gesagt haben, Josh. Und Callie, ich sagte eben, dass Sie auf sich aufpassen sollten, wenn Sie je mit Robinson zusammenarbeiten. Machen Sie sich darüber keine Gedanken mehr. Richten Sie ihm einfach etwas aus – was immer geschieht, welchen Job er auch annimmt, der Tag wird kommen, an dem ich ihn aufspüre und für jede einzelne Verletzung bezahlen lasse, die er meinem Freund zugefügt hat.«

Wieder antwortete sie nicht, schien jedoch nachzudenken. Eine oder zwei Minuten vergingen, bevor sie sagte: »Dan, haben Sie sich nie gefragt, ob Sie vielleicht auf der falschen Seite stehen? Sie tun so, als wäre Patrick White hier die Macht des Guten und Bill Brabham der Böse. Ich bin möglicherweise nicht einverstanden mit der Art, wie er Jagd auf Agenten macht, die in gutem Glauben gearbeitet haben. Aber White war ein Freibeuter, der die Firma in höchste Gefahr gebracht hat. Jetzt hat er die Seiten gewechselt und versucht, sich an Leuten wie Bill zu rächen.«

»Sie denken, dass Patrick White ein Freibeuter war? Callie, Sie würden einiges nicht gutheißen, was die westlichen Geheimdienste vor zehn Jahren angestellt haben. Da gab es Sachen, die nicht einmal die Leute von WikiLeaks für bare Münze nehmen würden. Ihr Problem ist, dass Sie das nicht sehen können, weil Sie an Bill Brabham glauben.« Er holte einen der Laptops und stellte ihn zwischen ihr und Josh auf den Boden. »Und ich sage Ihnen noch etwas – die einzige Seite, auf der ich je gestanden habe, war meine eigene. Ich habe ein eigennütziges Leben geführt und mich in diesen letzten paar Wochen zum ersten Mal auf eine Seite geschlagen, weil ich erfahren habe, was für ein Mensch Bill Brabham wirklich ist. Und jetzt werde ich es auch Ihnen zeigen.«

Er brauchte etwa eine Minute, um Telefon und Laptop vorzubereiten. Obwohl er genau wusste, was er tat, fühlte er sich in Joshs Gegenwart seltsam befangen, als ob er jeden Moment befürchtete, der Techniker würde ihm sagen, wie er es besser machen könnte.

Das Video von der Überwachungskamera begann zu laufen, und er drehte den Laptop um, sodass sie es sehen konnten.

»Dieses Material wurde vor vierzehn Jahren vor einer Bank in Paris aufgenommen«, erklärte er. »In ein oder zwei Minuten werden zwei Personen ins Bild kommen, ein Mann und eine neunzehnjährige Studentin namens Sabine Merel. Sagt Ihnen der Name etwas?« Sie schüttelten beide den Kopf, ohne den Bildschirm aus den Augen zu lassen. »Wie seltsam, dass Bill ihn nie erwähnt hat.«

Dan sah das Display nicht, las aber an ihren Mienen ab, dass das Paar im Bild erschienen war. Callie wirkte leicht angewidert, als ahnte sie schon, was passieren würde. Dan konnte an ihren Reaktionen genau erkennen, wann Brabham und Sabine in der Gasse verschwunden waren.

»Der Mann, den Sie soeben gesehen haben, versuchte etwa eine Woche zuvor, die Kunststudentin Sabine Merel auf einer Party zu vergewaltigen, einer Party am Sitz des amerikanischen Botschafters. Sie beging den Fehler, damit zu drohen, zur Polizei zu gehen. Sie meinte es nicht einmal ernst. Sie wollte nur, dass er sie endlich in Ruhe ließ. Und während Sie gerade den leeren Bildschirm anstarren, rammt er ihr die Fäuste ins Gesicht und schlägt ihr zwei Zähne aus. Dann lässt er sich mit den Knien so heftig auf ihren Rücken fallen, dass er ihr die Rippen bricht. Anschließend wartet er, bis sie das Bewusstsein wiedererlangt hat, um sie dann mit ihrem eigenen Schal zu erdrosseln. Später nimmt er ihr Geld an sich und zieht ihr die Kleider herunter, um es wie … etwas anderes aussehen zu lassen.« Er drehte den Laptop zu sich und sagte beiläufig: »Ich spule vor, denn das alles dauert etwa zwanzig Minuten. Ich gehe bis zu dem Punkt, an dem er wieder aus der Gasse herauskommt.« Er fand die Stelle und stellte auf Pause, genau wie Gaston Bergeron es für ihn getan hatte. Dann drehte er den Bildschirm wieder zu ihnen um.

»Scheiße.« Callie schlug sich die Hand vor den Mund, und ihre Augen zuckten hin und her, als wollte sie nicht länger hinsehen. Josh schien den Mann nicht zu kennen, doch Callie ließ die Hand sinken und sagte mit einer Stimme, die kaum mehr als ein Flüstern war: »Das ist Harry Brabham.«

Endlich ging Josh ein Licht auf. Er sah Dan an. »Der Kongressabgeordnete?«

»Genau der. Und ich kann Ihnen versichern, Bill Brabham ist vor nichts zurückgeschreckt, um die Sache geheimzuhalten. Und das beinhaltet die Ermordung eines hohen Beamten des französischen Geheimdienstes.«

Josh sah Callie an, zeigte auf den Bildschirm und fragte: »Du kennst den Typen?«

»Ich bin ihm einmal begegnet.« Sie wirkte, als wollte sie noch etwas hinzufügen, ließ es aber bleiben. Dan hatte den Verdacht, dass die dunkle Seite des Mannes sie nicht besonders überraschte.

»Wo wir schon dabei sind, Callie. Sie sagten, Sie hätten die externen Agenten geführt. Haben Sie Matty Hellström den Auftrag erteilt, letzte Woche in Stockholm jemanden zu töten?«

Sie sah verblüfft aus und antwortete: »Mattias Hellström? Nein. Er steht auf der Liste – wir haben Befehl, niemanden einzusetzen, der draufsteht.«

»Na, so eine Überraschung. Dann hat Bill Brabham oder einer seiner Vertrauten mit Matty Kontakt aufgenommen und ihm versprochen, ihn wieder in Gnaden aufzunehmen, wenn er einen Job für ihn erledigt. Ein Versprechen, das zu halten er offenbar nicht die geringste Absicht hatte. Die Zielperson war Patrick White, der sich in Stockholm mit mir treffen wollte. Man sollte meinen, dass es riskant wäre, den Tod eines hohen Beamten vom ODNI anzuordnen, aber Bill war natürlich von Furcht getrieben.« Er tippte auf den oberen Rand des Bildschirms. »Denn er hatte so eine Ahnung, dass wir dem hier auf der Spur waren.«

Abermals schien sie sorgfältig nachzudenken. Sie erwog, wie plausibel das klang, zog ihre Schlüsse, und schließlich sagte sie: »Wenn Sie das Band haben, dann gehe ich davon aus, dass auch Patrick White und das ODNI in seinem Besitz sind. Und er wird es einsetzen, um Bill Brabhams Abteilung aufzulösen. Aber das lässt eine große Frage offen.«

»Und die wäre?«

»Weshalb tun Sie das? Warum haben Sie all die Leute getötet, wieso wollen Sie … was immer Sie als Nächstes zu tun beabsichtigen? Sofern dieses Video echt ist, mussten Sie niemanden umbringen.«

Damit hatte sie zweifellos recht. Wenn er überzeugt gewesen wäre, dass dieses Band ausreichte, um Brabham und sein Programm kaltzustellen, hätte er niemanden töten müssen, weil dann die große Zielscheibe auf seinem Rücken verschwunden wäre. Er hatte genügend Erfahrung, um zu wissen, dass es häufig anders lief, als man hoffte. Doch er hätte sich selbst belogen, wenn er so getan hätte, als wäre das sein einziges Motiv.

»Was ich heute Nacht vorhabe, ist, nach Zehlendorf hinauszufahren, das *A-Team* auszuschalten und … nun, was Brabham angeht, habe ich mich noch nicht entschieden. Vielleicht gibt es einen besseren Weg, ihn in die Knie zu zwingen. Was meine Motive betrifft, so sind sie vielfältig – Sie werden noch feststellen, dass das bei Söldnern öfter so ist. Aber ich denke, zum größten Teil geht es mir um Rache für das, was meinen Freunden angetan wurde, vor allem Charlie. Und für das, was Brabham mir anzutun versuchte.«

»Rache ist keine Lösung, Mr Hendricks, das müssen Sie doch wissen.«

Er nickte und lächelte. Dass Callie hoffte, ihn mit einer solchen Binsenwahrheit umstimmen zu können, zeigte, wie groß die Kluft war, die zwischen ihnen lag.

Kapitel 39

Danach sprach er nicht mehr über seine Pläne. Stattdessen löste er Joshs Handschellen und ermunterte seine Gefangenen, etwas zu essen. Callie zögerte zunächst, vielleicht weil das Lunchpaket sie zu sehr an den Mann erinnerte, mit dem sie jeden Tag das Mittagessen geholt und die Wohnung geteilt hatte.

Am Ende aß sie doch ein wenig, und nach einer Weile sah sie Dan an und meinte: »Sie sollten auch etwas essen.«

Er nahm ein Schinkenbaguette und bemerkte, dass Callie es betroffen ansah. Sie wusste genau, wessen Bestellung Dan da verspeiste. Danach begleitete er beide zur Etagentoilette und ließ jeweils einen hinein, während er den anderen mit der Waffe in Schach hielt.

Sie gingen zurück und setzten sich wieder. Dan behielt das Gebäude gegenüber im Auge, aber es zeigte sich niemand und selbst Callie hatte inzwischen die Hoffnung aufgegeben.

Es begann, dunkel zu werden, als Josh sagte: »Mr Hendricks …«

»Sie können mich Dan nennen, wenn Ihnen das lieber ist.«

»Okay, danke.« Callie warf Josh einen zornigen Blick zu, als wollte sie ihn fragen, wofür er sich eigentlich bedankte. »Es ist nur so – also ich habe mich gefragt, wenn Sie zu Bills Haus hinausfahren … wollen Sie … haben Sie vor, uns mitzunehmen?«

»Das kann er nicht tun, Josh. Wir würden ihn nur verraten oder ihm in die Quere kommen.« Callie starrte Dan direkt in die Augen. Es war dieser herausfordernde und resolute Blick, den er schon im Büro bei ihr bemerkt hatte. »Er wird uns umbringen. Das ist das Einzige, was ihm übrig bleibt.«

Dan schüttelte irritiert den Kopf. »Sie haben zu viel Zeit mit der falschen Sorte Menschen verbracht. Ich habe gesagt, dass ich Sie nicht töten würde, und solange Sie mir keinen Anlass dazu geben, werde ich es auch nicht tun.« Er sah Josh an, der ihm seinerseits verzweifelt zu glauben versuchte. »Ich habe noch ein zweites Paar Handschellen. Bequem wird es nicht, aber ich werde Sie hier oben auf dem Treppenabsatz ans Geländer fesseln.« Er hatte es sich angesehen, als er die beiden zur Toilette brachte. Es war aus massivem Schmiedeeisen und fest im Steinboden verankert. »Ich schreibe einen Zettel und stecke ihn in meine Tasche, damit jemand erfährt, dass Sie beide hier sind, falls mir etwas zustößt.«

Angesichts von Callies offensichtlichem Misstrauen gegenüber Dan schien die letzte Bemerkung sie ziemlich sprachlos zu machen. Dan hielt es für die natürlichste Sache der Welt, dafür zu sorgen, dass sie nicht in einem verlassenen Haus verhungerten, wenn er umkam. Sie wirkte aus der Fassung gebracht.

»Dan, Sie können es immer noch bleiben lassen.«

Er lächelte sie an. »Und doch tue ich es. Und jetzt muss ich Ihnen noch ein paar Fragen stellen.« Ihre Miene verdüsterte sich, als hätte sie das Gefühl, in eine Falle gelockt worden zu sein. »Wo werden sie sich aufhalten, diese vier Jungs?«

»Es gibt ein Wachhaus, aber es könnte sein, dass er nur …«

»Josh, halt den Mund!«

Josh blickte Callie trotzig an, als wollte er sie daran erinnern, dass sie nicht seine Vorgesetzte war, jedenfalls nicht mehr. Er sprach sehr bewusst weiter. »Es gibt ein Wachhaus, aber wenn er lediglich vier Männer hat, postiert er dort wahrscheinlich nur einen. Höchstens zwei, und einer davon wird gelegentlich Patrouille gehen. Die anderen beiden sind bestimmt im Haus – sie hängen meistens in der Küche herum, doch heute Nacht vielleicht nicht.«

»Gut. Ist Brabhams Frau bei ihm? Familienmitglieder, Personal?«

»Abends kein Personal. Und seine Frau ist verreist. Sie haben gerade noch einen Enkel bekommen …«

Callie bemerkte in den Raum hinein: »Es ist Harrys zweiter, kam vor zwei Wochen zur Welt.«

Erst dachte er, sie wollte ihn herausfordern, aber dann vermutete er, dass ihr die Ironie nicht entgangen war. Harry Brabham baute für sich selbst eine glückliche kleine Familie auf.

»Wie lange dauert es, bis er Verstärkung von der Berliner Zentrale anfordert?«

Callie antwortete: »Er hat vermutlich gleich nach unserem Telefonat dort angerufen.«

Sie versuchte, ihn von seinem Plan abzubringen. Josh lachte auf und sagte: »Das bezweifle ich. Das wäre der letzte Strohhalm. Und ich spreche hier vom wirklich allerletzten Strohhalm. Wir existieren offiziell gar nicht, jedenfalls nicht hier in Berlin. Bill hat im Sommer einen Mitarbeiter gefeuert, bloß weil er mit jemandem von der Botschaft etwas trinken ging. Er wird sich verbarrikadieren, aber keine Verstärkung holen, es sei denn, nur er allein wäre noch übrig.«

»Wie sieht es mit Alarmanlagen aus?«

»Bewegungsmelder an den Außengrenzen. Nachtsichtkameras. Gegen die Bewegungsmelder kann man nichts machen, doch sie haben Fehlfunktionen, seit er dort eingezogen ist, also werden sie meistens ignoriert – heute Nacht allerdings wohl eher nicht. Die Kameras …« Josh schien etwas abzuwägen, dann nickte er gedankenverloren und sagte: »Falls es hilft, kann ich Ihnen zeigen, wie man sie für zehn Minuten lahmlegt – die Computersteuerung hat eine Macke.«

Noch während er sprach, richtete Callie fassungslos den Blick auf ihn. Jetzt sagte sie: »Josh, was tust du da? Wenn du ihm irgendwie hilfst, machst du dich strafbar. Wahrscheinlich begehst du Hochverrat!«

»Ganz ehrlich?« Sie antwortete nicht, und er deutete auf den Laptop: »Glaubst du, er hat das Video gefälscht?« Wieder gab sie keine Antwort. »Eben. Falls du mich melden willst, Callie, tu dir keinen Zwang an. Ich weiß, dass ich das Richtige tue. Wir haben mitgeholfen, Leute wie Dan hier zu beseitigen, und weißt du was: Wer sagt, dass sie in fünf Jahren nicht dasselbe mit uns machen?«

»Es gibt sicher einigen Klärungsbedarf, aber wenn du ihm hilfst, dann melde ich dich.«

Josh starrte sie ein paar Sekunden lang an, bevor er sich zu Dan wandte: »Sie würden es wahrscheinlich auch selbst hinkriegen, doch ich kann einen Ihrer Laptops dafür programmieren. Das Prinzip ist folgendes: Sobald jemand mit einem Autorisierungscode – zum Beispiel ich – eine Fehlfunktion des Alarmsystems meldet, führt das Ding einen kompletten Selbsttest durch. Nach zehn Minuten bestätigt es, dass keine Fehlfunktion vorliegt. Und da liegt das Problem – es ist die Mutter aller Fehlprogrammierungen: Das System schaltet alle Elemente gleichzeitig ab und bringt sie eines nach dem anderen wieder online, um sie zu testen. Die Kameras kommen als Letzte dran. Also gibt es für ungefähr zehn Minuten kein Video.«

»Sie können es so einstellen, dass ich den Selbsttest auslöse, unmittelbar bevor ich reingehe?«

»Natürlich. Sie müssen nur auf Enter drücken, wenn Sie startklar sind.«

»Gut. Machen Sie das.«

Josh zog den Laptop zu sich. Dan dachte daran, ihn zu ermahnen, seine Aktivitäten auf das zu beschränken, was sie gerade besprochen hatten, und niemanden zu kontaktieren. Allerdings war er ziemlich sicher, dass er Josh auf seine Seite gezogen hatte. Callie nicht, und obwohl sie ihre Gründe hatte, lag sie falsch. Sie starrte Josh fassungslos an.

Sie spürte, dass Dan sie ebenfalls anstarrte, gab es jedoch nicht zu erkennen, sondern sagte zu Josh: »Beihilfe zum Mord an vier CIA-Agenten. Dazu Hochverrat. Ich hoffe wirklich, du weißt, was du tust, Josh, denn sonst wirst du dein restliches Leben im Gefängnis verbringen.«

Dan meinte: »Selbst wenn Josh einen Irrtum begehen sollte, denke ich, dass erst jemand darüber berichten müsste, was er hier getan hat, damit es für ihn Konsequenzen hat. Und ich werde es bestimmt nicht sein.«

Josh blickte von seiner Tätigkeit auf und sah Callie fragend in die Augen.

»Nein, ich mache keine solchen Versprechungen. Nicht bevor ich alle Fakten kenne.«

Für Dan klang das irgendwie vielversprechend, ein Zeichen, dass sie schwankend wurde, doch Josh sah sie von oben herab an und sagte: »Das Risiko gehe ich ein. Ich weiß, dass ich das Richtige tue.« Er blickte zu Dan hoch. »Ich will ehrlich sein. Ich weiß nicht, ob *Sie* das Richtige tun, aber ich schon. Ich hatte immer das Gefühl, dass Brabham ein fauler Apfel ist.«

Dan nickte zustimmend. Callie schüttelte den Kopf, als ginge es über ihren Verstand, wie es so weit hatte kommen können.

»Okay. Alles fertig«, verkündete Josh. »Wenn Sie die Eingabetaste drücken, fallen die Kameras binnen dreißig Sekunden aus und bleiben für fast zehn Minuten abgeschaltet.«

»Gut, vielen Dank. Sie sagten, einer der Männer patrouilliert das Gelände. Wie oft ungefähr?«

»In einer normalen Nacht stündlich. Heute jede halbe Stunde, würde ich schätzen.«

Dan sah zum Fenster. Inzwischen war es dunkel geworden.

»Dann mache ich mich besser auf den Weg. Ich muss Ihnen Handschellen anlegen, wie gesagt, also sollten Sie beide vorher noch zur Toilette gehen.« Sie erhoben sich. Er musterte Callie und las einmal mehr an ihrer Haltung ab, dass sie gefährlich werden konnte. »Callie, trotz allem mag ich Sie. Es gefällt mir, dass Sie standhaft geblieben sind, auch wenn Sie meiner Meinung nach falschliegen. Sie denken jetzt möglicherweise, das wäre Ihre letzte Gelegenheit, mich aufzuhalten. Deshalb warne ich Sie – sollten Sie irgendetwas versuchen, töte ich Sie. Das zumindest müssen Sie mir glauben.«

Wildheit leuchtete aus ihren Augen, als sie zurückgab: »Warum sollte ich Ihnen das nicht glauben? Das ist das Einzige, wofür ich unwiderlegbare Beweise habe.«

Er brachte sie zur Toilette und fesselte sie anschließend mit den Handschellen ans Geländer des Treppenabsatzes. Als er seine Tasche packte, achtete er darauf, den vorbereiteten Laptop vorsichtig zuoberst zu legen.

Auf der Treppe wandte er sich ein letztes Mal um und nickte Josh dankend zu. Zu Callie sagte er: »Ich habe noch etwas anderes gesagt, von dem Sie wissen, dass es wahr ist.« Sie zog die Augenbrauen hoch, und ihre Miene war undurchdringlich. »Ich sagte, ich würde Sie nicht töten, wenn Sie mich nicht dazu zwingen.«

Damit ging er hinaus in die kalte Berliner Nacht.

Kapitel 40

Dan nahm den schwarzen BMW und fuhr Richtung Wannsee. Seit seiner Ankunft in Berlin war es bedeckt und kalt, und die reglose Luft roch hohl und metallisch. Die ersten Schneeflocken fielen. Es war sehr früh im Jahr dafür, und er konnte kaum glauben, dass er sich noch vor ein paar Tagen in Auxerre wie im Altweibersommer gefühlt hatte. Sogar in Schweden war es wärmer gewesen.

Brabhams Anwesen befand sich in einer ruhigen, schmalen, von Bäumen gesäumten Straße. Die Häuser lagen abgeschirmt hinter hohen Hecken, Zäunen und Mauern. Auf der Landseite waren es hochherrschaftliche Wohnsitze und Luxusdomizile, auf der anderen Seite, am Seeufer, sah man eher »Landgüter«, Gutshäuser mit gestaffelten Giebeldächern. Vermutlich wurden sie von ihren Besitzern in falscher Bescheidenheit als Villen beschrieben.

Er parkte ein Stück vor Brabhams Haus. Es standen mehrere Autos am Straßenrand, das wirkte also nicht verdächtig. Er bezweifelte, dass in der Dunkelheit und bei einsetzendem Schneefall jemand eine zielstrebig dahinschreitende Person beachten würde.

Er hielt sich auf der gegenüberliegenden Straßenseite und ging am Haus vorbei. Das Anwesen war von einem fast zwei Meter hohen Metallgitterzaun umgeben, und direkt dahinter schloss sich eine sauber geschnittene und etwas höhere Hecke an. Am Tor zog sich der Zaun im Halbkreis nach innen. Das Tor selbst hing an Steinpfeilern. Und gleich an einen der Pfeiler war ein kleines Wachhaus aus demselben Stein angebaut.

Hier bemerkte Dan Kameras, doch sie waren nach unten gerichtet, um die Besucher einzufangen, die vor dem Tor warteten. Im Wachhaus brannte Licht, nur konnte man aus diesem Winkel leider nicht durchs Fenster sehen. Das Haupthaus, ein großer Vorkriegsbau, lag etwa fünfzig Meter zurückgesetzt halb verborgen hinter Bäumen und Sträuchern. Von dort her drang kein Lichtschein, abgesehen von einer verzierten Laternenlampe in der Vorhalle über der Eingangstür.

Als er das nächste Anwesen erreichte, das von einer noch viel höheren und breiteren Hecke abgeschirmt wurde, machte er kehrt und ging zum Wagen zurück. Er zog den Kopf ein, nicht nur zur Tarnung, sondern auch, weil der Schnee jetzt dichter fiel und bereits eine dünne Decke zu bilden begann. Sie brachte Konturen in die Finsternis, und das erschwerte es, ungesehen einzudringen.

Er stellte fest, dass es an der Seite, wo sein Wagen stand, zum Nachbargrundstück hin eine ähnlich hohe und breite Hecke gab. Doch das war bestimmt nicht alles, schließlich konnte die Hecke nicht bis zum Seeufer reichen. Vermutlich hatten sie am meisten Angst davor, dass jemand vom See her oder von den benachbarten Anwesen aus eindrang. Einen Frontalangriff erwarteten sie wohl eher nicht.

Als er den BMW erreichte, fiel ihm auf, dass der Mantel von einem der Männer, die er getötet hatte, auf dem Rücksitz lag. Er griff danach und dachte, dass er sich gut für ein Ablenkungsmanöver eignete. Er konnte ihn zusammenknüllen und über den Zaun werfen, um die Bewegungsmelder auszulösen. Doch dann entdeckte er einen Football im Fußraum hinter dem Fahrersitz. Wahrscheinlich hatten die beiden Typen in langweiligen Momenten ihre Quarterback-Träume aus der Schule wieder aufleben lassen.

Er ließ den Mantel liegen und deponierte stattdessen den Football auf dem Beifahrersitz. Nachdem er eingestiegen war, überprüfte er ein letztes Mal, ob er genügend Munition hatte und der Laptop startklar war. Anschließend fuhr er ein Stück vor, bis er sich neben dem Anwesen befand, und hielt dicht am Zaun an.

Er drückte die Eingabetaste des Computers und sah zu, wie der Prozess begann, den Josh beschrieben hatte. Er stieg aus dem Wagen und konnte ein Grinsen nicht unterdrücken, als er den Ball im Dreißig-Grad-Winkel in die Luft und über das Dach hinweg zur anderen Grundstücksseite kickte. Er hörte ihn gegen die Hecke prallen und auf dem Rasen landen. Das sollte reichen.

Er wollte sich schon in Bewegung setzen, als irgendwo vor ihm eine Tür aufging. Eine Stimme klang deutlich hörbar durch die Schneeluft: »Okay, okay, ich sehe nach, aber es ist garantiert wieder Fehlalarm.«

Die Tür ging zu und einen Augenblick später wieder auf. Eine andere männliche Stimme rief: »Teddy?« Als keine Antwort kam, sagte sie zu sich selbst, doch immer noch hörbar: »Mist, was für ein Schlamassel.« Und abermals schloss sich die Tür.

Vermutlich hatte der zweite Mann diesem Teddy nachrufen wollen, um ihm mitzuteilen, dass die Kameras ebenfalls ausgefallen waren. Der Ball war anscheinend ein Volltreffer gewesen. Dan sprang auf die Motorhaube des Wagens und weiter aufs Dach, nahm den Schwung mit und warf sich über Zaun und Hecke in den schneebedeckten Rasen. Er rollte sich ab und wirbelte herum, um zum Wachhaus zu rennen, hielt jedoch abrupt inne.

Es war eine schwere Tür, und schon von hier aus sah er, dass sie mit einem Tastenfeld gesichert war. Wahrscheinlich musste er warten, bis Teddy zurückkam. Das warf neue Probleme auf, denn der Mann würde Dans Spuren im Schnee entdecken. Und falls er die ganze Grundstücksgrenze abschritt, dauerte das mehr als die zehn Minuten, die Dan blieben, bis die Kameras wieder funktionierten.

Er hatte nur einen einzigen Vorteil: Er wusste, dass er bei seinem Sprung über den Zaun einen weiteren Bewegungsmelder ausgelöst hatte. Selbst wenn der Typ im Wachhaus nicht viel darauf gab, würde er Teddy zur Kontrolle hinschicken.

Dan schlich zum Wachhaus und suchte mit Blicken den Garten ab. Im Schnee wirkte alles plötzlich erschreckend hell. Teddy war nirgends zu sehen. An der Seitenwand befand sich ein Fenster, von dem aus man Blickkontakt zum Haupthaus hatte. Dan duckte sich und kroch darunter hindurch, machte dann kehrt und ging voll aufgerichtet zurück, wobei er leicht an die Scheibe klopfte.

Der Mann im Wachhaus sagte etwas, und Dan hatte die Vorderseite noch nicht wieder erreicht, als schon die Tür aufging und dieselbe Stimme meinte: »Ich dachte, du wolltest erst noch den Südostsektor checken, bevor du zurückkommst.«

Dan bog um die Ecke und schoss dem Mann in die Brust. Er fiel rücklings durch die geöffnete Tür ins Wachhaus. Die Tür begann sich zu schließen, doch einer seiner Füße ragte heraus und verhinderte, dass sie ganz zufiel.

Dan sprang vor, riss die Tür wieder auf und zerrte den Mann ins Haus. Er stöhnte leicht, als Dan ihn zur Seite wuchtete. Er musterte ihn verwundert, denn er hatte präzise getroffen – vielleicht war die Kugel durch einen Knochen abgelenkt worden und hatte das Herz verfehlt. Er feuerte zur Sicherheit einen zweiten Schuss ab und sah sich um.

Es gab eine Reihe von Monitoren, die im Moment schwarz waren. Ein anderer zeigte anscheinend die Bewegungsmelder, ein weiterer diente nicht erkennbaren Zwecken. Die Jalousien waren so weit zugezogen, dass man von außen nicht hereinsehen konnte.

Zwei Türen gingen vom Hauptraum ab, und Dan überprüfte rasch die anderen Räume – einer wirkte unbenutzt, enthielt jedoch ein Feldbett, der zweite war die Toilette. Er zog sich einen Stuhl heran, setzte sich der Eingangstür gegenüber und wartete auf Teddys Rückkehr.

Da saß er immer noch, als die Monitore nacheinander wieder zum Leben erwachten. Die Bildschirme flackerten zunächst, bevor sie gespenstische Bilder vom Haus und seiner Umgebung lieferten. Er entdeckte Teddy sofort.

Als Dan sich orientiert hatte, wurde ihm klar, dass Teddy sich doch zu einem kompletten Rundgang entschlossen hatte. Er kam vom Seeufer her und lief jetzt an der Ostgrenze des Grundstücks entlang zurück. Dan behielt ihn im Auge. An der Ecke bog er ab, kam auf das Wachhaus zu, bemerkte irgendetwas und kauerte sich hin.

Er hatte seine Spuren nicht verwischen können – und es schneite noch nicht lange und heftig genug, um sie zuzudecken. Dan hörte entfernt eine blecherne Stimme und begriff, dass sie aus dem Ohrhörer des Toten kam. Er schnappte ihn sich und lauschte.

»Hier ist definitiv etwas …« Am Monitor glaubte Dan fast zu erkennen, wie er den Spuren mit den Augen folgte und sah, wohin sie führten. Als er wieder sprach, klang seine Stimme unterdrückt und vorsichtig. »Rick?« Er fluchte leise, als keine Antwort kam, und zog die Pistole. Kein Laut drang mehr aus dem Ohrhörer, doch selbst im körnigen Bild der Kameras erkannte Dan, dass der Typ mit jemandem redete.

Er senkte den Blick zu dem Mann, der Rick geheißen hatte. Er hatte Teddy etwas nachzurufen versucht, bevor dieser außer Hörweite war. Dan war gar nicht auf die Idee gekommen, dass er ihm anschließend per Funk mitgeteilt haben könnte, dass die Kameras ausgefallen waren und er überall kontrollieren sollte. Darum hatte Teddy die komplette Runde gedreht.

Im Moment stand er noch genau an der Stelle, wo er die Spuren im Schnee inspiziert hatte, als würde er auf Verstärkung warten. Es kam jedoch niemand aus dem Haus. Plötzlich wurde Dan klar, worauf Teddy gewartet hatte: Die Monitore fielen wieder aus. Jemand im Haupthaus musste sie abgeschaltet haben.

Er konnte hier nicht bleiben. Er schaltete das Licht aus, schob die Tür auf und trat in seine alten Fußabdrücke. Anschließend hielt er sich dicht an der Wand des Wachhauses, wo der Schnee noch nicht liegen geblieben war, und schlich bis zur Hecke, wo er in Deckung ging und sich flach hinlegte. Der Boden war kalt, doch hier noch schneefrei.

Dan lag reglos auf der Seite, den Rücken in die Hecke gedrückt, und lauschte. Der ferne Verkehrslärm war so leise, dass man sogar das sanfte Rieseln der schweren Flocken hörte. Aus dem Haus drang kein Laut, und von hier aus war es Dans Sicht größtenteils entzogen.

Es mussten schon mehrere Minuten vergangen sein, als er andere Geräusche wahrnahm, so undeutlich wie der Schneefall, aber definitiv vorhanden. Teddy glitt auf das Wachhaus zu, langsam und vorsichtig und seinerseits lauschend.

Doch so sehr Dan sich anstrengte, er entdeckte keine Spur von ihm. Nicht einmal vor dem Hintergrund der hellen Schneedecke, nicht einmal, als die Geräusche so klar vernehmlich geworden waren, dass der Mann nur noch ein paar Meter entfernt sein konnte. Erst als er den Kopf neigte und an seinem Körper entlangspähte, wusste er, warum er ihn nicht bemerkt hatte. Teddy war auf dieselbe Idee gekommen wie er und schob sich behutsam in der Deckung des Schattens der Hecke vorwärts.

Wäre Dan im Wachhaus geblieben, hätte die Tarnung funktioniert, doch so sah er die Konturen des Mannes recht deutlich, während er sich vor der Hecke vorbeischob. Er überlegte, sich ins Freie zu rollen, um ein besseres Schussfeld zu haben, riskierte es dann aber lieber nicht. Also schwang er nur den Arm in einer ruckartigen Bewegung herum und feuerte.

Teddy stöhnte getroffen auf und gab eine ganze Serie von Schüssen ab, von denen einer in die Tür des Wachhauses einschlug. Schließlich brach er zusammen und hob sich als schwarze Masse vom weiß verschneiten Rasen ab. Dan jagte noch eine Kugel in seinen zusammengekrümmten Körper, sprang auf und rannte auf ihn zu.

Sobald er freie Sicht hatte, verpasste er ihm noch einen Kopfschuss, doch diesmal schien er schon mit den ersten beiden Treffern Glück gehabt zu haben. Während er auf das zerstörte Gesicht hinabsah, drang ein kaum hörbares, insektengleiches Geräusch aus Teddys Ohrhörer. Einer der Männer im Haus wollte wissen, was los war, denn selbst mit Schalldämpfern veranstalteten die Schüsse einen Heidenlärm.

Dan ignorierte es. Stattdessen dachte er darüber nach, wie er sich Zutritt zum Haus verschaffen konnte. Aber die Entscheidung wurde ihm abgenommen. Als Teddy nicht auf die Stimme in seinem Ohr antwortete, reagierte der Besitzer der Stimme, indem er die Scheinwerfer einschaltete. Das grelle Licht durchschnitt die Dunkelheit, blendete Dan und erleuchtete den Garten wie ein Weihnachtsbaum. Für strategische Überlegungen blieb keine Zeit – Dan begann zu laufen, noch bevor er den ersten Schuss hörte.

Kapitel 41

Schüsse knallten in schneller Folge. Es war eine Art Scharfschützengewehr, das von einem erhöhten Standpunkt aus feuerte, der gute Sicht auf den Garten auf dieser Seite bot. Dan warf sich hinter die nächste Gebüschgruppe und robbte weiter bis zu einem Baum, denn die Sträucher boten kaum Deckung.

Erst da war er sicher, dass er nicht getroffen worden war. Allerdings blieb von hier bis in den Schutz des Hauses noch ein langer Sprint über die offene Rasenfläche. Er warf einen Blick über die Schulter. Der Schnee leuchtete blendend weiß, und die frischen Flocken zerstreuten das Licht. Teddys Leichnam war bereits leicht überpudert.

Dan ließ sich am Baumstamm zu Boden gleiten und kroch im Schatten der Büsche entlang. Er wusste, dass man ihn nicht sehen konnte, und dennoch fiel ein Schuss. Die Kugel zupfte hinten an seiner Jacke und pflügte sich mit explosiver Wucht in den Schnee. Er robbte panisch weiter, bis er den Schutz eines größeren Baumes erreichte, bevor er sich aufsetzte.

Er glaubte, nicht verletzt zu sein. Trotzdem schob er behutsam die Hand hinter den Rücken und befühlte die Jacke. Die Kugel hatte sie zerfetzt, ohne ihm ein Haar zu krümmen. Paradoxerweise erfüllte ihn das mit Unbehagen, weil es ihm das Gefühl gab, sein Glück aufgebraucht zu haben.

Wenn sie so präzise schossen, verfügte das Haus vermutlich über Wärmebildkameras. Und so wussten sie auch exakt, wo er sich jetzt befand, und konnten seine nächste Bewegung vorausahnen. Aber ihm blieb keine Wahl – seine einzige Chance lag in der Schnelligkeit.

Er richtete sich auf und streckte den Kopf hinter dem Baumstamm hervor. Noch bevor er den folgenden Schuss hörte, zuckte er zurück und feuerte auf der anderen Seite auf die oberen Fenster. Dann rannte er über den hell erleuchteten schneebedeckten Rasen, kümmerte sich nicht um Deckung, sondern versuchte nur, so schnell wie möglich den Schusswinkel zu verkleinern und zum Haus zu gelangen.

Ein Schuss knallte, ein zweiter, dritter, doch alle Kugeln schlugen hinter ihm ein. Er hastete weiter, erreichte eine Seitentür – verschlossen –, trat sie ein und schlüpfte ins Haus. Er fand sich in einer dunklen Speisekammer wieder, die möglicherweise an die Küche angrenzte. Die Küche, die Josh als den beliebtesten Aufenthaltsraum beschrieben hatte.

Er schlich weiter und ertastete einen zurückgesetzten Alkoven. Ohne zu wissen, was es war, trat er rückwärts in seinen Schutz und wartete. Irgendwo oben ertönten eilige Schritte und eine Stimme, die er nicht verstehen konnte.

Dann wieder dieselbe Stimme, diesmal deutlicher: »Bill, er ist im Haus!«

Dan hörte Bills Antwort nicht. Eine Tür schlug zu, und Fußgetrappel wurde laut. Kurz darauf verstummte es, und Dan vernahm das leise Knarren einer Treppe. Ein paar Sekunden später spürte er, dass jemand sich im selben Raum befand, nicht weit entfernt von ihm.

Der Mann hatte vermutlich die aufgebrochene Tür entdeckt, war jedoch zu clever, um im Dunkeln weiter vorzudringen. Dan merkte, dass er sich lautlos zurückzog. Unheildrohende Stille trat ein, dann flammte plötzlich das Licht im Alkoven auf. Wahrscheinlich ließ sich die Beleuchtung zentral steuern.

Als Dans Augen sich angepasst hatten, bemerkte er hinter sich, eine Stufe höher, eine schmale Holztür. Wenn er richtig vermutete, ging dahinter eine ehemalige Dienstbotentreppe nach oben. Sie war mit einem Metallhaken verschlossen. Dan hob ihn an und drückte die Tür vorsichtig einen Spalt auf.

Sie gab ein kurzes schrilles Kreischen von sich, doch die Lücke war groß genug, um zu sehen, dass die Tür definitiv zu einer Treppe führte. Er konnte nur hoffen, dass der Ausgang oben nicht bei einer Renovierung zugemauert worden war, denn sobald er diese Tür ganz öffnete, verriet er seine Position.

Schnell entschlossen stieß er sie auf. Die Angeln kreischten wie in einem Horrorfilm, und er rannte hinauf. An beiden Seiten stapelten sich Reinigungsutensilien, und oben sah er eine Tür. Es gab kein Zurück mehr. Zwischen Flaschen und Dosen und Bürsten hetzte er empor, erreichte den oberen Absatz und betätigte die Klinke. Nichts.

Er hörte, wie der andere Mann zur Haupttreppe lief. Dan war im Nachteil, denn er kannte den Grundriss der ersten Etage nicht und wusste nicht, wohin dieser Ausgang hier führte, selbst wenn er ihn aufbekam.

Er warf sich gegen die Tür, und sie gab nach, widerstrebend zunächst, doch dann ging es leichter, als auf der anderen Seite etwas zu Boden krachte. Eine Lampe kullerte ihm vor die Füße. Vermutlich hatte ein Beistelltisch vor der Tür gestanden.

Dem Geräusch nach hatte der andere Mann den oberen Absatz der Haupttreppe inzwischen erreicht und trampelte auf ihn zu. Dan wich wieder ein Stück die Treppe hinunter zurück und legte sich auf den Bauch. Als der Mann im Türrahmen auftauchte, feuerte er und traf ihn ins Bein.

Der Mann schaffte es zurückzuschießen, die Kugeln schlugen jedoch hoch über Dan in die Decke ein. Der Typ stolperte und fiel rückwärts gegen eine Tür, die in ein anderes Zimmer führte. Dan hörte, wie er die Klinke herunterdrückte und gedämpft etwas hervorstieß – sie war verschlossen.

Für kurze Zeit trat Stille ein. Dan lauschte nach Brabham und dem anderen Mann. Er hatte gesehen, dass die Haupttreppe sich aus der Mitte einer zentralen Eingangshalle wie aus einem Innenhof erhob, sodass der Absatz eine quadratische Galerie bildete, von der aus allseitig Türen abgingen.

Die Unterhaltung war definitiv von dieser Hälfte des Hauses aus gekommen. Brabham musste irgendwo rechts vor ihm sein. Es gab nur ein Problem: den Mann, der sich in irgendeinen Türausschnitt drückte. Er mochte verwundet sein, aber das machte ihn nicht weniger tödlich.

Dan stemmte sich hoch, huschte leichtfüßig die letzten Stufen empor und schob sich zur Kante des Türrahmens vor. Er wartete.

Der andere Mann ergriff das Wort: »Hendricks, das Spiel ist aus, wir haben Verstärkung ange…«

Dan trat hervor, ging direkt auf ihn zu und schoss ihm zweimal in die Brust. Der Mann ließ die Pistole fallen und sackte mit erstauntem Gesicht gegen die Tür. Die Beine gaben unter ihm nach, und er rutschte am Türblatt herunter. Die Wunde im Oberschenkel blutete stark und hatte ihn vermutlich geschwächt, seine Reflexe verlangsamt.

Dan wartete eine Sekunde, dann hörte er das verräterische, insektenhafte Kratzen aus dem Ohrhörer des Mannes. Er stieg über ihn hinweg und trat an den Rand der Treppengalerie, von der aus man die Eingangshalle überblickte.

Er konnte sich keinen Fehler leisten. Denn wenn er sich täuschte und Brabham sich nicht rechts von ihm befand, stand er ungeschützt und mit dem Rücken zur anderen Seite. Leichte Beute für jeden, der sich dort in einem Türeingang verbarg.

Er las die Waffe des Toten auf, kehrte zur Ecke an der Galerie zurück und warf die Pistole auf die Treppe. Sie klapperte ein halbes Dutzend Stufen hinunter und blieb dann liegen.

In der darauffolgenden Stille hörte er ein Flüstern, mehr nicht, aber es bestätigte seinen Verdacht. Er schob sich weiter vor bis zur ersten Tür und stellte sich daneben, bevor er die Klinke drückte und sie aufstieß. Diesmal krachte der Schuss so schnell, dass die Kugel das Türblatt noch beim Aufschwingen erwischte und sich als Querschläger in den Rahmen bohrte. Ein zweiter folgte unmittelbar darauf und schlug in die Wand auf der gegenüberliegenden Seite ein.

Dan lächelte und fragte: »Wie möchten Sie es denn gerne haben, Bill?«

»Das liegt ganz bei Ihnen, Dan.«

Der andere Mann sagte: »Nein, bei allem Respekt, Sir, das tut es nicht.«

Dan versuchte, nach Gehör einzuschätzen, wo im Raum sie sich befanden. Brabhams Stimme klang väterlich und schien sich hauptsächlich an den zweiten Mann im Zimmer zu richten. »Entspannen Sie sich, Jim. Ich bin sicher, Dan will heute Abend niemanden mehr umbringen.«

Wieder einmal nutzte Dan den minimalen Ablenkungseffekt aus und griff an, während Brabham noch sprach. Er trat ins Zimmer und schoss, ohne sich Zeit zum Zielen zu nehmen. Dennoch traf er den Mann namens Jim mitten in den Kopf. Der brachte es noch fertig, einen einzelnen Schuss abzugeben, doch er grub sich einen Meter vor Dan in den Boden.

Erst jetzt, als er herumwirbelte und die Waffe auf Brabham richtete, bekam er einen Eindruck von dem Raum. Es war ein Arbeitszimmer. Bücherregale säumten die Wände, am anderen Ende stand ein Schreibtisch mit Blick aus dem Fenster. Dan nahm an, dass man von dort aus eine schöne Aussicht über den See hatte.

Nahe der Tür standen ein Chesterfield-Sofa und ein paar hochlehnige Ledersessel. In einem von diesen saß Brabham, der das Gesicht mehr der Tür als dem Sofa zugewandt hatte, als hätte er diese Begegnung im Voraus choreografiert.

Er betrachtete den toten Agenten, der neben dem Sofa auf dem Boden lag, und sagte kopfschüttelnd. »Na, da habe ich mich wohl geirrt, was?«

Kapitel 42

»Wollen Sie mich auch töten? Ich hätte es nicht geglaubt, aber anscheinend kann ich Ihre Absichten nicht besonders gut vorausahnen.«

Brabham sah älter aus als der Mann auf den Fotos, die Dan kannte. Er hatte etwas Gewicht zugelegt, die Haare waren grauer geworden, doch er wirkte fit und entspannt wie ein Mann, der mit seinem Leben und den Zukunftsaussichten zufrieden ist.

»Sind Sie bewaffnet?«

Brabham antwortete, indem er sein Sakko aufklappte, damit Dan es selbst sehen konnte. Dan ging hinüber und nahm auf dem Chesterfield-Sofa Platz.

Brabham erhob sich und fragte: »Darf ich Ihnen etwas zu trinken anbieten? Normalerweise genehmige ich mir um diese Zeit einen Single Malt. Leisten Sie mir Gesellschaft?«

Dan sah Flaschen und Gläser auf einem kleinen Tisch beim Schreibtisch stehen. Er nickte und sah zu, während Brabham zwei kräftige Scotch einschenkte. Die Marke konnte er nicht erkennen. Brabham kam zurück, stellte die Drinks auf den Sofatisch und verrückte seinen Sessel so, dass er Dan direkt gegenübersaß.

Er hob das Glas und prostete ihm zu. Dan tat es ihm nach, und sie tranken. »Wo soll das hinführen, Dan? Ich frage Sie das, weil Sie sich schrecklich verkalkuliert haben, falls Sie glauben, so Ihren Hals zu retten. Selbst wenn Sie mich nicht umbringen – was Sie heute hier veranstaltet haben, macht Sie nur zu einem noch vorrangigeren Ziel.«

»Das Problem wird nicht mehr existieren, sobald Ihre Organisation aufgelöst ist.«

Brabham sah ihn ungläubig an und sagte, als würde er mit einem Kind sprechen: »Diese Organisation wird nicht aufgelöst werden. Falls ich abtrete, kommt einfach ein Ersatz für mich. Es gibt Leute, die wesentlich höher in der Nahrungskette angesiedelt sind als Sie und ich und Wert darauf legen, einen Schlussstrich unter die Exzesse von Personen wie Patrick White zu ziehen. Ich bin sicher, er hat sich Ihnen gegenüber als der Sheriff präsentiert, der die Stadt säubert. Aber es ist schließlich sein Saustall, den wir gerade aufzuräumen versuchen.«

»Interessante Sichtweise.« Dan legte die Pistole neben sich auf das Sofa. »Da wir schon von Exzessen reden: Sie wissen ja sicher, dass das hier nicht einfach eine Reaktion darauf ist, dass Sie uns Ihre Meute auf den Hals gehetzt haben. Es geht um Ihre eigenen Exzesse. Zum Beispiel den Grund, warum Sie einen Mann nach Schweden geschickt haben, um Jack Redfords Haus zu durchsuchen.« Brabham zog die Augenbrauen hoch und mimte Überraschung. Das konnte er gut. »Sie wissen genau, wovon ich spreche, Bill. Nämlich davon, dass Ihr Sohn Sabine Merel ermordet hat und Sie es vertuscht haben.«

Bei Sabines Erwähnung flackerte etwas hinter Brabhams Augen auf, es mochte Panik sein oder auch Furcht. Doch er fasste sich gleich wieder und lachte. »Ich weiß nicht, was für einen Unsinn Patrick White Ihnen da eingeredet hat, aber …«

»Wir haben die Videoaufzeichnung. Patrick hat sie. Sie dachten, Sie hätten die einzige Kopie an sich gebracht, nur gab noch es eine weitere.«

Brabham antwortete nicht gleich. In der Stille meinte Dan zu hören, dass außen Fahrzeuge vorfuhren. Es waren zu viele, als dass es sich um zufällig vorbeikommende Autos handeln konnte.

Brabham grinste schwach. »Ich verstehe mich immer noch nicht besonders gut darauf, Ihre Gedanken zu lesen, Dan. Allerdings fürchte ich, dass Sie sich schon wieder verrechnet haben, falls Sie hoffen, Patrick würde mit Ihrem Video an die Öffentlichkeit gehen. Das tut er bestimmt nicht. Er wird es als Druckmittel benutzen, um mir und meiner Organisation zu schaden und seine eigene Position zu festigen. Wenn er es veröffentlichen würde, würde er sein Druckmittel verlieren.«

Dan nickte. Die Wahrscheinlichkeit dafür war groß.

Er sagte: »Trotzdem haben Sie einen Fehler begangen, als Sie mich umzubringen versuchten, Bill. Und einen noch größeren, als Sie meine Freunde töteten.«

Brabham warf einen Blick auf den Toten und klang befremdet. »Na gut, jeder kann sich mal verrechnen.«

Dan hörte draußen jetzt definitiv Fahrzeuge und fragte: »Haben Sie Verstärkung angefordert?«

»Widerwillig, aber ja. Wir haben die Berliner Zentrale alarmiert. Ich nehme an, das sind sie.«

Dan fühlte sein Handy vibrieren und zog es hervor. Es war Patrick.

Er nahm ab, und Patrick sagte: »Dan, wir sind vor dem Haus. Wie ist die Lage da drin? Alles gesichert?«

»Alles gesichert. Ich sitze mit Bill in seinem Arbeitszimmer im ersten Stock. Die anderen sind tot.«

»Ich komme gleich zu Ihnen. Versuchen Sie, mich nicht zu erschießen.«

Dan legte auf, und Brabham blickte ihn erwartungsvoll an. »Das war Patrick. Er ist auf dem Weg zu uns.«

»Was für eine nette Überraschung – ich habe ihn seit Jahren nicht gesehen. Viel zu lange.«

Dan antwortete nicht, sondern nippte an seinem Drink und fragte: »Ist das ein Oban?«

Irgendwo im Erdgeschoss knallte eine Tür, gefolgt vom Getrappel zahlreicher Füße. Es klang entschlossen, aber nicht nach höchster Alarmstufe.

Brabham wirkte angenehm berührt. »Ja, es ist ein Oban. Sie kennen sich aus mit Whisky?«

»Diesen kenne ich.«

»Ein Jammer, dass wir nicht unter anderen Umständen ein Glas miteinander trinken konnten.«

»Die Umstände spielen keine Rolle. Sie wären immer noch Bill Brabham.«

»Touché.«

Dan wandte den Blick zur Tür, als sich Schritte näherten und Patrick White auftauchte. Er trug sein Markenzeichen, den schweren Mantel, und wirkte ziemlich frisch für die Reisekilometer, die er in den letzten Tagen zurückgelegt hatte. Er sah Dan kopfschüttelnd an und grinste, als hätte er eine Dummheit begangen und nicht Dan.

»Hallo Bill.«

»Hallo Patrick. Sie sehen gut aus. Die neue Rolle steht Ihnen.«

Patricks Lächeln erlosch, als sein Blick auf den Toten neben dem Sofa fiel. »Schämen Sie sich eigentlich gar nicht, Bill, für so viele Dinge? Ich meine nicht nur Paris. Sondern auch, auf Agenten Jagd zu machen, die dieser Firma treu gedient haben, unserem Land, und keinerlei Anlass dafür gegeben haben, sie für ein Sicherheitsrisiko zu halten.« Während er sprach, sah Dan einen anderen Mann in der Tür auftauchen. Er hatte dunkle Haare und war nicht viel älter als Dan, wirkte allerdings eher wie ein Gangsterboss im Kino denn wie ein Angehöriger eines Geheimdienstes. Die anderen beiden konnten ihn aus ihrem Blickwinkel nicht sehen, und Patrick fuhr fort: »Sie sind erledigt, Bill. Es ist aus.«

Brabham antwortete unbeeindruckt: »Bei allem Respekt, Patrick, Sie besitzen nicht die Autorität, eine solche Entscheidung zu treffen.«

»Aber ich«, sagte der andere Mann und trat endlich in den Raum. Er hatte die ganze Zeit den Toten angestarrt, und jetzt richtete er den Blick voll Abscheu auf Dan: »Wie viele meiner Beamten haben Sie heute getötet, Mr Hendricks?«

»Ich habe nicht mitgezählt. Ich schätze mal zehn.«

»Sie schätzen?«

»Ich schätze. Und wissen Sie, es gibt eine ganz einfache Methode, dafür zu sorgen, dass ich niemanden mehr töte – wenn Sie Ihre Leute davon abhalten zu versuchen, *mich* umzubringen.«

Patrick sagte: »Dan, das ist der Assistent des stellvertretenden Direktors, Frank Canale. Er ist mit mir herübergeflogen. Und Frank, lassen wir mal beiseite, was Sie für richtig oder falsch halten. Dan hat für das ODNI gearbeitet, und was er getan hat, war eine direkte Reaktion auf die Anschläge nicht nur auf ihn selbst, sondern auch auf mich.«

Canale starrte ihn wortlos an. Seine Miene schien auszudrücken, dass ihm das herzlich egal war. Dann nickte er wortlos und ließ den Blick durch den Raum schweifen.

»Es ist eine vollumfängliche Untersuchung im Gange. Wir werden alle Entscheidungen durchleuchten, die in den letzten Monaten getroffen wurden, und die Maßnahmen, die ihnen folgten. Außerdem müssen wir einige der fragwürdigen Praktiken der Vergangenheit überprüfen und feststellen, wer die Verantwortung dafür trägt.« An dieser Stelle warf er einen Seitenblick auf Patrick. »Wir werden darüber hinaus unter die

Lupe nehmen, ob Ressourcen der Firma missbraucht wurden, um eigenes Fehlverhalten zu vertuschen. Das kann nicht toleriert werden.«

Dan lachte. »Fehlverhalten?« Alle drei starrten ihn an, und er wiederholte: »*Fehlverhalten?* Brabhams Sohn hat versucht, am Sitz des US-Botschafters in Paris eine Studentin zu vergewaltigen.«

Brabham protestierte entrüstet: »Das ist lächerlich! Sie haben keinerlei Beweise dafür.«

»Nein, allerdings nicht, denn die einzige Person, die es hätte bezeugen können, ist tot. Ermordet von Ihrem Sohn.«

Brabham hatte offenbar Zeit genug zum Überlegen gehabt, seit Dan ihm gegenüber das Video erwähnt hatte. Er sagte: »Wir haben uns bemüht, das Video zu unterdrücken, das gebe ich zu, und das war ein Fehler. Aber jeder Vater hätte dasselbe getan. Denn Harry hat dieses Mädchen nicht umgebracht. Sie war quicklebendig, als er sie verließ. So einfach ist das, und etwas anderes können Sie nicht beweisen, mit oder ohne Videoband.«

Patrick sah ihn an. »Das Video beweist es vielleicht nicht hieb- und stichfest, Bill, doch Sie würden sicher trotzdem nicht wollen, dass es veröffentlicht wird.«

Canale klang ungeduldig. »Genug jetzt. Dies ist nicht der richtige Zeitpunkt, um darüber zu diskutieren, was wir mit dem Band machen.«

Patrick lächelte. »Genau genommen werden *wir* gar nichts entscheiden, Frank. Das Video befindet sich im Besitz des ODNI.«

Canale ruderte zurück. »Also gut, dann werden wir ein Arrangement finden müssen, das allseits nutzbringend ist.« Patrick nickte beinahe unmerklich, was Dan nur allzu gut verstand, und sagte: »Bill, ich denke, es ist das Beste, wenn Sie mit mir nach Washington zurückfliegen.«

Bill nickte, kippte den Rest seines Whiskys und erhob sich. So einfach würde sich das regeln lassen. Gerechtigkeit für die Merels und Redford und die anderen Beteiligten? Spielte keine Rolle, wenn Macht und Einfluss lockten.

Dan schüttelte den Kopf angesichts dieser Ungeniertheit und hantierte nonchalant mit seinem Handy, während er einwarf. »Ach Frank, wie war das gleich, Sie wollten wissen, wie viele Ihrer Beamten ich getötet habe?«

Zunehmend ungeduldig fragte Canale: »Na und?«

Nur um ihn zu reizen, fuhr Dan fort, so zu tun, als wäre er mit dem Telefon beschäftigt, und verstummte immer wieder. »Es ist nur, Sie haben gar nicht nach denen gefragt … nach denen, die ich nicht getötet habe … Es ist nämlich so … können Sie mir folgen? … ja, ich habe zwei von ihnen mit Handschellen ans Geländer gefesselt … im Gebäude gegenüber von Bills Büro. Sie sind unverletzt, allerdings …«

Canale warf einen Blick auf Dans Telefon und knurrte: »Könnten Sie damit vielleicht warten, bis Sie gesagt haben, was Sie zu sagen haben?«

»Gleich.« Er senkte das Handy und blickte mit einem Lächeln auf. »Erledigt. Ja, sie sind wohlauf und bei bester Gesundheit. Was das Telefon betrifft, das war etwas, das ich schon vorbereitet hatte, weil ich weiß, wie Ihre Leute ticken. Das Video beweist möglicherweise nicht, dass Brabham Sabine ermordet hat. Aber egal, das Band und die gesamte Geschichte mitsamt Adressen und Telefonnummern aller Zeugen sind gerade per E-Mail an rund dreißig Nachrichtenmagazine und Agenturen in aller Welt gegangen. Die *Washington Post*, die *New York Times*, Reuters, CNN, die BBC, *Le Monde – die* werden sich durchaus dafür interessieren. Ihr seid miese Opportunisten, ihr alle. Ihr lasst einen Vergewaltiger und Mörder in den US-Kongress, nur um die Pferde nicht scheu zu machen. Tja, Pech gehabt, jetzt ist es heraus. Seht zu, wie ihr damit umgeht.«

Dan hielt das Telefon in die Höhe und grinste.

Zum ersten Mal sah Brabham erschüttert aus. Jegliche Farbe wich aus seinem Gesicht. Er streckte die Hand nach der Sessellehne aus, um das Gleichgewicht zu halten, während er Dan voll Hass anblickte. »Sie Scheißkerl. Seine Frau hat gerade ein Kind bekommen, um Himmels willen!«

»Nur zwei Worte, Bill – *Sabine. Merel.*«

Bill schüttelte den Kopf, als hätte er nicht verstanden. Wackelig ging er zur Tür. Seine Bewegungen wirkten unbeholfen, als würde er gleich zusammenbrechen. Die Knie schienen unter ihm nachzugeben, und er stürzte. Dan bemerkte die Finte zu spät – in Sekundenbruchteilen hatte Brabham sich die Pistole des Toten geschnappt und auf Dans Gesicht gerichtet.

Dan reagierte nicht mehr rechtzeitig. Es blieb ihm nur noch, den Hass und die Erregung in Brabhams Miene zu registrieren. Patrick und Canale zuckten zusammen, hielten sich aber zurück, als sie erkannten, dass Brabham am Rande des Wahnsinns stand.

Dan hatte ihn zu sehr provoziert, und mit einem seltsam resignierten Gefühl begriff er, dass dies das Ende war. Er hatte sich oft gefragt, wie es ein würde, dem sicheren Tod ins Auge zu sehen, und jetzt wusste er es. Es war eine beinahe außerkörperliche Erfahrung. Seine Zeit war abgelaufen, und er konnte sich fallen lassen.

Doch Brabham war noch nicht bereit, auf den Abzug zu drücken, und begann wieder: »Sie Dreckskerl! Er war ein guter Junge und er ist ein guter Mann. Er hat nicht verdient, dass Lumpen wie Sie …«

Canale warf ein: »Bill …«

»Nein! Sie kennen das Drehbuch, Frank – er ist hier eingedrungen und hat eine Menge Leute getötet, bevor wir ihn erledigen konnten. Genau das hat er verdient.«

»Ich werde bezeugen, dass das nicht wahr ist«, erklärte Patrick.

Ohne die Augen von Dan zu lassen, entgegnete Brabham: »Wie kommen Sie darauf, dass Sie hinterher noch irgendetwas bezeugen können?« Er trat einen Schritt vor, als wollte er ganz sichergehen. Seine Hand zitterte leicht, schwankte jedoch nicht. Aus Dans Perspektive wirkte die Mündung der Waffe seltsam verlockend. »Du verkommenes Stück Scheiße.«

Dan straffte sich. Der Schuss krachte und zerriss die Luft. Patrick fuhr zurück und hätte fast das Gleichgewicht verloren. Brabhams Gesicht schien sich zu verzerren und in sich zusammenzufallen. Es sah aus, als würde er sich seitlich zu Boden werfen. Die Hand mit der Pistole fuchtelte herum wie in einem letzten verzweifelten Winken.

Dan brauchte einen Moment, um zu begreifen, dass er nicht tot war, und einen weiteren, um die Szene zu erfassen. Das Blut, die Wunde in der Seite von Brabhams Kopf. Canales ausgestreckter Arm. Dan starrte ihn an. Er war nicht sicher, ob er schon außer Gefahr war.

Vielleicht ging es Patrick genauso, denn er sprach als Erster und sagte bloß: »Frank?«

Canale steckte die Waffe ins Halfter zurück. Er wirkte bemerkenswert gelassen für einen Mann, der gerade einem anderen aus nächster Nähe in den Kopf geschossen hatte. Dan war nicht naiv genug zu glauben, dass er es getan hatte, um *sein* Leben zu retten. Es hatte andere Erwägungen gegeben, möglicherweise nur die Erkenntnis, dass Bill zum Risikofaktor geworden war.

Jetzt erklärte Canale: »Ich habe das Drehbuch umgeschrieben, das ist alles. So lässt sich einfacher aufräumen.« Sein Handy klingelte. Er zog es heraus, sah nach, und ein Anflug von Ärger huschte über sein Gesicht. Er blickte Dan geringschätzig an und steckte das Telefon wieder weg.

»Patrick, wir müssen reden.« Er zeigte auf Dan und sagte: »Mr Hendricks, ich hoffe zu Ihrem eigenen Besten, dass wir uns nie wieder über den Weg laufen.«

Dan gab keine Antwort. Die letzten paar Minuten hatten ihn davon überzeugt, dass es ratsam war, sich Frank Canale nicht noch mehr zum Feind zu machen. Außerdem war er zu überrascht, noch am Leben zu sein, um das wegen einer schlagfertigen Bemerkung aufs Spiel zu setzen.

Canale warf einen kurzen Blick auf Brabhams blutigen und verdrehten Körper. Dann schritt er aus dem Zimmer und ließ Dan und Patrick mit den Leichen und einer Menge Fragen zurück. Das Einzige, was Dan wirklich sicher wusste, war, dass er das Richtige getan hatte. Vielleicht nicht im Hinblick auf seine eigene Zukunft, aber trotzdem. Und gegen alle Wahrscheinlichkeit war er noch am Leben. Zumindest vorläufig.

Kapitel 43

Patrick starrte Brabhams Leiche an. »Was haben Sie getan, Dan?«, fragte er.

»Sie wollten alles unter den Teppich kehren, nicht wahr?«

»Ich hatte vor, das Video zu verwenden, um Harry Brabham die Flügel zu stutzen und dem hier ein Ende zu setzen.« Er machte eine Geste, als wollte er Bill Brabhams gesamte Organisation umfassen. »Und nun, da das Video veröffentlicht ist … Wer kann wissen, was jetzt passiert?«

»Sie meinen, ich befinde mich weiter in Gefahr.«

»Ehrlich gesagt, ich habe keine Ahnung. Ich werde versuchen, für Ihre Sicherheit zu sorgen, und die Chancen stehen nicht schlecht. Ich sage nur, dass die Herausgabe des Videos die Situation wesentlich explosiver macht.« Er wies auf Brabham, wie um das Argument zu unterstreichen. »Warum haben Sie es getan?«

»Aus zwei Gründen. Zunächst Sabine Merel. Sie wurde ermordet, Patrick, und ihre Familie und Freunde haben ein Recht zu erfahren, was geschehen ist, damit sie ihren Seelenfrieden finden. Und sie verdienen Gerechtigkeit.«

»Auf Gerechtigkeit würde ich mich nicht verlassen, nicht einmal jetzt. Und sofern Sie glauben, dass ihnen das ihren Seelenfrieden bringt, dann machen Sie sich etwas vor.«

»Vielleicht. Ich jedenfalls würde Bescheid wissen wollen, wenn sie meine Tochter gewesen wäre.«

Das schien Patrick zu akzeptieren, und er bemerkte: »Sie sagten, es gäbe zwei Gründe.«

»Ja. Der andere ist Jack Redford. Ich weiß nicht, was mich mit dem Mann verbindet, aber er saß da oben mitten im Nirgendwo und arbeitete genau auf den Punkt hin, an dem wir uns jetzt befinden. Nur durfte er sich nicht aus seinem Versteck herauswagen und hat es deshalb nicht geschafft, die Videokopie aufzuspüren. Es war mir wichtig, die Arbeit für ihn zu Ende zu führen. Ich kannte ihn nicht, hatte aber das Gefühl, es ihm schuldig zu sein.«

Patrick hörte ihm wortlos zu und meinte schließlich: »Nun, wie immer es weitergeht, Sie haben den Job erledigt, um den ich Sie gebeten habe. Dafür bin ich dankbar, auch wenn Ihr Showdown etwas exzessiv war.«

»Sie selbst haben mir gesagt, wo ich Brabham finde – Sie mussten wissen, dass ich irgendwann nach Berlin komme.«

»Sicher. Ich dachte, Sie würden ihn ausspähen. Ich habe ehrlich nicht vorausgesehen, dass Sie hier einen Ein-Mann-Krieg anfangen.« Er lachte ein wenig, und Dan stimmte mit ein. »Also, was nun? Sind Sie hier fertig?«

»Nicht ganz. Ich habe einen Mann namens Eliot Carter kennengelernt, und der hat mir die Adresse eines gewissen Tom Crossley gegeben. Sagt Ihnen der Name etwas?«

»Eliot kannte ich vor Jahren. Tom Crossley höre ich zum ersten Mal. Welche Rolle spielte er?«

»Sie waren Freunde. Carter glaubt, er könnte mehr über Redfords Verschwinden wissen. Jedenfalls hoffe ich das. Wie gesagt, das Schicksal dieses Burschen ist mir irgendwie unter die Haut gegangen – ich weiß auch nicht, warum.«

»Wirklich nicht? Liegt es nicht daran, dass Sie sich fragen, ob Sie in Ihre eigene Zukunft blicken, wenn Sie ihn betrachten?«

»Vielleicht.« Sie verfielen in ein kurzes Schweigen. Nur die Geräusche des Teams waren hörbar, das im Haus das tat, was in solchen Situationen eben zu tun war. »Wie steht es mit Ihnen? Was haben Sie jetzt vor?«

»Ich mache weiter. Solange Sie nicht zu heiß werden, habe ich eventuell sogar Arbeit für Sie. Falls Sie interessiert sind.«

Dan wurde plötzlich bewusst, wie merkwürdig dieser alltägliche Dialog im Angesicht der blutigen Überbleibsel der Gewalt war.

Er richtete sich auf und sagte: »Mal sehen. Lassen Sie uns hier verschwinden.« Sie traten hinaus auf die Galerie und sahen auf das Kommen und Gehen in der Eingangshalle hinab. »Übrigens, einer von denen, die ich drüben in Charlottenburg gefesselt zurückgelassen habe, ein Techniker namens Josh, der könnte für Sie ein wertvoller Mann sein. Ich denke, er wäre bereit, die Seiten zu wechseln, wenn Sie ihm ein Angebot machen.«

»Ich werde daran denken – und was ist mit dem anderen Mann?«

»Der andere Mann ist eine Frau, die auch eine Verstärkung für Sie darstellen könnte. Nur bin ich nicht sicher, ob sie zu haben ist.«

»Ich verstehe.« Sie gingen die Treppe hinunter, ignoriert von den meisten Leuten, die hier herumwimmelten, einige in Zivil, andere in Kampfanzügen. »Ich wünschte wirklich, Sie hätten nicht so viele Menschen getötet. Ich hatte schon so eine Befürchtung, als ich Ihnen das von Charlie erzählte, aber trotzdem …«

»Ja, und ausgerechnet der Kerl, der Charlie gefoltert hat, war nicht einmal hier – er wurde für eine Operation am Bein nach Hause geflogen.«

»Der Typ, den Charlie im Wald angeschossen hat?«

»Genau. Ein gewisser Alex Robinson. Und ich muss Sie warnen, Patrick, egal, ob ich wieder für Sie arbeite oder nicht, ob ich Lust habe, mit Frank Canale die Klingen zu kreuzen oder nicht, wenn dieser Robinson mir noch einmal begegnet, kann es nur auf eine Art enden.«

Patrick warf Dan ein Lächeln zu. »Dann hoffen wir mal, dass Sie sich nie über den Weg laufen.«

Sie traten durch die zweiflügelige, weit offen stehende Eingangstür ins Freie hinaus. Die Gartenscheinwerfer brannten immer noch, und die Flocken fielen dichter. Auf den Fahrzeugen vor dem Haus bildeten sich bereits Schneehauben.

Patrick sah sich um, und eine Sekunde lang glaubte Dan, er wollte eine Bemerkung über die Schönheit der Umgebung machen. Doch er klagte: »Verdammt, ich bin mit Frank hergefahren, und der ist weg. Wie soll ich jetzt zurückkommen?«

»Ich fahre Sie. Ich habe eines von Brabhams Autos gestohlen – es steht ein Stück weiter geparkt.«

»Ah, großartig. Vielen Dank.« Sie gingen die Zufahrt hinunter und verließen den Bereich der Scheinwerfer. Draußen auf der dunklen Straße sagte Patrick: »Die Schweden sind übrigens sehr zufrieden. Ich glaube, wir können in Zukunft wieder auf ihre Unterstützung zählen. Nicht, dass ich viel Bedarf dafür sähe.«

Dan dachte an Inger. Er sehnte sich danach, sie anzurufen, noch heute Nacht ein Flugzeug nach Stockholm zu besteigen und ein neuer Mensch zu werden. Doch das würde ein paar Tage warten müssen. Mindestens.

»Ich nehme an, Sie hatten eigentlich auch diesmal nicht geplant, mit ihnen zusammenzuarbeiten.«

»Wie wahr.« Einige Schritte weiter fügte er hinzu: »Eines muss man Jack Redford lassen. Er verstand sich wirklich darauf, zu verschwinden.«

Dan nickte. Wieder dachte er an seine eigene Zukunft und an den Tag, an dem er es vielleicht genauso machen musste. Wenn er Pech hatte, schon heute. Mit diesem Gedanken ging er hinein in den Schnee und die Dunkelheit.

Kapitel 44

Dan hatte damit gerechnet, Genf würde unter einer ähnlichen Schneedecke liegen wie Berlin, doch trotz der Kälte waren die Straßen trocken, und ein klarer blauer Himmel dehnte sich über der Stadt. Er rief Tom Crossleys Nummer an und bekam eine Frau an den Apparat, die ihm sagte, er werde bereits erwartet. Also machte er sich gleich auf den Weg.

Crossley wohnte in einem modernen Mietshaus mitten in der Stadt. Die Frau vom Telefon öffnete die Tür. Sie wirkte südostasiatisch, obwohl Dan nicht hätte sagen können, aus welchem Land sie stammte. Sie führte ihn lächelnd ins Wohnzimmer, wo Crossley auf dem Boden mit einem kleinen Kind mit einer Holzeisenbahn spielte.

Eine Welle der Traurigkeit durchlief Dan bei dem Anblick. Er ignorierte sie und betrachtete die Aussicht aus dem Fenster – das Gebäude stand in einer dicht und hoch bebauten Gegend, dennoch hatte man einen herrlichen Blick über den See und die Berge dahinter. Es war eine hübsche Wohnung, geräumig, aufgeräumt, voll klarer Linien.

Crossley blickte auf. Er war in den Fünfzigern, und das sah man seinem gefurchten Gesicht an, obwohl er noch unglaublich fit wirkte. Seine Arm- und Brustmuskulatur zeichnete sich deutlich unter dem T-Shirt ab, und an seinem rasierten Schädel war nicht abzulesen, ob er kahlköpfig oder grauhaarig war. Er lächelte und sagte: »Dan Hendricks?«

»Der bin ich. Danke, dass Sie mich empfangen, Mr Crossley.«

»Bitte sagen Sie Tom. Ich bin froh, dass Sie gekommen sind.« Er erhob sich in einer einzigen fließenden Bewegung und meinte: »Patty kennen Sie ja schon.« Er sah die Frau an. »Wir gehen ins Arbeitszimmer.«

»Etwas zu trinken?«

Er blickte Dan fragend an. Dan antwortete: »Nein danke.«

»Wir brauchen nichts. Danke, Patty.«

Sie nickte und löste Tom bei dem Kind ab. Sie redete in ihrer eigenen Sprache mit ihm – Vietnamesisch, dachte Dan jetzt, da er sie sprechen hörte.

Das Arbeitszimmer war etwas unaufgeräumter als die übrige Wohnung, angefüllt mit militärischen Erinnerungen und Reiseandenken, Büchern und Magazinen und Zeitungsausschnitten. Tom fragte: »Sie haben also mit Eliot Carter gesprochen – wie sind Sie auf ihn gekommen?«

»Über Georges Florian vom französischen Auslandsnachrichtendienst.«

Tom bot ihm einen Stuhl an, hielt jedoch mitten in der Bewegung inne, als er sich selbst setzen wollte. »Georges Florian? War der nicht vor vielen Jahren bei der Fremdenlegion?«

»Das ist er.«

»Meine Güte. Ich dachte, er wäre tot.« Jetzt nahm auch er Platz und fügte hinzu: »Und, wie geht's Carter, der alten Dame? Immer noch mit seinen arabischen Knaben in der Kiste?«

»Ja, seine Wohnung sah ein bisschen aus wie Klein-Marokko.«

Tom lachte. »Mögen ihm die Götter gewogen bleiben. Und eines kann ich Ihnen sagen: In unserer Branche ist der Mann sein Gewicht in Gold wert.«

Dan fragte sich, ob Tom über seine eigene Laufbahn Bescheid wusste oder einfach nur annahm, dass sie im selben Geschäft waren.

»Sind Sie noch aktiv, Tom?«

»Nicht direkt. Aber Sie wissen ja, wie es ist.« Er griff in eine Schublade, suchte ein paar Sekunden darin herum und zog einen vergilbten Umschlag heraus.

Er hielt ihn in die Höhe. »Es ist merkwürdig, gerade einen Tag, bevor Eliot Sie ankündigte, kam mir das hier in die Finger. Ich war erleichtert, als er anrief. Wissen Sie, als Jack untertauchte, schickte er mir den Schlüssel für ein Schließfach in Paris – hier sind alle Details drin. Er wollte ihn eines Tages selbst abholen oder jemanden danach schicken. Nun, ich schätze, derjenige sind Sie.«

Er beugte sich vor und legte den Umschlag vor Dan auf den Schreibtisch.

Dan wollte einwenden, dass er kein Recht besaß, als Redfords Repräsentant aufzutreten, ließ es aber sein. Er redete sich ein, dass der Inhalt des Schließfachs Patrick wahrscheinlich nützlich sein konnte. Im Grunde ging es ihm jedoch nur darum, alles über Jack Redford und die Gründe seines Verschwindens herauszufinden.

»Danke. Wollen Sie ihn zurückhaben?« Tom schüttelte den Kopf, als fragte er sich, was er damit sollte, wo er ihn doch gerade erst losgeworden war. »Was das Thema Briefe angeht: Eliot hat mir erzählt, dass Jack kurz vor seinem Untertauchen einen aus Beirut erhalten hätte, der ihm große Sorgen machte.«

Tom blickte zweifelnd drein. »Einen Brief? Nicht dass ich wüsste. Ich schickte ihm eine E-Mail, und ich erinnere mich, dass er sich tatsächlich darüber aufregte. Ein Freund von uns, mit dem wir zusammen in Beirut waren, war bei einem Unfall mit Fahrerflucht getötet worden.«

Dan musste sofort an Mike Naismith in Baltimore denken. »Verdächtig?«

»Wer weiß? Jack glaubte das. Es beunruhigte ihn jedenfalls. Das wird es wohl sein, was Eliot mit dem Brief meinte.«

Das war enttäuschend, und abgesehen von dem vielversprechenden Schließfachschlüssel hatte Dan das Gefühl, Tom Crossleys Zeit zu verschwenden.

Wie um ihrem Gespräch mehr Substanz zu verleihen, fragte er: »Was haben Sie in Beirut gemacht?«

Tom grinste breit. »Urlaub. Wir hatten zufällig alle gleichzeitig frei. Ich hatte dort ein paar Freunde und schlug Jack vor, uns für eine Weile zu amüsieren. Dann bekamen noch mehr Leute Wind davon und schlossen sich an. Wir blieben etwa sechs Monate.« Er stand auf, ging zu einer orientalischen Kommode und suchte in den Schubladen herum, bis er einen dicken braunen Umschlag fand. »Das waren noch schöne Zeiten in Beirut.«

»Also nach der Geiselkrise?«

»Ja, Jahre später. Mit Beirut ging es aufwärts, und man hatte den Eindruck, die Stadt könnte wieder so werden wie vor dem Krieg. Heute sieht es schlecht dafür aus, aber damals, das waren gute Tage.«

Er zog ein Bündel Fotos aus dem Umschlag und blätterte sie durch. Er zog eines heraus und reichte es Dan. Es zeigte drei Männer, die sich die Arme um die Schultern gelegt hatten. Einer davon war Tom mit kurz geschnittenen Haaren, nicht mit rasiertem Kopf wie jetzt, doch ansonsten unverkennbar. Der in der Mitte war blond und hatte kantige Gesichtszüge.

Der dritte Mann war kleiner, obwohl Dan vermutete, dass er eher von durchschnittlicher Größe war und nur neben den beiden anderen so klein wirkte. Er sah entspannt aus, hatte struppige Haare, und sein Hemd war auf einer Seite in die Hose gestopft, während es auf der anderen heraushing. Vom Typ her war er einer dieser gut aussehenden Weltreisenden, wie man sie an solchen Orten mit einer Gitarre im Gepäck antrifft.

Tom erklärte: »Der Typ in der Mitte ist Jonny, der bei dem Unfall mit Fahrerflucht starb.«

»Jonny? Er sieht irgendwie deutsch aus oder …«

Tom lachte. »Alle hielten ihn für einen Deutschen. Er stammte aus San Diego, ein richtiger Surfer und Beach Boy – ein bisschen verrückt, aber ein netter Kerl.«

Dan nickte und fragte: »Wer ist der Mann rechts?«

Als wäre es das Selbstverständlichste der Welt, erwiderte Tom: »Das ist Jack.«

»Wirklich?« Dan sah genauer hin. »Er wirkt anders als auf den Fotos, die ich kenne. Sah er damals so aus?«

Tom streckte die Hand nach dem Foto aus und musterte es lächelnd. »Doch, das ist er. Er war ein richtiger Charmeur, konnte den Bäumen ihre Blätter abschwatzen. Sehr bescheiden, aber das war wohl Teil seiner Anziehungskraft. Und ich sage Ihnen, es waren schöne Tage.« Er blätterte in den Fotos und gab Dan ein anderes. »Das war so eine typische Nacht dort, eines unserer Abendessen.«

Dan betrachtete die Fotografie. Sie zeigte ein halbes Dutzend Personen an einem Restauranttisch, der sich von Speisen und Weinflaschen bog.

»Sie sind gar nicht mit drauf.«

»Wahrscheinlich habe ich es aufgenommen.«

Jonny, der Blonde, war leicht zu erkennen, das Gesicht gerötet von Hitze und Alkohol. Auch Jack Redford war zu sehen, und Dan korrigierte das geistige Bild, das er sich von ihm gemacht hatte – so hatte er also tatsächlich ausgesehen. Dann fiel sein Blick auf die Frau, die neben ihm saß, und er spürte einen seltsamen Schwindel, fast wie bei einem Erdbeben.

Er hielt das Foto näher an die Augen und fragte: »Wer ist die Frau bei Jack? Das heißt, falls sie zu ihm gehörte.«

»Oh ja, sie gehörte zu ihm. Maria. Eine Schönheit, hm?« Dan nickte wortlos. »Sie waren unzertrennlich. Lernten sich am Ende unseres ersten Monats in Beirut kennen und blieben zusammen. Ich glaube, er hat sich ernsthaft überlegt, mit ihr zusammenzuleben.«

Dan konnte die Augen nicht von ihr wenden, denn er kannte diese Frau. Seine Stimme schien aus weiter Ferne zu kommen, als er fragte: »Warum hat er es nicht getan?«

»Sie wissen ja, wie das ist in unserer Branche. Auszusteigen ist gar nicht so einfach.«

Dan sah auf. »Ihnen scheint es gut gelungen zu sein.«

Tom grinste. »Ja, in meinem Alter. Hätte nie gedacht, dass es noch dazu kommt, aber Mann, das Glück hat mich verwöhnt.«

»Darf ich das Foto behalten?«

»Sicher. Ich habe eine Menge davon und sehe sie mir kaum noch an. Es sind nicht mehr viele der alten Kameraden da, mit denen man in Erinnerungen schwelgen könnte.«

Dan nickte. Das verstand er. Seine Gedanken drängten in eine andere Richtung. In den letzten Wochen hatte er vieles über Jack Redford gelernt, und doch hatte sich ihm seine Persönlichkeit irgendwie entzogen, genau wie der Mann sich bis zu dem Busunglück aller Welt entzogen hatte. Bis zu diesem Augenblick.

Als Dan das Haus des Mannes, der für ihn damals noch Jacques Fillon hieß, zum ersten Mal betreten hatte, hatte er sich sein Leben schrecklich begrenzt vorgestellt. Ein Typ, der an einem Motorrad herumbastelte und jeden Tag um dieselbe Zeit mit dem Bus fuhr. Er hätte ihn beinahe dafür verachtet. Da hatte er noch nichts begriffen gehabt, nichts von Redfords geheimem Bunker und seinem Heiligen Krieg gegen Brabham gewusst. Nichts von seiner Suche nach Gerechtigkeit für ein

Mädchen, das er nicht gekannt hatte und mit dem ihn nichts verband: Sabine Merel.

Und doch hatte er selbst da noch den Mann nicht einmal annähernd verstanden, diesen Jack Redford, der am Tag seines Todes zum Helden geworden war. Denn in Wahrheit waren seine letzten zwölf Jahre ein einziger Akt des Heroismus gewesen, eine kleine Heldentat jeden Tag, wenn er in den Bus einstieg. Das war Dan in dem Moment klar geworden, als er die Fotografie aus Beirut sah – versteckt und im Untergrund lebend hatte Jack Redford nie aufgehört, ein Held zu sein.

Epilog

Dan blieb zwei Tage bei Inger in Stockholm. Sie schlug zunächst vor, in ihrer Wohnung zu übernachten, doch stattdessen checkte er in einem Hotel in der Nähe ein, um sie nicht zu bedrängen. Er hätte sich keine Gedanken machen müssen, denn sie verbrachten sowieso die ganze Zeit in ihrem Apartment.

Zwei Tage lang kamen sie kaum aus dem Bett. Wenn sie aus dem Haus gingen, dann nur in das Café, in dem sie sich vor ein paar Wochen getroffen hatten, und in die Geschäfte in der Umgebung. Es war klar und kalt, und nur vereinzelte Schneegestöber durchsetzten den Tag.

Während er mit ihr zusammen war, träumte er davon, wie ihr gemeinsames Leben aussehen könnte. Er stellte sich vor, eine Wohnung in der Nähe zu nehmen, oder alle Vorsicht zu vergessen und gleich mit ihr zusammenzuziehen. Das war das Leben, von dem er träumte, eines, in dem der Begriff Vorsicht sich lediglich darauf bezog, es in einer Beziehung nicht zu schnell angehen zu lassen.

Am dritten Tag flogen sie nach Luleå, und schon zwanzig Minuten nach dem Start war die Landschaft eine geschlossene Schneedecke, als hätte sie sich für den Winter zur Ruhe gelegt. Beim letzten Mal hatte man ihn gewarnt, dass es im Norden viel kälter sein würde, dabei hatte er es bemerkenswert lau gefunden. Aber wenn er jetzt den Blick nach unten richtete, konnte er es sich vorstellen.

Inger hatte vorgeschlagen, ein Auto zu mieten, doch Per hatte darauf bestanden, sie zu fahren. Er holte sie am Flughafen ab, und sie unterhielten sich auf der Fahrt weiter nach Norden angeregt über das Wetter. Die dicke Schneedecke war anscheinend selbst hier ungewöhnlich für die Jahreszeit.

Per fuhr sie direkt zu Siris Haus. Es war ein großes Holzgebäude, größer als das, in dem Redford gewohnt hatte, und lag näher an der kleinen Straße. In Sichtweite gab es noch ein paar andere Häuser, und diese studierte Dan im Vorbeifahren – sie sahen allesamt unbewohnt und leblos aus. Er fragte sich, ob es sich um reine Sommerhäuser handelte, oder ob vielleicht eines der Kinder, die bei dem Zusammenstoß gestorben waren, hier gelebt hatte.

Siris Großeltern traten auf die Veranda heraus, noch bevor das Auto zum Stehen gekommen war. Sie waren grauhaarig, wirkten aber straff und fit. Sie erinnerten Dan an Herrn Eklund mit seiner robusten Gesundheit. Sie winkten schon, während die drei ausstiegen, als wären sie nicht noch ein ganzes Stück weit entfernt.

Sie öffneten das Gartentor und gingen zum Haus. Der Mann sagte: »Willkommen, Mr Hendricks, Miss Bengtsson. Hallo Per.«

Inger antwortete auf Schwedisch, und Dan erwiderte: »Danke, dass Sie eingewilligt haben, mit uns zu sprechen, Mr Nyström.«

Per berichtigte leise: »Dr. Nyström.«

Nyström lachte und meinte: »Ja, ich bin immer noch der einzige Arzt im Ort, auch wenn ich mich langsam zur Ruhe setzen sollte.«

Seine Frau gab irgendeinen abwinkenden, aber gutmütigen Kommentar auf Schwedisch von sich, bevor sie sagte: »Ich hoffe, wir können Ihnen bei Ihren Nachforschungen behilflich sein.«

»Und ich hoffe, dass wir Ihnen helfen können.«

Die Nyströms baten sie in die warme und freundliche Küche, wo sie sich um einen schweren Tisch setzten, während Mrs Nyström Kaffee und selbst gebackene Plätzchen servierte. Nach ein paar Minuten kam Siri dazu.

Dan machte Anstalten aufzustehen, erinnerte sich jedoch, dass sie Förmlichkeiten nicht mochte, und ließ sich wieder zurücksinken. Sie nahm ihm gegenüber Platz.

Sie sah Inger und Dan an und sagte zaghaft: »Hallo.«

Auch diesmal war sie ganz in Schwarz gekleidet, trug jedoch einen formlosen Pulli. Ihre Haut war ein wenig klarer als noch vor einigen Wochen, und Dan musste abermals denken, dass sie einmal eine schöne Frau sein würde. Er erkannte die Knochenstruktur ihrer Großmutter, dieselben lebhaften Augen.

Er zog die zwei Briefe heraus, die er in Redfords Schließfach gefunden hatte und von denen er zunächst enttäuscht gewesen war, bis er sich genauer damit befasste. Einer hatte gezeigt, dass Eliot Carter recht gehabt und Tom sich geirrt hatte, obwohl das keine Rolle mehr spielte.

Lächelnd sagte er: »Siri, der Mann, der dich gerettet hat, war Amerikaner. Er hieß nicht Jacques Fillon, sondern Jack Redford. Und er hat einige höchst geheime Aufträge durchgeführt, vor allem für die US-Regierung.«

Sie grinste breit, und ihre Schüchternheit verflüchtigte sich. »Dann hatte ich also recht! Er war ein Spion.«

Inger nickte. »Als wir dich zum ersten Mal getroffen haben, wussten wir das noch nicht sicher – jetzt schon.«

Dan fuhr fort: »Ungefähr vor vierzehn Jahren geschah etwas, das sein Leben aus der Bahn warf und ihn in große

Gefahr brachte. Er musste sich eine neue Identität zulegen und verschwinden. Rund zwei Jahre später tauchte er hier auf.«

Dr. Nyström fragte: »Hängt das mit dem zusammen, was wir in den Nachrichten gesehen haben? Mit dem Kongressabgeordneten und dem Mord in Paris?«

Seine Frau wies auf ihren Ehemann und Siri: »Sie dachten beide sofort dasselbe.«

»Nur wegen der Daten«, meinte Dr. Nyström. »Das ist alles.«

Siri nickte zustimmend. Interessant, dass die zwei sich darüber unterhalten hatten und irgendwie zum richtigen Schluss gekommen waren.

Dan erwiderte: »Es gibt einen Zusammenhang. Jack Redford kannte die Wahrheit, und das brachte ihn in Lebensgefahr. Aber dass er hierherkam, war kein Zufall. Das lag an einem Brief, den er von einer Frau bekam, die er in Beirut kennengelernt hatte.«

Die plötzliche Wendung ließ die Großeltern aufhorchen. Bei der Erwähnung von Beirut stockte Mrs Nyström der Atem, und sie schlug sich die Hand vor den Mund. Ihr Ehemann richtete die Augen starr auf Dan. Nur Siri wirkte verwirrt. Wahrscheinlich wusste sie nicht genug, um sich die Geschichte zusammenreimen zu können.

»Die Frau teilte Jack mit, dass sie ein Kind von ihm hatte. Er wusste jedoch, dass er keinen Kontakt aufnehmen durfte, wenn er nicht auch sie in Gefahr bringen wollte. Ich vermute, er hat später herausgefunden, dass sie an Krebs gestorben war, und das war der Zeitpunkt, an dem er handelte.«

Er griff in die Brusttasche und legte das Foto vor Siri auf den Tisch. Er deutete auf den Mann darauf.

»Das ist Jack Redford. Und die Frau, die da neben ihm sitzt, ist deine Mutter Maria. Sie war eine schöne Frau, und obwohl ich dich nur einmal gesehen hatte, damals in Jacks Haus, erkannte ich sie sofort, als ich diese Aufnahme sah.«

Siris Großeltern hatten feuchte Augen bekommen. Siri starrte das Foto ungläubig an, wie hypnotisiert von diesem lange vergangenen Abend, den es eingefangen hatte, und von den beiden wichtigsten Menschen in ihrem Leben, die sie nie wirklich gekannt hatte. »Das war der Grund, warum er hierhergezogen ist, warum er jeden Tag mit dem Bus fuhr. Das war für ihn die einzige Möglichkeit, dich zu sehen. Und was dich an jenem Tag gerettet hat, war nicht, dass du ihm zufällig am nächsten gesessen hast, sondern weil du für ihn der wichtigste Mensch warst. Seine Tochter, alles, was er in dieser Welt noch hatte.«

Sie schwiegen einen Moment lang, bevor Dr. Nyström sagte: »Unglaublich.«

Dan nickte zustimmend. »Hier sind zwei Briefe, die er in einem Schließfach in Paris aufbewahrte. Einer ist der von Maria, in dem sie ihm von Siri erzählt. Bei dem anderen handelt es sich im Grunde um seinen Letzten Willen, sein Testament, obwohl er darin auch erklärt, warum er verschwinden musste. Er ist an Maria adressiert, und er verfügt klar und deutlich, dass er seinen gesamten Besitz ihr und dem Baby hinterlässt.«

Endlich schien die Ungeheuerlichkeit des Geschehenen zu Siri durchzudringen, die Tatsache, dass sie ihren Vater jahrelang täglich gesehen hatte, ohne zu wissen, wer er war. Dass er ihr das Leben gerettet hatte, dass sie ihn erst jetzt gefunden hatte, als es zu spät war.

»Aber er hat nie mit mir gesprochen. Wir haben uns nicht einmal Hallo gesagt.«

»Das konnte er nicht. Weil er Jacques Fillon war.«

Dans Gedanken glitten zu Luca. Immer wieder hatte er im Traum gedacht, dass alles nur ein Irrtum gewesen war, dass Luca gar nicht tot war, sondern irgendwo bei Verwandten aufwuchs. Danach hatte er sich vorgestellt, wie es wäre, ihn Jahre später wiederzusehen, einen Fremden. Eine unmögliche Begegnung voll Freude und Kummer zugleich. Daher verstand er den außerordentlichen Schmerz sehr gut, den Jack Redford jeden Tag empfunden haben musste. So nah und doch so fern.

Siri sah ihre Großeltern an und wandte sich dann mit einem hilflosen Lächeln an Inger. »Ich habe versucht, mich daran zu erinnern, was er vor dem Zusammenstoß zu mir sagte, aber meine Musik – ich sah nur, wie er die Lippen bewegte … Ich habe es so oft versucht.«

Mrs Nyström fügte hinzu: »Ich habe ihr gesagt, sie soll nicht so viel darüber nachgrübeln. Vielleicht war das falsch.«

Inger lächelte mitfühlend. »Ich glaube, du kannst dir ungefähr vorstellen, was er gesagt hat. Viel mehr bleibt dir nicht übrig.«

Siri nahm das Foto und sah es sich genauer an.

Mrs Nyström warf ihr einen Seitenblick zu, dann atmete sie tief durch und klang gefasst, als sie sagte: »Es ist schwer zu verkraften, aber wir sind Ihnen dankbar, Mr Hendricks, dass Sie das alles herausgefunden haben und gekommen sind, um es uns zu sagen.«

»Es war mir ein Vergnügen. Ich habe Jack Redford nie kennengelernt, doch das, was ich von ihm weiß, sagt mir, dass er ein bemerkenswerter Mensch war.«

Inger nickte zustimmend. Sie schien irgendeinen inneren Konflikt auszufechten, und er spürte, dass sie an Sabine Merel dachte und an Redfords endlose Anstrengung, ihr Gerechtigkeit zu verschaffen.

Danach brachen sie bald auf. Die Familie brauchte Zeit, um zu verdauen, was sie soeben erfahren hatte, zu verstehen, was es für sie bedeutete, vor allem Siri. Als sie ihnen von der Veranda aus zum Abschied zuwinkten, konnte Dan sich kaum vorstellen, dass er sie nie wiedersehen würde, dass seine Rolle in ihrem oder Jack Redfords Leben beendet war.

Per hatte fast kein Wort gesagt, doch als sie losfuhren, fragte er: »Möchten Sie vielleicht den Friedhof besuchen? Es ist nicht weit.«

Inger wirkte verwundert. »Warum denn?«

Dan wurde klar, dass Per die Geschichte ebenfalls zum ersten Mal gehört hatte und berührt davon war. Sie würde in den kommenden Wochen in dieser kleinen Gemeinde noch oft für Gesprächsstoff sorgen.

»Es ist natürlich Zufall, aber ich dachte, Sie würden es gerne sehen – Jack wurde dicht neben Maria Nyström beerdigt.«

Dan antwortete: »Danke, Per. Ich würde sein Grab gerne besuchen.«

Also fuhren sie weiter bis zu der hölzernen Kirche, und Per zeigte ihnen den Friedhof. Hier lag der Schnee besonders tief in einer geschlossenen Decke, doch Per kannte sich aus und wies auf Marias Grab und ein frisch aufgeworfenes ein paar Meter diagonal gegenüber.

Maria hatte einen Grabstein, doch bei Redford stand nur ein unbeschriftetes Holzkreuz. Als wäre es ihm peinlich, dass die Gemeinde ihm seine Heldentat so schlecht gedankt hatte, erklärte Per: »Das ist natürlich nur vorübergehend. Er wird einen Stein mit seinem Namen bekommen, jetzt, da wir ihn kennen.«

Dan nickte. Inger und er sahen auf das Grab hinab.

Per musterte sie und spürte anscheinend, dass etwas zwischen ihnen vorging. Er sagte: »Nun, ich lasse Sie für einen Augenblick allein. Ich warte im Wagen.«

Seine Schritte knirschten leise im Schnee, während er davonging.

Inger war, seit sie das Haus der Nyströms verlassen hatten, sehr schweigsam gewesen. Sie spürte Dans Blick auf sich ruhen, sah zu ihm hoch und lächelte ein wenig. Ihre Wangen waren gerötet von der Kälte, und ihre Schönheit überwältigte ihn.

»Was denkst du?«, fragte er.

Sie zuckte die Schultern. »Ich frage mich, wie er es fertiggebracht hat, all die Zeit hier neben ihr zu leben und nie mit ihr zu sprechen. Er wusste doch, dass ihre Mutter tot war, und dennoch … es kommt mir so selbstsüchtig vor. Nicht seine letzte Tat natürlich, aber die ganzen Jahre davor.«

»So kann man es auch betrachten. Ich persönlich finde, es war das selbstloseste Verhalten, dem ich je begegnet bin. Er glaubte, dass man ihn früher oder später aufspüren würde, und er wollte Siri nicht mit hineinziehen. Stell dir die Qual vor, ihr so nah zu sein, und sie doch nie kennenzulernen. Er wünschte sich auf seine eigene Art sicher verzweifelt, mit ihr zusammen zu sein, aber das Leben, das er führen musste, verhinderte das. Ich bin voll Bewunderung für diesen Mann – überleg mal, diese Busfahrt jeden Tag, das muss die glücklichste und zugleich schwerste Sache auf der Welt für ihn gewesen sein.«

Sie starrte ihn an und nickte leicht. Sie folgte seinem Gedankengang, las jedoch eine Bedeutung heraus, die er nicht beabsichtigt hatte, denn nach einer Weile sagte sie: »Du wirst nicht nach Stockholm ziehen, nicht wahr?«

Sie wirkte nicht zornig, nur resigniert und traurig, weil sie seine Gründe verstand.

»Würdest du dir das wünschen, bevor die Geschichte endgültig geklärt ist?«

»Wird sie das je sein?«

Er stieß einen Seufzer aus, der ihre Frage beantwortete. Er versuchte sich einzureden, dass er sie kaum kannte und sie zu wenig Zeit miteinander verbracht hatten. Und doch wurde ihm das Herz schwer. Sie schien etwas hinzufügen zu wollen, biss sich jedoch auf die Lippe und sagte in beiläufigem Ton: »Okay, wir sollten langsam zurück.«

»Ja, das sollten wir.«

Er ergriff ihre Hand, aber sie regten sich nicht, während ihre Füße immer tiefer im Schnee versanken. Es wurde Zeit, zum Wagen zurückzugehen und zu allem, was er symbolisierte. Sie standen schweigend in diesem stillen Eck eines kleinen Friedhofs vor einem anonymen Grab, und keiner von ihnen wollte den ersten Schritt tun.

Danksagung

Danke, Deborah Schneider und allen anderen bei Gelfman Schneider and ICM. Und danke, Emilie Marneur, Alan Turkus, Victoria PEP und den Leuten von Thomas & Mercer.

In jedes Buch fließen viele zufällige Begegnungen und flüchtige Eindrücke ein, und dieses macht keine Ausnahme, fing jedoch auf ganz besondere Weise an. Vor etlichen Jahren fuhr ich mit dem Bus durch Nordschweden. Es war Herbst, die Sonne stand tief am Himmel und blendete den Fahrer. Aus der Gegenrichtung kam ein Holztransporter …

Glücklicherweise gab es keinen Zusammenstoß, außer in meiner Fantasie, und »Tod in Schweden« war das Ergebnis. Unter den wenigen Passagieren an jenem sonnigen Morgen befand sich ein Mädchen, dessen Aussehen ich mir für die Figur der Siri ausgeliehen habe. Und als Wiedergutmachung für diesen Diebstahl widme ich ihr dieses Buch.

15817393R00177

Printed in Poland
by Amazon Fulfillment
Poland Sp. z o.o., Wrocław